夫婦

부부 에세이집

부부

1판 1쇄 발행 | 2008년 8월 5일

지은이 | 조만연·조옥동
발행인 | 이선우
펴낸곳 | 도서출판 선우미디어
　　　　등록 | 1997. 8. 7　제2-2416호
　　　　100-846 서울 중구 을지로3가 104-10
　　　　신성빌딩 403 ☎ 2272-3351, 3352 팩스: 2272-5540
　　　　sunwoome@hanmail.net

Printed in Korea ⓒ 2008. 조만연·조옥동

값 10,000원

※ 잘못된 책은 바꿔 드립니다.

※ 저자와의 협의하에 인지 생략합니다.

ISBN 89-5658-190-8　03810

조만연·조옥동 부부 에세이집

부부 夫婦

선우미디어

라데츠키 행진곡을 울리기 위하어

유혜자 | (사) 한국수필가협회 이사장

재미동포 문인들이 여고동창생 조옥동의 소식을 전할 때, 그 내용이 자랑스러워도 마음 한구석엔 친구 김 옥동을 미국에 뺏긴 것 같아 허전했었다. 그런데 2년 전, 친구 내외와 미국 서부여행을 하며 섭섭함을 풀 수 있었다. 옥동의 남편 조 선생은 재미수필문학가협회 회장으로서 우리를 인솔했고 옥동은 여러 번 간 곳이었음에도 나를 배려해서 참가했었다. 친구와 나는 여고시절 경주 여행 이후 50년만의 동행이었다.

친구 옥동과는 이민가기 전에도 서로 직장에 매어 있어 동창 모임에도 못 나가서 단편적인 소식만 들었을 뿐 잘 만나지지가 않았었다. 결혼식에도 못 가 봤는데 조 선생의 고교동창인 직장 동료가 멋있는 신랑이라 했을 때, 나도 질세라 재색이 겸비한 신부가 밑지는 결혼을 했을지도 모른다고 했었다.

충남 서천(舒川) 태생으로 일찍이 상경한 조 선생과, 부여(扶餘) 태생으로 강을 건너 대전에서 중 고교를 마친 옥동은 각각 서울대 상대 경제과, 사대 화학과에서 수학하며 청운의 꿈을 키워 부부의 연을 맺었다. 조 선생이 금강(錦江), 친구가 백마강(白馬江, 사실은 錦江의 본류, 충남 부여군 북부를 흐르는 강)을 건널 때 이들은 아스라한 수평선 너머를 동경했던지, 태평양 큰 물결을 건너 미국에서 꿈을 이루었다. 아내는 UCLA 의과대학 생리학 연구실 연구원으로, 남편은 회계사로 이민사회의 성공케이스로 부러움을 사고 있다.

옥동은 10여 년 전 미주 한국일보 신춘문예 시(詩)부문에 입상하고, 계속 <순수문학>과 <현대시조>에 시와 시조로 등단, 재차 검증을 받더니 <한국수필>에서는 수필신인상으로 등단했다. 3년 전엔 현대시조 2005년 '좋은 작품상'을 받고, 2년 전엔 <시를 사랑하는 사람들>에서 다시 신인상을 받는 것을 보고 역시 전교 1, 2등을 다툰 우등생의 버릇이 아직도 남았음을 확인했다. 여고 때 교내 백일장에서 입상, 대학시절 화학 전공이면서 국내 유수 신문 대학생란에 시를 발표하던 문학에의 열정을 누르고 있다가 뒤늦게 도전하는 창작정신에 감동을 했다.

제1회 재외동포문학상에선 조 선생이 수필부문, 옥동이 시 부문으로 부부가 나란히 수상을 했다. 2005년부터 재미수필문학가협회 회장직을 맡고 있는 조 선생은 수필집 『새똥』으로 제11회 순수문학상 수필본상을 수상한 부부문인이어서 자랑스럽다.

내가 재능 있는 친구라고 뽐낸 것처럼 옥동은 일상의 눈에는 보이지 않고 안 들리는 존재를 감지하는 시인의 눈과 가슴으로 폭포를 거슬러 올라가는 물고기처럼 도전하여 빛나는 작품들을 엮어내고 있었다.

풀꽃은 순간으로 피어 영원을 버리고
빛은 영원을 달려온 순간이다.
망각의 수억 년 세월이 토해낸 각혈
멀리서 보면 황혼의 바다
땅과 시간을 뭉크려 빚어낸 조각들
부드러운 살빛 발갛게 살아나는
… 중략 …
삶이란 또한 흘러가는 뜬구름 한 조각
벼랑위에 선 순례자
무심한 구름이 되어
말없이
출렁이던 핏빛 바다를 건넌다.

옥동의 첫 시집 『여름에 온 가을엽서』에 실린 「브라이스 캐년」의 시 구절을 기억해내며, 다양한 붉은 색 계통의 첨탑 같은 아름다운 봉우리가 들어찬 브라이스 캐년을 함께 바라보는 감개가 무량했다. 하수직으로 침하한 뾰족한 봉우리들을 경이롭게 보며 "시간적으로는 오랜만의 만남이지만 문학을 한다는 공통점 때문에 친밀감이 깊다"고 친구는 말을 꺼냈었다. 브라이스 캐년이 동화의 나라 같다는 내게, 친구는 한편에 있는 조선조 궁궐모양과 임금 앞에서 머리를 조아리는 신하 형상의 봉우리들을 설명해 주었다. 수억 년 시간의 위대한 진실에 감격하느라고 50년 동안의 세월을 가볍게 뛰어 넘었었다. 몇 년 전부터 'L.A. 해변문학제'에 수필부문 강사로 내 이름이 거론되어 기뻤다는 친구는 남편이 협회장을 맡았을 때 오게 되어 자랑스럽다고 했다.

어린 시절부터 끈질기게 따라다녔던 우등생, 모범생 기질 때문에 친구의 생활은 고달픔의 연속이었다. 한 치의 오차나 실수가 없어야 하는 낮 동안의 연구원 일과 집안일, 새벽에 쓰는 친구의 시는 깊은 탐구 끝에 빚어내는 조각품 같다. 어쩌면 브라이스 캐년의 오랜 시간에 걸쳐 빚어진 첨탑처럼 아픔과 고뇌로 깎여진 것이다. 사려 깊은 정한과 예리한 감성, 그리고 깊은 신앙으로 승화된 인생관이 오묘한 조화를 이루고 있다.

조 선생은 고향과 어머니, 가족 등 한국적 정서와 심미적인 안목으로 근본과 그리움을 찾게 하는 서정적 수필과, 객관적인 사실과 자신의 철학으로 이해를 구축하며 깨닫게 하는 두 가지 성향의 글을 다 소화하는 필력의 소유자로 열정을 넘치지 않게 조절하고 있는 듯하다. '프리웨이는 자유로울 것 같지만 내 의지대로 되는 길이 아닌 나그네길'이라는 말은 모범적, 합리적인 생활 가운데 끊임없는 개척정신으로 폭넓게 살아온 많은 것을 함축하고 있는 듯하다. 남에겐 관대하지만 자신에겐 냉정하고 엄격함이 일과 작품에 들어 있으나 자신을 낮추어 겸양할 줄 아는 미덕의 소유자인 옥동과는 천생연분임을 알 것 같다.

조 선생은 한국어진흥재단 일로 새로운 일을 기획 추진 중이고, 옥동도 연구원 일을 계속하고 있어 은퇴연령이 지나고도 바쁘게 일하는 부부로도 알려져 있다. 절대자께서는 누구보다도 이들에게 많은 분량의 일을 하도록 사명을 주신 것 같고, 두 개의 저울로 형평을 유지시키려는 것처럼 남편이 많은 일을 하는가 하면 부인 또한 혹사에 가까운 작업으로 저울이 한쪽으로 쏠리기를 원치 않으시는 것 같다. 서로 존중, 협력하고 도우며 단란하고 복된 가정을 이루도록 해주신다.

작년 연말, 조 선생께서 한국어진흥재단 일로 한국에 오셨을 때, S대를 찾아가 거의 50년 전 부인, 옥동의 작품이 실린 대학신문을 구하려고 했다는 것이다. 귀한 선물이 될 것 같아서 찾아보았다는 말에 머리가 숙여졌다. 가정과 직업을 양립시키는 일에 옥동의 남다른 노고가 있었겠지만 가까이 조 선생의 역할 분담과 이해, 협조가 가장 컸음을 짐작할 수 있었다.

이제 칠순을 맞은 조 선생과 또 앞둔 옥동, 이들 부부는 깊은 강처럼 출렁거릴 뿐 소리 내어 흐르지 않는다. 친구의 끊임없는 탐구심과 끈기는 평생 연구직의 진지한 자세를 유지하게 했고, 시, 시조, 수필 등 전천후 문학인으로 성공하여 제2시집 제목『내 삶의 절정을 만지고 싶다』처럼 잘 익은 저녁놀같이 인생의 후반을 곱게 물들이고 있다. '지적이며 진실을 향한 섬세한 성찰' '세상을 향한 따뜻하고 아름다운 시선' '모국어의 아름다움으로 건강하게 고향을 조명' '먼 이역에서 살면서 인간의 가장 깊은 속살에서 터져 나오는 모국어로 노래하는 감동' 등 국내 평론가 중진 문인들의 평가를 받고 있다. 조 선생도 젊은 시절의 열기를 봉사로 할애하고 모국어의 올바른 보급과 발전을 위해 한국어진흥재단 일을 사명처럼 여기고 자랑스러워한다. 이들 부부가 이뤄내는 줄기찬 강줄기는 세월의 흐름 따라 묵묵히 흐르고 있다.

1941년부터 정식으로 시작된 빈 신년음악회는 이들 부부보다 한두 살 젊은 70년 가까이 전 세계국민들에게 기쁨을 주고 있다. 으레 끝 곡으로 요한 슈트라우스 1세의 라데츠키 행진곡을 연주하여 청중들의 박수와 함께 즐거워하는 모습을 기억할 것이다.

빈 신년음악회가 한 해를 밝게 열고 축복해주기에 세계인들에게 인기가 있듯이 이 부부의 기념문집이 이민생활의 애환을 함께 한 이들에게 기쁨과 위로가 되고, 기나긴 인생의 구비를 돌아 만년의 작업에 전념하는 이 부부에게 다 함께 신년축하와 한 해의 행복을 축원하듯 신나고 즐거운 라데츠키 행진곡을 울려주고 싶다. 하나님의 가호로 건강하며 빛나는 필력을 유지하도록.

부부 에세이집을 내놓으며

처음 수필가로 등단하는 자리에서 장래의 희망을 묻는 기자의 질문에 "아내는 곧 시집이 나올 것인데 나도 부지런히 써서 수필집을 내고 그 다음은 함께 공동 문집을 출판하는 것"이라고 답변하였는데 그동안 나는 에세이집 『새똥』을, 아내는 두 권의 시집 『여름에 온 가을엽서』와 『내 삶의 절정을 만지고 싶다』를 펴냈다. 첫 수필집 이후 나는 약 70편 정도의 글을 모아놓았기 때문에 단독으로 두 번째 책을 내려고 계획했으나 아내도 이미 50여 편의 수필을 써놓았으므로 둘이 따로 문집을 내는 것보다 마침 7순을 맞는 뜻 깊은 해에다 당초의 희망을 이룰 수 있는 좋은 기회가 되므로 함께 공동 에세이집을 출판하기에 이르렀다.

이번 에세이집 『부부』에는 나의 작품 40편, 아내 작품 30편, 합계 70편이 실려 있다. 공동 문집의 특성상 두 사람의 작품 전부를 등재할 수 없고 합본의 의미도 있어서 아깝게 생각되는 몇몇 작품들이 빠진 반면 첫 번째 수필집에서 비교적 호평을 받은 10편을 옮겨 실었다. 하지만 솔직히 고백하건대 작품들을 손질하면서 과연 이런 미흡한 글로 책을 내놓아도 되는가 하는 자괴심에 빠져들었다. 더 깊이 사색하고 더 오래 숙성시켰으면 보다 나은 문장이 될 수 있었을 터인데, 계속 늑장만 피우다가 인쇄에 들어가는 막판에 이르러 이런 때늦은 회한을 반추하고 있으니 말이다.

지금은 수필시대라 할 만큼 매년 수백 명의 수필가가 무더기로 양산되고 있다. 이들이 하루에 쏟아내는 수필집도 헤아릴 수 없을 만큼 많다. 이런 치열한 물결 속에서 수필가의 명줄이라도 유지하려면 열심히 필력을 기르는 수밖에 없을 것이다. 수필가라고 모두 수필을 쓰는 것도 아니고 수필을 썼다고 모두 작품이 되는 것이 아닐 테니까. 우리 부부는 글을 쓸 때마다 최선을 다하였으나 결코 써놓은 글에 만족하거나 자만한 일이 없었다. 이렇듯 우리의 글은 늘 미완성 작품과도 같았다. 그래서 지난 번 책을 낼 때 앞으로 좀 더 좋은 문집을 내겠다고 한 약속은 또다시 다음 책으로 넘길 수밖에 없게 되었다. 그럼에도 불구하고 오늘까지 저희 글을 읽어주신 독자들과 격려를 아끼지 않으신 선후배 및 동료 문인들께 깊은 감사의 뜻을 전한다.

중책을 맡아 바쁘신 중에도 흔쾌히 서문을 써주신 한국수필가협회 유혜자 이사장께 특별히 감사하다는 인사를 드리고 싶다.
이 에세이집은 선우미디어에서 출판되었다. 늘 그렇듯이 늦게
보낸 원고들을 정성껏 살펴주시고 귀찮고 까다로운 주문들도 세
심히 처리해서 이처럼 멋진 책이 나오도록 수고해주신 이선우
대표와 관계직원들께 고마움을 표한다.

끝으로 언제나 가장 든든한 후원자가 되어주는 사랑하는 세
자녀 성원, 성록, 성심과 큰사위 스티브 펠러에게 이 책을 선물
로 주면서 앞으로 더 좋은 작품을 쓰기 위해 늘 배우고 노력하는
자세로 독자들과 만날 것을 약속드린다.

2008년 8월
미국 Los Angeles 밸리에서
저자 조만연, 조옥동

차례

제 1 부 **조만연** 편

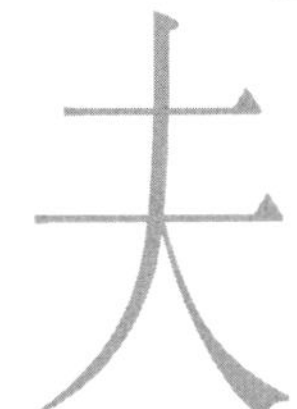

1. 골무

2. 인사동에서 한국을 잃다

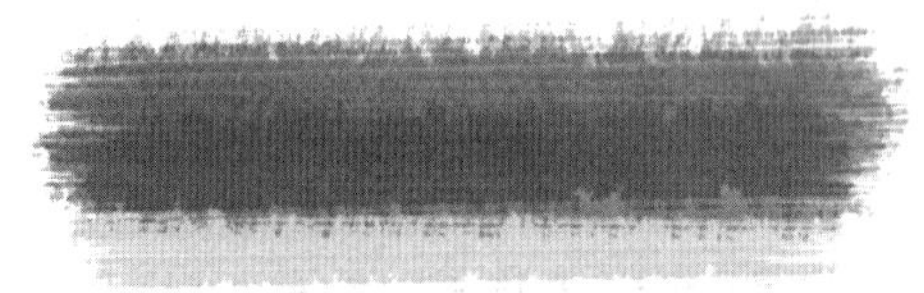

제1부

조만연 편

夫

1. 골무

41년만의 데이트 신청

지난 주말 사무실로 발신인이 써 있지 않은 편지 한 통이 배달 되었다. 그런 경우가 별로 없는 터여서 다소 궁금증을 가지고 뜯어보니 뜻밖의 내용이 써 있었다. 자신이 옛날 창경원 미팅 때 사라져 버린 그 여학생이라는 것이었다. 까맣게 잊고 있었던 얼굴도, 이름도 모르던 그 미지의 파트너가 이제서야 나에게 소식을 전해 오다니 정말 뜻밖의 일이었다. 며칠 전 있었던 어느 출판기념회에서 나를 보았다고 했다. 사회를 보던 나의 이름을 보고 긴가민가하였으나 동석했던 옆 사람에게서 나의 신상명세를 듣고 확인할 수 있었다는 것이었다. 그녀도 그동안 나를 한번 만나고 싶어 했노라고 써 있었다.

불현듯 그날의 어이없는 해프닝이 주마등처럼 떠올랐다. 요즈음은 젊은이들이 미팅을 손쉽게 할 수 있고 데이트도 공개적으로 하고 있지만 우리가 학교에 다닐 때만 해도 미팅은 별난 학생이나 하는 것으로 여기는 시절이었다.

1963년 가을, 아주 대규모 단체미팅이 이루어졌다. 아마도 한국 역사상 최초이자 최대의 대학생미팅이 아닐까 생각된다. 내가 다니던 대학교와 E여대가 그룹이나 단과대학도 아니고 대학교 대 대학교의 전체 집단미팅을 마련한 것이다. 4·19학생의거, 5·16군사 쿠데타, 학보병 입대 등으로 데이트는커녕 미팅 한 번 못하고 졸업을 몇 달 앞 둔 나는 학창시절 마지막 낭만의 꿈을 안고 이 미팅에 참가하기로 하였다. 금액이 얼마인지 기억은 나지 않지만 각 단과대학의 준비위원으로부터 티켓을 샀다. 행사 당일 오후 5시경 미팅장소인 창경원에 도착하니 정문 입구는 천여 명이 넘는 두 대학교의 남녀학생들로 마치 장터와 흡사하였다. 1번에서 50번, 51번에서 100번, …… 이런 식으로 일련번호를 붙여 놓은 높다란 푯말 아래서 자기번호와 동일한 번호를 가진 파트너를 만나도록 되어있었다. 하지만 그런 계획은 출발부터 비뚤어지기 시작했다. 그때만 해도 학생들이 순진(?)해서 선뜻 그 푯말에 가서 설 용기가 없었고 또 섰다해도 자기번호를 보이지 않은 채 상대방에 대한 눈치작전만 펼치는 바람에 자기 파트너가 누군지 도대체 알 길이 없어 웅성대기만 했을 뿐 짝을 찾기가 매우 어려운 노릇이었다. 개중에 재빠른 학생들은 즉석에서 짝을 만들기도 했다. 그러는 사이 시간은 흐르고 어두워져 가로등이 켜질 무렵 나는 파트너 찾기를 단념하고 그냥 혼자서 창경원 안으로 들어갔다.

창경원 안은 파트너를 구한 학생보다도 그렇지 못한 학생들이 더 많아서 남학생은 남학생끼리, 여학생은 여학생끼리 떼를 지어 몰려다니는 진풍경이 벌어지고 있었다. 많은 수의 학생들은 허탕을 치고 아쉬움을 삼긴 채 귀가하기도 했다. 그렇게 창경원 안을 얼마쯤 돌았을 때 마주 지나치던 일단의 무리 중 하나가 나에게 다가왔다.

E여대에 다니는 바로 밑 여동생이었다. 여동생은 용케도 파트너를 만났는지 친구와 함께 남학생 두 명이 곁에 서있었다. "아니, 오빠는 아직도 파트너를 못 구했어?" "야. 이렇게 복잡하고 캄캄한 데서 어떻게 찾을 수 있겠니. 이왕 들어왔으니 한 바퀴 돌아서 그냥 가야겠다." 파트너를 만나지 못한 것이 동생의 탓이라도 되는 양 볼멘소리를 터뜨리니 여동생은 난감한 표정을 짓다가 "잠깐 여기 있어봐. 조금 전 내 후배가 혼자 지나가더라구…" 말을 마치자 오던 길로 되돌아가더니 잠시 후 한 여학생을 데리고 왔다. "오빠, 인사해. 같은 과 1년 아래인데 얘도 파트너를 만나지 못했다고 하니까 두 사람이 잘 해봐." 동생은 그렇게 말하고 제 할 일을 다했다는 표정을 지으며 일행과 사라져버렸다.

나는 갑자기 일어난 일이라 당황스럽고 조금 쑥스러웠으나 이만해도 다행이라 여기며 "상대 경제과에 다니는 조만연입니다." 간단히 내 소개를 하였는데 불빛을 등지고 있는 그 여학생의 얼굴은 윤곽만 어렴풋이 보일 뿐이었다. 그래서 밝은 곳에서 정식으로 인사도 나누고 저녁식사도 할 겸 부근에 있는 연못(춘당지) 가운데 세워진 전각으로 그녀를 데리고 갔다. 마악 전각으로 들어가는 다리입구에 와서 잘 따라오나 뒤돌아보니 아뿔싸 그 여학생이 보이지 않았다. 아니 보이지 않은 것이 아니라 찾을 수가 없었다. 수많은 남녀학생들로 북새통을 이루고 있어 그 사람이 그 사람 같아 제대로 알아볼 수가 없었다. '이런. 얼굴이라도 잘 봐둘 걸…' 주의성 없는 실수를 후회하며 혹시 그녀라도 나를 알아볼 수 있을까 하여 한참을 두리번거렸으나 헛수고였다. 나는 그곳에서 십여 분을 그러고 서 있다가 심한 낭패감을 안고 집으로 발걸음을 옮기고 말았다. 다음날 아침, 여동생에게 그 사실을 말했더니 "그래? 나도 같은 과 후배인 줄만 알지 이름도 어느 고교출신인지도 잘 몰라."라며 대수롭지 않게 대꾸했다. 그래도 나는 파트너를 살펴주지 못한 결례를 사과하고 싶어 여동생을 통해 그녀를 수소문했지만 학년도 다르고 수강시간도 틀려 만나기가 쉽지 않다며 차일피일 미루다가 결국 흐지부지 되어버리고 말았다.

그런데 41년이 지난 지금 그 여학생이라고 자처하는 사람에게서 만나자는 연락이 온 것이다. 그 편지의 말미에는 휴대전화 번호와 함께 다음과 같이 써 있었다.

"그 날 인사도 없이 가서 죄송했어요. 만나서 사과드리고 싶어요. 들어보시면 왜 그랬는지 이해하시리라 믿어요. 금년이 가기 전에 꼭 뵙고 싶습니다. 그때 불발로 끝난 데이트를 이제라도 대신하고 싶군요. 연락 기다리겠습니다. 12월 5일 안○○ 드림."

나는 그 편지에서 내가 그녀를 잃어버린 것이 아니고 그녀가 스스로 간 것을 알게 되어 그동안 가지고 있었던 미안한 마음은 단번에 없어졌지만 왜 그녀가 그래야 했는지 몹시 궁금해졌다.

그녀에게 연락을 해야 할 것인가? 아니 몇십 년 지난 일을 새삼 들춰본들 무슨 소용이 있단 말인가? 그녀는 어떤 사람이며 어떻게 생겼을까? 나는 연말이 다된 마당에 느닷없이 찾아온 이 편지로 새해를 맞기 전 해야 할 일이 하나 더 생겨난 셈이다. 사람의 일은 끝이 없나보다.

끌무

　　어머니의 부음을 들은 것은 세금보고 철이 막바지에 이른 4월 초순이었다. 해마다 이맘때가 되면 겹친 업무로 심신이 거의 소진된 상태라 그날도 점심 후 소파에 누워 잠시 눈을 붙이고 있었는데 막내누이에게서 청천벽력 같은 소식이 전해왔다. 평소 당뇨는 있었지만 식이요법과 약물처방으로 건강이 좋은 편이셨고 불과 며칠 전 나눈 국제통화에서도 정기검진 차 입원하셨으나 결과가 좋아 곧 퇴원하실 것이라고 말씀하셨는데, 그렇게 갑작스럽게 돌아가시다니 도저히 믿을 수 없는 노릇이었다.

　　어머니는 내가 미국으로 이주하기 두해 전에 막내누이 가족과 함께 큰 딸인 바로 밑 누이네가 살고 있는 세인트루이스에 오셔서 두 딸집을 왕래하며 살고 계셨다. 한국에 혼자 남게 된 형은 친척 중에서도 효자로 이름난 분인데 장남이 어머니를 모셔야 된다는 지론을 피면서 자주 어머니의 귀국을 종용하였다. 마침내 어머니는 형의 재촉에 못 이겨 칠순잔치를 계기로 다시 한국으로 영구 귀국하셨다가 10개월 만에 그렇게 돌아가시고 말았다.

미국 내 각지에 살고 있던 우리 3남매가 항공권 구입, 입국허가 등을 마치고 함께 모여 비행기에 탑승한 것은 소식을 들은 다음날이었다. 김포공항에 내렸을 때는 붐비는 저녁시간이었는데 마중 나온 분이 차를 대기시켜 놓은 덕에 곧 바로 안치소가 마련된 병원으로 직행할 수 있었다.

늦은 시간이었으나 졸지에 귀국하는 우리들을 보기위해 많은 조문객들이 기다리고 있었다. 잠시 동안 인사를 나누느라 다소 소란스러웠으나 이내 대부분의 사람들이 돌아간 후 가족들만 남게 되자 마침내 염하는 시간이 되었다. 다행스럽게 어머니는 생존해 계실 때처럼 평상시의 온화한 모습이어서 그나마 큰 위안이 되었다. 사실 오면서 시신을 안치소에 며칠 보관하는 동안 괜찮았을까, 혹시 돌아가실 때의 고통으로 보기 흉해지시지나 않았을까 줄곧 염려하였던 것이다.

염을 시작하려는 순간, 나는 이를 제지하고 두 누이에게 어머니의 얼굴을 화장해 드리라고 말했다. 마지막으로 가시는 어머니의 모습을 곱게 만들어 드리고 싶었고 조금이나마 시간을 끌어 어머니를 더 보려는 심산 때문이었다. 형을 위시해서 그곳에 있던 사람들은 나의 제안에 어리둥절했으나 미국의 장례의식을 보아온 두 누이는 나의 마음을 헤아렸는지 순순히 알콜로 얼굴과 손을 닦아낸 후 핸드백에서 립스틱과 눈썹 그리개를 꺼내 어머니를 화장시켜드렸다. 그러는 동안 옆에 앉아있었던 나는 어머니의 손을 잡고 있었다. 차디찬 감촉이었으나 생각보다는 많이 굳어있지 않았다. 나는 문득 어머니의 손가락을 살펴보았다. 오른손의 가운데 손가락, 평생 어머니가 누구에게 보이고 싶지 않으시던 끝 마디가 없는 그 손가락이 눈에 들어왔다.

내가 어릴 적 살던 집은 사랑채 앞마당이 동네 아이들의 운동장으로 사용될 만큼 컸었다. 어느 날인가 손님을 배웅하고 안채로 들어가시던 어머니가 중문으로 통하는 계단의 돌이 흔들거리는 것을 보시고 "아이들이 위험하다"며 손수 고정시키려는 순간 떠받치고 있던 돌들이 무너지면서 오른손 가운데 손가락의 마지막 마디를 짓이기는 사고가 일어났다. 당시로서는 가장 빠른 교통수단을 이용해서 도립병원에 달려갔으나 상처가 너무 심해 결국 그 손가락 마디를 잘라내고 말았다.

그때 20대이셨던 어머니, 더구나 여자로서 주로 쓰는 오른손이 그랬으니 남모르게 얼마나 가슴이 아팠을까? 어머니가 늘 그 손가락에 골무를 끼고 계셨던 사실만 보더라도 짐작 가는 일이었다. 그 골무는 나의 뇌리 속에 어머니의 상징으로 깊이 낙인되어 있었다. 어머니가 가끔씩 그 골무를 빼놓고 계신 것은 오랜 기간의 교직생활에서 물러나신 다음부터였다.

장례식을 마치고 돌아온 나는 제일 먼저 어머니 방으로 가서 유품들을 살펴보았다. 그동안 가까이 놓고 쓰시던 물건들과 지난 달 누이들이 용돈으로 보내드렸던 달러 그리고 몇 가지 장신구들 속에서 골무가 눈에 들어왔다. 나는 어머니의 손이라도 잡듯이 얼른 집어 들었다. 평소 털털하신 성품 때문인지 모양이 꾀죄죄했으나 그런 소탈하신 어머니에게 익숙한 나에게는 오히려 더 반갑게 느껴졌다. 나는 골무를 가방 안에 챙겼으나 기념될만한 다른 유품 몇 가지를 더 가져갈 요량으로 다시 꺼내 놓았다. 그리고 미국으로 오기 하루 전날 어머니의 유품을 정리하다가 골무가 없어진 것을 발견하고 형수에게 물었다.

"아주머니, 여기 있던 골무 못 보셨어요?" 형수의 대답은 뜻밖이었다. "아, 그것 말씀예요? 이제 쓸 데도 없고 지저분해서 제가 버렸어요." 나는 너무 화가 나서 한 바탕 퍼부어 주려고 벌떡 일어났다가 그냥 주저앉고 말았다. "그래. 형수가 어찌 나의 마음과 같을 수 있겠는가. 이미 엎지른 물이니 좋은 얼굴로 돌아가는 것이 어머니께서도 바라시는 일이겠지…"

그날 밤 나는 주인도 없는 방에서 어머니와 많은 이야기를 나누느라 꼬박 잠을 이루지 못했다.

목각 올빼미

막내딸에게 준 졸업선물은 볼품없고 값싼 물건이었다. 그렇다고 이름난 장소에서 산 것도 아니고 멋있게 포장해서 준 것도 아니었다. 그것은 나무를 깎아 만든 아주 작은 올빼미로 나는 그 목각 올빼미를 보스턴시 다운타운에 있는 훼뉴얼·홀(Faneuil Hall)의 한 노점상에서 단돈 8달러에 구입하여 그 자리에서 딸의 손에 건네주었다. 딸은 늘 그렇듯이 "땡스 댓" 하며 고마움을 나타냈지만 아내는 매우 의외라는 표정이었다. 귀엽고 사랑스런 막내딸, 게다가 수년간 집을 떠나 멀리 동부까지 와서 대학을 마친 딸에게 겨우 보잘것없는 목각 올빼미 하나를 졸업선물로 주다니 이상히 여길 만도 했다. 나는 내색은 안 했지만 졸업식 날 아침부터 딸에게 가장 좋은 선물은 어떤 것일까 하는 생각으로 줄곧 고심하고 있었다.

나와 아내가 93년도 6월 초순 미 대륙을 3천마일 날아서 보스턴에 도착한 것은 막내딸의 졸업식에 참석하기 위한 것이 주목적이었지만 차제에 딸을 집으로 데려오기 위함도 있었다. 고등학교를 로스앤젤레스에서 졸업하고 보스턴에 있는 대학에 진학하였던 딸이 졸업을 하였으니 공부를 하든, 직업을 갖든 더 이상 객지생활의 고생을 끝내고 부모 곁에 두고 싶었다.

하지만 그러한 계획은 딸을 만나자 곧 무너지고 말았다. 딸은 계속 그곳에 머물 의사를 밝혔다. 우리는 딸이 왜 그런 생각을 하는지 쉽게 이해가 갔기 때문에 덮어놓고 반대만 할 수는 없었다. 사실 보스턴은 내 자신도 살고 싶은 마음이 들 정도로 L.A.와는 전혀 다른 매력을 주는 도시였으니 그곳 생활에 익숙해 있는 딸에게는 불문가지였다. 나는 앞으로 6개월 동안 생활비를 보내줄 터이니 그동안 보스턴에서 자립할 수 있는 기회를 찾아보되 그렇지 못할 때에는 연말까지 집으로 돌아오라는 주문을 달아 허락해 주었다.

내가 딸의 선물에 그토록 신경을 쓴 것은 단순한 졸업기념이 아니라 사회에 첫발을 딛고 독립하려는 딸에게 무엇인가 도움이 될 만한 것을 남기고 싶었기 때문이었다. 하지만 그것은 생각만큼 쉽지 않았다. 보스턴 시내의 이곳저곳 명소를 관광하면서도, 유명한 안토니스·피어·훠(Anthonys Pier 4) 식당에서 맛있는 해물요리를 먹으면서도 나의 머릿속은 온통 그 생각으로만 차 있었다.

다음 날이면 떠나야 하는 시간인데도 어떤 선물을 골라야 할지 딱 떠오르지 않았다. 그러다가 '훼뉴얼·홀'에서 나의 눈을 끈 것이 바로 목각 올빼미였다. 그것을 본 순간 문득 안경을 걸친 올빼미는 신중하고 현명한 사람의 상징물로 여겨진다는 생각에 미쳤다. 나는 근처 카페에 앉아 쉬는 시간을 이용해서 왜 아빠가 목각 올빼미를 주었는지 아느냐고 물어 보았다. 딸은 예상대로 그 선물을 고른 의도를 제대로 파악치 못하는 눈치였다. 나는 딸에게 그 뜻을 설명해 주었다. "네가 이 세상을 살아가려면 학생 때와는 아주 다른 어려운 일들을 만나게 될 것이다. 그럴 때에는 금방 결정하지 말고 먼저 이 올빼미를 쳐다보아라. 올빼미는 지혜의 상징이니 좋은 해답을 줄 것이다. 그러고도 생각이 나지 않으면 언제든지 엄마·아빠에게 전화하도록 해라."

막내딸이 졸업한 지도 벌써 15년 가까이 흘렀고 이제는 뉴욕으로 옮겨 살고 있다. 나는 지금껏 부모의 기대에 어긋나지 않고 잘 지내는 것이 올빼미 때문이라고 아전인수식 풀이를 하고 있지만 괜찮은 선물이었다는 생각이 든다. 딸과 전화하다가 가끔 올빼미의 안부를 물으면 책상 위 가장 잘 보이는 곳에 놓여 있다고 대답하며 웃는다.

그 목각 올빼미는 이제 크리스털 올빼미로 바뀌었다. 나는 목각 올빼미가 아무리 좋은 의미를 담고 있어도 너무 싸구려 선물을 사준 것 같아 늘 마음에 걸렸었다. 몇 년 전 나는 딸들에게 보낼 크리스마스 선물을 고르던 중 한 선물가게에서 크리스털로 만든 올빼미를 발견하였다. 목각 올빼미와는 비교할 수 없을 정도로 정교하고 아름답게 커팅한 제품으로 실내조명을 받아 영롱한 빛을 발산하고 있었다.

나는 목각 올빼미보다 열배가 넘는 값인데도 주저 없이 두 개를 사서 정성껏 포장하여 딸들에게 하나씩 보냈다. 딸들이 그 선물을 열어보고 어떤 느낌을 받았는지 확인할 길은 없지만 앞으로 돈을 많이 벌거나 이름이 크게 나기보다는 슬기롭게 살기를 바라는 아빠의 염원이 투명한 그 속에 숨겨져 있음을 짐작이나 했을까?

아내를 바라보며

아내는 오늘도 러브시트에서 잠들어 있다. 마치 잔뜩 웅크린 새우처럼 해가지고서. 제발 침대에서 편히 누워 자라고 늘 성화하지만 무슨 심보인지 요즘 부쩍 그곳에서 자는 버릇이 생겼다.

우리집 리빙룸의 소파와 러브시트는 매일 밤 우리 부부가 저녁 식사를 마친 후나 외출에서 돌아와 잠자리에 들 때까지 각자 점유하고 있는 휴식공간이다. 원래는 소파에 함께 앉았으나 내가 왼쪽, 오른쪽 번갈아 가며 누울 때마다 아내도 덩달아 움직이기가 불편하였는지 어느 날 슬며시 러브시트로 옮겨갔다. 바로 곁에 놓여있으나 완전히 분리되어 있는 그 의자들은 우리 부부의 입장을 잘 대변해 주는 것 같다.

나는 저녁밥을 끝내면 곧 소파로 가지만 아내가 제 자리를 찾게 되는 것은 이보다 훨씬 지나서이다. 부엌일을 끝내고 나서도 뭐 할 일이 그리 많은지 한참동안 이것저것 손대는 소리가 나다가 비로소 방에 들어온다. 나는 소파에 비스듬히 기대앉거나 그

것도 불편하면 옆으로 길게 누워 읽을거리를 본다든가 TV를 켜 놓고 뉴스나 디스커버리 채널 같은 즐겨보는 프로를 시청한다. 아내가 러브시트에 그냥 앉아있으면 무슨 잔소리가 필요하겠는 가. 처음에는 신문이나 티 테이블에 쌓여있는 책들 중에서 하나 를 골라 읽는가 싶은데 얼마 뒤에는 두 다리를 접어 온몸을 의자 속에 파묻고 슬며시 옆으로 누워버린다. 그러고 나서 잠시 뒤에 보면 아니나 다를까 어느새 잠에 빠져있다.

러브시트의 길이가 충분하면 두 다리를 모두 펴고 누울 수도 있겠지만 원래 두 사람이 앉는 의자이다 보니 자연 쪼그리게 되 는 모양인데 아무리 말려도 본인 스스로 그리 자고 있으니 누구 를 탓하랴. 침실로 가서 자면 팔, 다리 쭉 펴고 몸도 곧 바로 누 어 피로도 그만큼 더 풀리련만 그걸 마다하고 그 좁은 러브시트 에서 잔뜩 웅크린 채 쪽잠을 자고 있으니 도대체 알 수 없는 노 릇이다. 그러려면 요즈음 자주 몸이 찌뿌듯하니, 피로가 빨리 오 니 하는 소리나 하지 말 것이지. 옛날 어른들 말씀은 하나도 틀 린 것이 없다. 나이가 들면 초저녁잠이 많다더니 사실 나도 소파 에 있는 동안 자다, 깨다 하고 있으니 아내가 잔다고 나무랄 처 지가 못 된다.

오래 전에 막내딸마저 진학관계로 집을 떠난 이후 집에는 우 리 부부만 단 둘이 덩그러니 남게 되었다. 그렇다면 낮에 떨어져 일하는 시간은 할 수 없다 치더라도 집에 돌아와서 함께 보내는 시간은 그만큼 늘어났어야 했다. 우리는 친지방문이나 교회 또 는 문학서클 같은 각종 모임과 행사에도 동행하는 경우가 대부

분이라 다른 부부에 비하면 같이 보내는 시간이 매우 많은 편이
다. 하지만 실제로 우리 두 사람이 마주 보며 마음 놓고 이야기
를 나눌 수 있는 시간이란 고작 리빙룸에 앉아 있는 그 시간뿐이
다.

그런데 그 천금 같은 시간에도 우리는 별로 대화를 갖지 않은
채 누워있거나 잠자느라 그냥 허송하고 있다. 그러고 있는 아내
의 모습이 멋있어 보이면 또 모른다. 옛날의 곧고 단정했던 매무
새는 어디가고 퍼져있는 모양새라니. 나이는 속일 수 없어 염색
한 머리 밑은 온통 흰머리 투성이고 티 없고 곱던 얼굴에는 언제
부터인지 잔주름과 반점이 수없이 늘어났으며 유난히 희고 늘씬
해서 미니스커트가 잘 어울렸던 다리는 바람 빠진 풍선같이 탄
력이란 조금도 없는데다가 군살이 붙은 배는 옆으로 누울 때마
다 처져서 이 여자가 정말 사십 몇 년을 함께 보낸 내 아내가 맞
는지 의심이 갈 정도이다.

그런데 이건 무슨 소린가. 어젯밤 밀린 원고를 마저 쓴다고 새
벽녘에야 눈을 붙이더니 무척 고단했는지 코까지 골고 있잖은가.
오늘 따라 미운 짓을 골라 가면서 자고 있다.

가끔씩 아내가 어찌 하고 있는지 눈길을 주다가 불현듯 예전
과 너무 달라진 모습에 놀랄 때가 많다. 며칠 전 새벽기도를 갔
다 오면서도 똑 같은 경험을 했다. 한참 운전하다가 오른쪽 좌석
을 보니 웬 할머니가 자고 있지 않은가? 깜짝 놀라 자세히 쳐다
보니 바로 아내였다. 어느 문인의 글에 장모님이 들어와 인사를
하고보니 아내였다는 것처럼 어느새 할망구가 되어버린 아내였

다. 하지만 밉다는 생각보다는 안쓰럽다는 생각이 더 든다. 얼마나 힘이 들었으면 시간만 나면 잠을 잘까. 처음 만났을 때 곱던 용모는 다 어디 가고 말았는가.

요즈음은 웬 만큼 나이든 남자들은 이사 갈 때 두고 갈까봐 얼른 운전석 옆에 앉는다는데 오히려 잠을 자면서까지 가까이 있고 싶어 하며 여지껏 부엌일, 세탁일 한 번 해보지 않았으니 얼마나 행운아인가.

나는 불편하게 자고 있는 아내가 고맙게 느껴져 침대에 가서 자게 할 요량으로 아내를 깨웠다. 아내는 두서너 번 흔들어서야 눈을 뜨더니 입을 열었다. "왜요? 뭐 물이라도 한잔 떠다 드려요?" 그러면서 쳐다보고 있는 나와 눈이 마주치자 비시시 웃으며 몸을 일으키려 한다. 참으로 못 말리는 아내이다. "아니. 됐어. 그냥 자요."

그래. 그렇게 해서라도 피로가 가시고 몸 건강히 오래오래 살았으면 좋겠다.

달개비

장미는 특히 남 캘리포니아에서 사랑을 받는 꽃으로 사계절 내내 집 정원을 아름답게 꾸며주고 있다. 우리 집도 드라이브웨이 왼편의 잔디밭과 옆집 사이에 경계를 짓고 있는 좁고 기다란 화단에 몇 그루의 나무장미가 일정한 간격을 두고 심어져 있다. 그 장미나무 사이마다 칼라(Calla)를 심어놓았는데 그 틈새에 엉뚱하게도 달개비란 놈이 자라고 있다.

그곳에서 처음 달개비를 본 것은 2년 전쯤으로 화단을 정리하면서 잡초들을 뽑아내고 있을 때였다. 옆집 화단에서 우리 집 쪽으로 삐어져 나온 웬 낯선 풀이 있어 그냥 뽑아버리려다가 머리에 스치는 것이 있어 곧 멈추고 쳐다보니 바로 달개비였다. 6·25 동란 이후 한국서는 물론 미국에서도 전혀 눈에 띄지 않던 달개비가 어떻게 이곳에서 자라고 있는지 신기한 일이었다.

순간 까마득 잊고 있었던 옛일이 생각나며 동시에 외할머니의 얼굴이 떠올랐다. 마치 오래도록 그리던 사람을 만난 것처럼 반가운 마음에 달개비가 다칠세라 다른 잡초들을 뽑아낸 후 잘 자라도록 만들어 주었다. 꽃도 작고 잎도 볼품없는 일개 잡초에 지나지 않는 달개비가 감히 견줄 수 없는 장미와 칼라와 더불어 각별한 보살핌 속에 우리 화단 일부를 차지하고 있다.

한국전쟁이 터지고 북한군이 서울을 점령한 지 한 달가량 지나자 경황 중에 따로 비축할 겨를이 없었던 우리 집은 식량난으로 굶주림에 시달리기 시작했다. 아버지는 악질 부로주아라는 죄목으로 일찌감치 잡혀가셨고 형과 나는 10대 초반이지만 나이에 상관없이 끌려가는 의용군의 징발 위험성 때문에, 어머니는 아직 젊은 나이라는 이유로 바깥출입을 삼가고 계셔서 자연 식량 구입이나 부역 같은 동원은 주로 외할머니께서 도맡아 하셨다.

처음에는 옷가지와 귀금속을 챙겨 뚝섬까지 가서서 배로 한강을 건너 시골마을(지금의 강남지역)에 다니시며 곡식이나 채소와 맞바꿔 오셨지만 미군의 공습이 심해지면서 그것마저 어려워져 배를 곯는 횟수가 점차 늘어갔다. 하루에 한 끼가 고작이었는데 그것도 물을 가득 채운 솥에 쌀 한 줌 정도 넣고 끓인 쌀죽 국물을 마시는 것이었다. 날이 지나면서 식구들의 얼굴은 누렇게 뜨고 눈은 오랜 환자처럼 깊숙이 파여 요즈음 뉴스에 나오는 에티오피아 난민이나 중국으로 탈출하는 북한사람들과 흡사한 몰골로 변해갔다.

그러던 어느 날, 외할머니는 형과 나를 부르시더니 산에 가서 처음 들어보는 달개비라는 풀을 뜯어오라고 말씀하셨다. 습기가 있는 그늘진 곳에서 찾아보되 잎사귀는 어떻게 생겼으며 줄기에 마디가 나 있으나 매우 여려서 잘 끊어지니 막 다루지 말도록 자세히 가르쳐 주셨다. 남산 산자락인 남산초등학교 옆에 살았던 우리는 어렵지 않게 달개비를 뜯어왔고 할머니는 그것을 깨끗이 씻어 죽을 쑤는데 넣고 끓이셨다. 멀건 쌀죽 국물만 마시다가 달개비가 들어있는 걸쭉한 죽은 맛도 괜찮았고 주린 배를 훨씬 더 채울 수가 있었다. 우리는 매일 달개비를 뜯어오는 것이 주요 일과가 되었고 그 일은 유엔군이 인천에 상륙해서 서울에 입성하기 며칠 전까지 계속되었다.

우리 가족은 아직도 김일성을 형을 살려준 장군님으로 여기고 있다. 온갖 좋은 음식과 약을 마다해서 갈수록 깊어가던 형의 폐결핵이 그가 동족을 상대로 일으킨 전쟁으로 달개비죽도 없어서 못 먹는 껄떡이가 되자 어느새 감쪽같이 달아나 버린 것이다. 이웃에 살던 이응로 화백이 반미포스터를 그리고 있다느니, 그의 부인이 전처소생 아들을 의용군에 입대시켜 사지로 몰아넣었다느니, 아무런 군장표시도 없는 인민군 복장으로 나다니던 여배우 최은희가 카메라맨이던 남편 김학성씨가 남쪽으로 가면서 홀로 남은 전 부인과의 아들을 전혀 돌보지 않는다느니, 서울에 온 장군님을 만났다느니, 하는 그 당시 동네사람들 사이에 무성했던 소문들은 더 이상 기억하고 싶지 않은 이야기가 되어버렸다.

그보다는 반세기가 지난 지금까지 대를 이어 인민들을 굶주리게 하는 지도자 동지와 그런 위인이 좋다는 남한의 철부지들 그

리고 아직껏 적화통일의 야욕을 버리지 않고 있는 선군주의자에
게 전비와 군량미를 보내줘야 한다는 몽상을 가진 인도주의자들
에게 달개비죽 한 그릇을 맛보게 하고 싶은 마음이다.

아이스케끼

　1·4후퇴 시 우리 가족은 삼례라는 곳으로 피난을 갔었다. 처음 몇 달은 그곳 원불교 분원에서 머물다가 그 후에 어느 커다란 집의 뒤채를 얻어 옮겨 살게 되었다. 주인집 할아버지는 서울시장을 지낸 분의 부친으로 매우 풍채가 좋았고 후처인 부인과 그녀가 데리고 온 딸과 앞 본채에서 살았다. 그 딸은 나보다 두 학년 위인 중학교 3학년 학생이었는데 같은 집 울타리 안에 살았지만 볼 수 있는 기회란 한 달에 두세 번이 고작이었다.

　그녀는 매일 전주로 열차통학을 하고 있어서 아침 일찍 나갔다가 늦은 저녁 시간에야 돌아오기 때문에 일요일에나 볼 수 있었고 집에 있을 때라도 좀처럼 자기 방에서 나오질 않았다. 성격 탓인지 아니면 한창 감수성이 예민한 나이라 자신의 신분이 드러나는 것이 싫어서인지 그녀를 보기란 여간해서 쉽지 않았다.

　그런데 어느 날 우리 둘은 10여 리 떨어진 봉개라는 마을에 함께 가게 되는 일이 생겼다. 그 마을에는 나의 이모와 그녀의 외할머니가 살고 있어서 그날 내가 그곳에 간다니까 늘 외할머니를 보고 싶어 하던 그녀가 동행을 어머니께 청했다는 것이다.

나는 뜻밖에 찾아온 호기에 그녀에게 잘 보이려고 이 옷, 저 옷 뒤적거렸으나 달리 외출복이 없는 처지라 아래 위는 교복을 그대로 입고 대신 그 동안 아껴두었던 하얀색 운동화를 꺼내 신었다. 출발시간에 맞춰 문밖으로 나온 그녀의 모습은 참으로 아름다웠다. 레이스가 달린 흰 블라우스에 초록색 비로드 치마, 반짝거리는 검정구두 그리고 한 손에는 구슬로 된 핸드백을 들고 다른 한 손은 꽃무늬 양산을 받쳐 들고 있었다. 사실 그녀와 마주한 것은 그때가 처음인데 간혹 집안에서 마주쳤어도 말 한 마디 건네지 않고 내외하면서 지내왔던 것이다.

우리는 '꼭 신랑, 신부 같다'느니 '잘 어울리는 한 쌍'이라니 하는 양쪽 가족들의 농담 섞인 배웅을 받으며 길을 나섰다. 그러나 우리는 읍내를 벗어날 때까지 아무 말도 나누지 않은 채 앞만 보고 부지런히 걷기만 하였다. 읍 끝에 있는 기차역을 지나 만경평야가 한없이 펼쳐지는 제방 길로 올라섰을 때 그녀가 갑자기 말문을 열었다.

"너 공부 잘 한다며?" 나는 의외의 질문에 당황하여 "아니, 그냥…" 하며 쑥스러워 얼버무리려 하자 "어머니한테 네 얘기 많이 들었으니 감추지 않아도 돼." 그녀는 나를 보며 예쁘게 웃었다. 나는 눈이 부셔 그녀의 얼굴을 마주 처다 볼 수 없었으나 용기를 내어 물었다. "그런데 매일 기차 타는 게 힘들지 않아?" "아니. 그런 건 괜찮은데…" 그녀는 잠시 말을 끊고 주저주저하다가 무슨 결심이나 한 듯 재빨리 말을 이었다. "너한테만 처음 얘기하는 건데, 사실 진짜 힘든 것은 기차 안에서 겪는 남학생들의 히야까시야." 지금 생각해 보면 그녀의 말은 은근히 남학생에게 인기가 있다는 자랑이었을 텐데 그때 나는 그 뜻을 헤아리지 못하는 숙맥이었고 다만 의분이 솟아 만일 내가 함께 통학한다면 그녀를 굳게 지켜줄 것이라는 바보스런 생각만 하였다.

우리는 목적지에 도착할 때까지 말은 별로 많이 나누지 않았지만 앞서거니 뒤서거니 걸으며 함께 노래를 불렀고 어쩌다 시선이 부딪치면 환한 미소를 주고받았다. 마침내 십리길이 꿈결처럼 지나고 우리는 마을 어귀에 들어섰다. 동네 초입에는 그곳에 하나뿐인 상점이 있었는데 이모네가 경영하는 곳이었다. 그녀의 얼굴은 먼 거리를 쉬지 않고 걸은 탓으로 발갛게 상기되어 있었고 이마와 콧잔등에는 땀방울이 돋아 있었다.

나는 얼른 가게에 들어가 냉장고속에서 아이스케끼 두 개를 꺼내와 한 개를 그녀에게 내어 밀었다. 손님이라야 마을사람들이고 늘 있는 것도 아니어서 상점에는 주인이 없는 경우가 보통이었다. "아니, 주인도 없는데 어쩔려고?" 그녀는 겁먹은 얼굴로 주위를 살피며 나직이 말했다. 나는 짐짓 뺑소니치는 시늉을 하다가 재빨리 돌아서며 엄숙한 표정으로 이 가게가 이모 집이라고 말해 주었다. 그녀는 곱게 눈을 흘겼으나 금세 표정을 풀며 아이스케끼를 베어 물었다. 당시의 아이스케끼는 단단치 못하여 먹다가 한, 두 조각 떨어지는 것은 흔한 일이었다. 그녀는 손바닥을 펼쳐 받으려 했으나 아이스케끼 덩어리는 블라우스 위에 떨어졌고 당황한 그녀가 얼른 털어낸다는 것이 공교롭게도 내 운동화 위에 떨어졌다.

그 결과가 어떤지는 보나마나였다. 그녀의 흰 블라우스에 남긴 초콜릿 빛 아이스케끼 자국 그리고 나의 흰 운동화에 생긴 같은 색의 얼룩. 우리는 동시에 "아!" 소리를 냈으며 눈이 마주치는 순간 둘은 눈물이 나도록 웃고 또 웃었다.

그 후 나는 아이스케끼 흔적을 지우지 않은 채 그 운동화를 보물처럼 오래도록 간직하였다.

못 생긴 사진

얼마 전부터 사진 하나가 거실 옷장 위에 새로 등장하였다. 지난 달 보스턴에 사는 큰딸이 내 생일을 전후해서 며칠 다녀갔는데 그때 찍은 사진 가운데 하나를 보내 온 것을 아내가 그 곳에 놓아둔 것이다.

그 사진은 딸이 돌아가기 전날 아침, 내가 뒤뜰을 정리하고 부엌에 들어왔을 때 찍은 것이었다. 얼굴은 세면을 하기 전이라 덥수룩하고 차림새도 일할 때 입는 낡고 모양 없는 작업복이었다. 사진의 절반 넘게 차지한 얼굴은 나이 먹은 티를 숨기지 못할 만큼 이마와 입 언저리에 골이 패이고 눈 밑과 턱 그리고 목덜미가 울퉁불퉁 처진 것이 영락없는 촌로 모습 그대로였다. 이렇게 못생겼나 낙심이 들 정도로 볼품없는 사진이었다. 이왕 만들려면 좀 그럴 듯하게 보이는 것을 골라야지 하필 멋대가리 없게 찍힌 사진을 비싼 돈 들여 보내준 딸애가 못마땅하였고 그게 무엇이 좋다고 떡 하니 가장 잘 보이는 곳에 세워놓은 아내의 심보 또한 마찬가지였다.

　그런 사진이라면 나라도 언제든지 만들 수 있었다. 사실 나의 사진기술은 어느 정도 인정을 받고 있는 터였다. 대학을 졸업하고 은행에서 직장생활을 시작할 때부터 사진을 찍어왔다. 그렇다고 무슨 예술작품을 찍는 것은 아니고 우리 주변의 경조사나 모임 또는 행사 같은 데서 스냅이나 기념될 만한 장면을 담는 것이 대부분이었다. 사진은 그냥 찍자는 것이 아니라 갖기 위한 것이 목적이므로 나는 가급적 사진에 나온 사람들에게 빠짐없이 사진을 보내주고 있다. 친구와 친지들은 내 사진을 받아보지 못한 사람이 거의 없을 정도이다. 하지만 막상 내 자신은 변변한 독사진 한 장 가지고 있지 못하다.

　사진을 찍다보면 재미있는 일, 눈꼴사나운 일들을 경험하게 된다. 특이한 현상은 사진을 찍을 때 사람마다 서는 위치가 다르다는 점이다. 단체사진을 찍을 때 보면 가운데 서는 사람은 항상 가운데, 옆에 서는 사람은 늘 옆에 이렇듯 저마다 선호하는 자리가 있다. 그래서인지 맨 첫줄에 놓여있는 의자를 차지하는 사람들은 언제나 그 얼굴이 그 얼굴들이다.

　사진을 찍는 자리는 바로 그 사람의 인간성을 나타내기도 한다. 양식이 있거나 예의를 아는 사람은 가급적 다른 사람, 특히 연로한 분이나 키가 작은 사람에게 좋은 자리를 양보하기 때문에 구석으로 몰리거나 맨 뒤의 잘 보이지 않는 곳에서 찍히기 쉽다. 좋은 자리에서 찍힌 사람은 내심 흐뭇할지 몰라도 그 사진을 보는 사람은 그가 어디에서 어떻게 찍혔나를 보지 않고 그가 어떤 인간이었나를 기억하게 될 것이다.

딸이 보내온 그 촌스런 사진은 볼수록 근사하게 느껴지고 있다. 이제는 딸이 어째서 많은 비용을 지불해 가며 그런 사진을 만들어 보냈고 아내는 굳이 늘 보이는 곳에 놓아두려고 했는지 그 마음을 읽을 수 있을 것 같다. 바로 오늘의 내 모습을 있는 그대로 보여주기 때문이 아닐까? 딸에게 멋지고 활기찼던 옛날의 아빠보다는 어느새 늙어버린 아빠가 더 자랑스럽고 소중하게 여겨지리라.

아내 역시 왕년의 얼짱, 몸짱은 사라졌어도 한 평생 곁에서 고락을 함께 하다가 주름이 늘어나고 힘이 빠져버린 남편이 더 믿음직스럽고 정답게 느껴졌으리라. 역사가 담겨있는 사진, 삶이 배어있는 사진, 그 사진은 비록 못 생기고 잘 찍히지 않았다 해도 함께 걸어온 가족에게는 언제나 아름다운 추억의 노래를 들려줄 것이다.

어머니의 혼, 정화수 이야기

현재 한국 수필계를 이끌어가는 중진작가 한 분이 L.A.를 다녀갔다. 금아 피천득 선생님의 뒤를 잇는 우리나라 서정수필의 1인자로 인정받는 정목일 수필가인데 바쁜 일정 가운데도 이곳 문인들과 여행을 함께 했고 필자는 출간한 지 보름밖에 되지 않아 아직 따끈따끈한 그분의 새 에세이집, 『한국의 아름다움 77가지』를 직접 서명까지 곁들여 받는 행운을 가졌다.

이 책은 저자가 머리말에서도 말했듯이 외래문물에 휩쓸려 점차 고유의 문화를 잃어가고 있는 요즈음 민족문화의 정체성을 알고 민족의 영혼과 전통, 우리 겨레가 오랫동안 삶 속에서 체득했던 지혜와 미의식을 알아보자는 의도로 펴내게 되었고 학생과 해외동포들에게 한국의 영혼과 뿌리를 알리는데 조금이라도 도움이 된다면 더없는 보람이며 기쁨이라는 말로 끝을 맺고 있다. 이 에세이집에는 돗자리, 소반, 반닫이, 인두와 장독대, 판소리, 탈춤, 문방사우, 정자 그리고 단청, 부적, 삼신, 태몽 등 오랫동안 우리 생활의 한부분이 되어왔던 77가지의 물품과 멋 그리고 정신을 담고 있는데 자칫 딱딱하고 밋밋하기 쉬운 내용들을 예의 수려한 문체로 편안하고 정감 있게 그려내고 있다.

아직 책을 정독하지는 못했지만 읽은 중에서 가장 마음에 와 닿은 것은 '정화수'였다. 이 글을 읽는 순간 불현듯 오래 전 돌아가신 외할머니와 어머니가 생각났다. 처음에는 외할머니께서 도맡아 하시다가 나중에는 어머니가 이어 받으셨는데 집안에 좋거나 어려운 일이 생길 때마다 특히 우리 4남매가 입학시험을 앞두고 있을 때는 이른 새벽 언제 일어나셨는지 조그만 밥상 위에 정화수 한 그릇을 올려놓고 촛불을 밝힌 후 정갈한 자세로 그 앞에 앉아 열심히 치성을 드리던 모습이 아직도 눈에 선하게 떠오른다. 당시 뚜렷한 종교를 갖지 않으셨던 어머니가 누구를 향해 비셨는지는 모르겠으나 하나님이든 부처님이든 어머니께서 마음속으로 믿고 의지하던 절대자에게 간구한 것만은 틀림없을 것이다. 나는 그런 짓거리가 모두 쓸데없는 미신이라고 무시하면서도 하도 지극하셨던 정성에 어느새 그 기대에 보답해야겠다는 생각이 마음 한 구석 자리 잡기에 이르렀다.

이런 어머니의 치성이 어찌 필자의 집에만 있었겠는가? 방법만 다르다 뿐이지 대부분의 가정에서 한국의 어머니들이 보편적으로 가졌던 생활의식이었다. 이처럼 지금 육, 칠십대 이상의 한국 어머니들은 가족에 대한 사랑이 헌신적이었을 뿐 아니라 수시로 옳고 그름을 일깨워줘서 자녀들은 삶속에서 저절로 할 일과 하지 말아야 할 분별력을 익히며 자랐다.

그런 가정교육 때문에 그들의 자녀, 소위 386세대들은 아무리 민주화를 위해 싸울 때라도 독재의 편에 섰던 미국에게 그 은공만은 저버리지 않았으며 동족상잔의 전쟁을 벌인 김일성 집단을 지지하거나 자유민주 체제를 부정하는 망언만은 떠벌리지 않았던 것이다.

하지만 그들 중간세대가 저지른 가장 큰 과오는 어머니처럼 자식들을 바로 훈육시키지 못했다는 점이다. 데모를 일삼느라 배우지 못해 무지해졌는지 아니면 입시지옥이 안쓰러워 너무 응석받이로 키워서 그런지 어떻게 자녀들을 전후좌우도 가리지 못하는 인간들로 자라게 방치했는지 도대체 이해할 수 없는 노릇이다.

오늘날 한국의 학생들과 젊은이들로 야기되는 많은 혼란 상태를 보면 이미 이성과 상식 그리고 염치의 한계를 넘은 것 같다. 정의가 실종되고 가치관이 바로 서지 못하며 최소한의 도덕률마저 찾을 수 없는 세상이 어찌 사람들이 사는 곳이라 할 수 있단 말인가?

자식을 잘못 가르치면 당사자의 가정적 문제로 끝나는 것이 아니고 그들이 속한 국가와 민족에게도 커다란 해독을 끼치게 됨을 지금 뼈저리게 경험하고 있다. 신세대 엄마들은 어머니를 어떻게 평가하고 또 자기들에게 어떤 점수를 매길지 알 바 없으나 자신의 자녀들이 지금의 젊은이들보다 조금이라도 낫게 되기를 원한다면 먼저 가정교육부터 제대로 시켜야 할 것이다.

자녀들의 앞날을 걱정하는 엄마들이 있다면 어머니의 어머니

들이 했다는, 이제는 한갓 전설이 되어버린 그 정화수 이야기를
한 번 읽어보기를 권하고 싶다.

단풍으로 만든 명함

자기를 광고하는 수단 중 가장 초보적인 것이 명함이 아닌가 싶다. 나 역시 대학을 마치고 은행에 취직해서 맨 처음 만든 것이 명함이었다. 오늘날 많은 사람이 개인 웹사이트를 가지고 있는 정보화시대라 하지만 주소 없이는 열어볼 수 없기 때문에 아직도 명함의 효용가치는 변하지 않고 있다.

60년대는 직장다운 직장이 별로 없었던 시절이라 은행은 가장 선호하는 직장의 하나여서 누구와 첫 대면시 명함을 건네면 찬사와 부러움의 인사를 받고 은근히 우쭐대던 때가 있었다. 이렇듯 명함은 예나 지금이나 나를 대변해 주는 역할을 하고 있다. 나의 명함이 뽐낼만한 것인가, 아니면 부끄러운 것인가는 각자가 책임져야 할 몫이다.

현재 한국에서는 '10년에 10억을 버는 방법'이라는 재테크 광고가 큰 인기를 끌고 있다고 한다. 제목부터 매우 매력적인 광고이다. 자본주의 사회에서 돈은 가장 주목받는 관심대상이다. '돈은 개처럼 벌어 정승처럼 써라'고 해서일까. 요즈음 한국 TV에 등장하는 선전을 보면 어처구니없는 광고들이 목격되고 있다. 지성인의 대표라고 할 수 있는 어느 낯익은 교수, 그것도 클래식 전공 성악가가 술 취한 흐트러진 모습으로 술광고에 등장하고 20세 전후의 나 어린 여자연예인이 술 마실 것을 열심히 선전하는 것을 보려면 세상이 어떻게 이 지경에 이르렀는지 서글픈 마음이 생긴다.

어디 이뿐인가. 너도나도 옷을 벗어버리고 문자 그대로 몸을 던져 돈벌이에 나서고 있다. 당사자들이야 누드도 예술 운운할지 모르나 결국 남자들의 눈요깃감으로 내던진 것이나 다름없다. 어쩌다가 순박한 우리나라 사람들이 이렇게 돈에 굶주린 야수로 돌변했는지 한국의 현실과 내일이 염려스럽다.

돈의 바다를 항해하는 오늘의 자본주의 사회, 물질이 인생의 성공과 실패를 가늠하는 황금만능시대를 살아가는 우리가 어떻게 인간답게 살 수 있느냐를 선택해야 하는 험난한 도전에 직면해 있다. 이럴 때 아무리 바쁘더라도 잠시 틈을 내어 가까운 곳으로 단풍구경을 떠나 보는 것이 어떨까?

절묘한 자연의 풍광도 즐길 수 있겠지만 단풍에게서 인생의 가을을 어떻게 장식할 것인가를 배우게 될 것이다. 우리는 돈으로 단풍을 만들 수는 없다. 하지만 나의 삶을 가지고 나를 단풍으로 만들 수는 있다. 인생은 단풍나무와 같다. 우리는 가지와 잎새를 키우고 혹은 꽃을 피운다든가 혹은 열매를 맺혀 전성시대를 구가하다가 어느 때가 되면 단풍이 되어 물들기 시작한다.

술 취한 모습으로나 벗은 몸뚱이로는 결코 예쁜 단풍이 될 수 없다.

계절이 있는 이유는 우리에게 생각과 여유를 주기 위함이다. 가능한 한 좋은 단풍으로 자신의 명함을 만들 수 있는 기회를 주려는 신의 배려이다. 가을철 아름다운 단풍이 되어 있어야 할 우리가 노랗지도 않고 빨갛지도 않은 누르팅팅한 상태로 남아 있다면 얼마나 참담한 일이겠는가.

언젠가 결국 지상으로 돌아가야 하는 한 잎 조그마한 잎새와 같은 우리의 인생이 아름다운 단풍으로 뭇 사람들의 찬사와 경탄을 받고 있다가 허공을 멋지게 춤추며 떨어져야 하지 않을까.

L.A.의 한인 채소밭

　　노인 아파트에 사시는 최 권사님 댁에서 구역예배를 보게 되었다. 평소 몸이 불편하신 관계로 다른 구역원의 모임에만 참석하시곤 했는데 마침 한국에서 따님이 오신 참에 그동안의 신세를 갚는다며 자기 집으로 모이도록 한 것이었다. 같은 아파트에는 연세가 90이 되시는 또 한 분의 권사님도 살고 계신다.

　　최 권사님의 따님은 몇 가지 음식을 준비하여 우리를 대접하였는데 요리솜씨가 대단하였다. 여러 반찬 가운데 가장 인기가 있었던 것은 두 분 권사님이 아파트 화단에다 일궈놓은 채소밭에서 방금 따온 상추와 쑥갓이었다. 문자 그대로 싱싱한 무공해 웰빙 식품이었다. 원래 아파트의 화단은 관리사무실에서 화초를 심는 곳으로 누구도 손을 댈 수 없는 땅인데 두 분 권사님은 아파트를 처음 개업할 때 입주하셔서 화단이 채 조성되기도 전에 채소밭을 꾸민 탓에 어떤 입주자도 침범할 수 없는 기득권을 가지고 지금까지 개인소유나 다름없이 채소밭을 가꿔 오고 계신다.

　L.A.에 사는 한인동포 가운데는 이렇게 자기 집 뜰이나 아파트 정원 구석에 밭을 만들어 채소를 재배하는 사람들이 많다. 특히 나이 드신 분들은 아무리 집이 좋고 부유하게 산다 해도 거의가 정원 한 구석에 밭을 만들어 채소를 키우고 있다. 집주인이 좀 부지런한 사람은 단감나무, 석류나무, 무화과나무 같은 두세 종류의 과일나무를 심어놓고 있어서 수확철이 되면 서로 나눠주는 통에 굳이 마켓에서 과일을 사 먹지 않아도 될 정도이다.

　이곳에서 자기 집을 소유한 교포들은 어느 정도 경제적으로 자립한 사람들이다. 그들이 채소밭을 꾸미고 있는 것은 식품비를 보충하려는 것도 아니고 건강을 위한 운동으로 삼으려는 것도 아니다. 사실 따지고 보면 채소밭을 유지하는 값보다 마켓에서 사먹는 값이 훨씬 적게 먹힌다. 하지만 자신이 직접 수확한 채소는 마켓에서 구입하는 그것과는 비교할 수 없을 만큼 보람되고 값진 것이다. 농산물은 결코 거짓말을 하지 않으며 열심히 가꾼 만큼 열리고 딸 수 있다.

　더구나 이민 1세들은 서울이나 도시에 살다 왔어도 대부분 고향이 시골 농촌이다. 그들은 직접 농사를 지은 경험이 있고 가족들이 기른 채소를 먹으며 자랐다. 그런 농산물에는 아버지의 땀이 배어있으며 어머니와 누나의 따뜻한 손길을 느낄 수 있다. 이렇듯 집에서 기른 채소는 부모형제에 대한 그리움과 사랑이 함께 들어있는 것이다.

　우리 집에도 채소밭과 몇 그루의 과일나무가 있다. 뒤뜰이 넓지 않은데다 수영장이 대부분 점령하고 있어서 채소밭을 만들

공간이 없어 화단 한 구석 반 평 남짓한 곳에 터를 잡고 토마토, 가지, 오이를 심어 놓았다. 매일 아침 이것들에게 물을 주고 잎들을 따주면서 마치 만석지기 농부와 같이 부자가 된 느낌이다. 자연은 언제나 말할 수 없는 안식과 행복을 가져다준다.

오늘 아침 화단에 물을 주고 들어오니 뉴스에 한국학생의 식중독 소식이 들려왔다. 미국을 방문하는 한국 사람들은 이구동성으로 이곳에서 먹는 한국음식이 오히려 한국보다 맛이 좋다고 말하고 있다. 그럴 수밖에 없는 것이 이곳에서는 가짜식품이 없고 절대로 불량재료로 음식을 만들어 팔지 않기 때문이다. 건강과 직결되는 식품에 가짜가 판을 친다는 것은 인명천시의 반증이며 그런 사회는 문명국가라고 말할 수 없을 것이다. 한국이 세계에서 열 번째 경제 강국이 되었다면 이제는 생활의 기본 의식주에서만큼은 속임수가 사라져야 할 것이다.

아직도 안심하고 먹을 수 있는 식품을 만들어 내지 못하는 상태에서 외국의 좋은 농산물마저 수입할 수 없다고 20년 넘게 억지를 부리는 집단이기주의를 보면서 그동안 그런 힘으로 경쟁력을 향상시키는 일에 힘썼으면 지금은 충분히 개방해도 되지 않았나 하는 생각이 든다. 한국의 관광객들이 미국을 여행할 때 관광명소나 쇼핑센터에 들르는 시간을 좀 할애해서 이곳 한인동포들이 가꾸고 있는 채소밭을 둘러본다면 각박한 도시생활 속에서도 어떻게 자연과 고향을 가까이 하여 살 수 있는가를 배우는 좋은 기회가 될 것이다.

2.

인사동에서 한국을 잃다

시민권이 뭐길래

장모님의 시민권시험 준비는 하나의 투쟁이었다. 팔순을 넘기신 분이 저러다가 몸져 누시면 어쩌나 걱정이 될 지경이었다. 매일 노인회에서 주관하는 시민권시험 준비반에 개근하는 한편, 틈이 날 적마다 히어링 능력을 높이기 위하여 예상 질문들을 녹음한 테이프를 듣고 계셨다. 또한 유일한 낙이던 한국 TV시청도 아예 딱 끊으시고 밤늦도록 각 한인단체에서 출간한 예상시험문제들을 하나씩 하나씩 써 가면서 암기하셨다.

내가 볼 때에 장모님은 시민권시험을 위하여 그분이 하실 수 있는 모든 열정을 다 쏟고 계셨다. 가끔 나의 사무실로 의문이 가는 문제를 묻기 위하여 전화를 하시는데 그것은 질문이라기보다는 걱정이 앞서서 하시는 전화였다. 그러나 장모님의 영어실력은 늘 같았다. 사실 늘었다고 말하기도 그렇고 늘지 않았다고 하기도 그랬다. 실력 운운할 입장이 못 되었다. 그럴 수밖에 없는 것이 한국에서 10여 년 이상 영어공부를 한 젊은 사람도 미국에 와서는 벙어리와 귀머거리가 되기 십상인데 옛날 한국노인들이 그랬던 것처럼 겨우 언문정도 터득하셨던 분이 팔십이 다 되어 갑자기 영어공부를 한다고 해서 될 법한 일이 아니었다.

장모님의 시민권 시험은 애초부터 승산 없는 도전이었다. 그러나 이따금씩 들려오는 주변 노인들의 합격소식은 자존심이 유달리 강하신 그분을 가만 놔두지 않았다. 나와 내 처가 좋은 말로 아무리 만류해도 그분의 응시고집을 꺾을 수 없었다. 장모님을 비롯하여 대부분의 한국노인들이 시민권을 꼭 취득해야 하는 배후에는 천국이냐, 지옥이냐를 선택해야 하는 절박한 사정이 도사리고 있었다.

1990년대에 들어와서 미국의 경제사정이 더욱 악화되더니 그 불똥은 저소득층의 생계수단인 웰페어(Welfare)에까지 미쳤다. 장기간의 경기침체에 집권 보수정당이었던 공화당은 자연히 세금 한 푼 내지 않고 예산만 축내고 있는 외국출신의 웰페어 수혜자들에게 곱지 않은 시선을 보내게 되었다. 그 결과 한국노인들에게 효자소리를 들으며 어려운 환경 속에서도 미국에 사는 보람을 느끼게 해준 웰페어를 마침내 시민권자를 제외하고는 1996년 10월부터 전면 중단시키는 법안이 통과되었다.

웰페어는 연방정부가 만 65세 이상의 저소득 노인에게 매월 지급하는 생계보조금(SSI)으로 의료보험(Medicare)과 함께 노인복지의 양대 산맥을 이루고 있는 제도이다. 지급되는 액수는 주(州)마다 각각 다른데 한국노인들이 가장 많이 거주하는 캘리포니아에서는 자녀들과 함께 사느냐, 따로 사느냐에 따라 한 사람당 평균월 850~870불을 지급하고 있다. 앞으로 웰페어가 끊기면 다른 수입원이 전무한 대부분의 한국노인들은 꼼짝 없이 노인아파트에서 쫓겨날 신세가 된다. 장모님처럼 들어가서 지낼 방이라도 가진 딸을 둔 노인은 그나마 나은 편이다. 그렇지 못하고 좁은 아파트와 여분이 없는 방에서 살고 있는 자녀를 두었거나 혼자 사는 노인들은 정말 잠자리조차 막연한 처지에 놓인다. 시민권 시험 수업을 받기 위하여 강의 장소로 가던 74세의 할머니가 차에 치어 사망했다는 비보가 들려온 것도 그러한 진통의 한 단면이었다.

장모님의 시민권 시험은 이번이 두 번째였다. 4개월 전에 가졌던 첫 번째 시험은 예상대로 낙방이었다. 시험장 밖 복도에서 대기하고 있던 나는 낙심된 얼굴로 나오시는 장모님을 점심까지 대접하면서 위로해 드렸다. 그러면서 조금 더 공부하시면 다음에는 무난히 합격하실 것이라고 격려도 아끼지 않았다.

그때는 그래도 시간적 여유가 있었다. 그러나 이번 시험은 상황이 달랐다. 이번에도 떨어진다면 당장 다음 달부터 웰페어가 그치고 사위집에서 눈치밥을 먹으며 기약 없는 감옥살이를 해야 할 형편이었다.

시험은 L.A.에서 약 15마일 떨어진 앨·함브라시에 있는 한 연방정부 건물에서 치르게 되었는데 비좁은 장소에 너무 많은 응시자들이 몰려서 내부는 마치 도떼기시장 같았다. 시험시간은 응시자의 시험통지서에 적혀있는 순서에 따라 보통 아침 8시부터 시작되었다.

장모님의 얼굴은 비장감마저 들었다. 이번에는 꼭 붙고야 말 겠다는 강한 의지가 엿보였다. 장모님은 기다리는 긴장된 시간에도 쉬지 않고 예상문제집을 뒤적이며 한 문제라도 더 맞히려고 애쓰셨다. 나는 그런 장모님을 바라보며 이번에는 어느 정도 합격가능성이 있지 않을까 하는 생각이 생겼다. 그동안 저렇게 열심히 준비하셨으니 하나님도 차마 노 권사님의 노심초사를 외면하시지 못할 것이라는 느낌이 들었다.

마침내 장모님을 호출하는 소리가 들렸다. 나는 시험장 입구까지 따라가면서 장모님의 귀에 대고 가만히 말했다. "시험관에게서 '프레지던트(대통령)'라는 소리가 나오면 무조건 죠지 워싱턴이나 아브라함 링컨 둘 중 하나를 대답하세요." 이런 나의 조언은 아무 대답도 않는 것보다 뭐든지 대답하면 둘 가운데 하나는 맞을 것이라는 심산 때문이었다. 옛날 학창시절 시험 칠 때 모르는 문제가 나오면 흔히 써먹던 최소 50%의 성공률이 보장되는 수법이었다. 시민권시험에는 초대 대통령이나 남북전쟁을 통해 노예를 해방시킨 대통령이 한 번도 거르지 않고 출제되었다. 나는 다시 한 번 그 말을 재빠르게 반복해 드렸다.

장모님은 고개를 끄덕이며 알았다는 표시를 하시고 문안으로 들어 가셨다. 그리고 채 1, 2분이 지났을까? 시험관이 문을 열면서 보호자를 찾았다. 내가 의아한 표정을 지으며 그 여자시험관 앞으로 다가서니 그녀는 웃으면서 내게 말하였다. "이 할머니는 1년 6개월 후에나 시험을 치도록 하세요" 하는 것이 아닌가? 바꾸어 말하면 그때는 한국말로 시험을 볼 자격이 생기니 그때 가서 다시 오라는 것이었다. 내가 영문을 몰라 그 이유를 물으려 하자 그 시험관은 참지 못하겠다는 듯이 입을 벌려 웃으면서 말했다. "할머니가 들어오셔서 앞에 놓인 의자를 가리키며 '플리스 싯 다운(앉으세요)' 했더니 할머니가 갑자기 아브라함 링컨 하시지 않겠어요? 그래서 잘못 알아들으신 줄 알고 다시 한 번 '플리스 싯 다운' 하니까 죠지 워싱턴 하고 대답하시는 거예요." 나는 이 말을 듣고 터져 나오는 웃음을 억제할 수 없었다. 장모님은 '플리스'를 '프레지던트'로 알아들으시고 내심 족집게 같은 사위의 신통력에 탄복하면서 대통령의 이름을 줄줄이 대셨던 것이다.

천천히 그리고 멀리

사람은 누구나 꿈을 안고 계획 속에서 살아간다. 그 해만의 것일 수도 있고 수년, 10년 또는 세대를 뛰어넘는 장기 계획일 수도 있다. 계획은 비록 실패로 끝나든 훌륭하게 종결짓든 결과와 상관없이 그 자체만으로도 매우 뜻 깊은 일이다. 계획이란 가능성에 대한 도전이며 꿈을 실현시키려는 의지이기 때문이다. 한국인은 계획성이 약하다.

그런 가운데 가장 성공적인 계획은 경제개발을 들 수 있다. 한국의 경제성장은 1962년에 시작된 제1차 경제개발 5개년 계획에서 비롯되었다고 할 수 있다. 당시 쿠데타로 집권한 군사정부는 국민의 가장 절실한 욕구인 '먹고사는 일'을 해결하기 위해서 경제개발에 착수하였는데 그 계획은 독재자 논란에도 불구하고 박정희 대통령의 가장 큰 업적으로 손꼽힌다.

그때 우리나라의 수출액은 3천만 달러에도 미치지 못하였는데 지난해에는 물경 4천억 불에 육박하였으니 그동안 1만 배 이상 늘어난 셈이다. 한국은 극동의 '아침이 고요한 나라'가 아니라 한류돌풍을 일으키고 있는 세계 10위권 안팎의 경제 강국이 되었다.

한국경제의 급성장은 국민성에 크게 힘입었다고 해도 과언이 아니다. 한국인은 대체로 이성보다는 감성에 더 의존하는 민족이다. 자존심이 강하여 남에게 지는 것을 매우 싫어하고 또한 다혈질이어서 결정이 빠르고 당장 눈앞에 어떤 결과를 보아야 직성이 풀린다. 그런 역동적인 기질이 모아져 단기간에 한국을 선진국 대열로 끌어올린 원동력이 되었다. 한국에서 휴대전화가 발달된 것은 당장 해결해야 할 한국인의 조급한 성격에 잘 맞기 때문이라는 조크까지 생길 정도이다. 한국 사람과 같이 일하는 외국인들은 다른 말은 몰라도 "빨리 빨리"는 대부분 알아듣는다. 따지고 보면 황우석 교수의 조작극도 급한 마음에 아직 달성치도 않은 성과를 미리 앞당겨 발표하려는 무리수에서 나온 것이라 할 수 있다. 지난 월드컵 축구도 할 일이 축구밖에 없는 사람들처럼 온 나라가 만사 제쳐두고 떠들썩하고 신문, 방송사들도 이를 앞장 서 부추기고 있는 모습을 보면서 이래도 될까 제대로 걱정한 사람이 몇이나 되었을까.

현재 세계의 웬만한 국가는 모두 존망을 다투는 경제게임에 뛰어들고 있어서 우리나라는 마냥 지난날의 성공에 샴페인만 터뜨리고 있을 형편이 못된다. 한국은 지금까지는 앞만 보고 달려오느라 흘리고 빠뜨린 것들이 많았지만 용인되어 왔다. 또한 눈앞의 것만을 챙기다 보니 좌우에 있는 것, 멀리 있는 것들을 생각하지 못했지만 책임을 묻지 않았다.

지금은 예전의 의욕과 열정만 가지고 밀어붙이던 시대는 이미 지났으며 종전에 눈감아주던 적당주의와 시행착오는 더 이상 통하지 않게 되었다. 지난날 경제발전에 촉진제가 되었던 한국인의 그런 유별난 국민성은 이제는 거꾸로 선진화를 가로막는 장애물이 되고 있다. 앞으로는 남다른 창의력과 합리적인 판단력 그리고 이성적인 자기관리로 무장하지 않고는 무한경쟁에서 살아남기 어려운 세상이 되었다.

그러기 위해서는 우리의 낡은 생활습성과 사회 구석구석에 도사리고 있는 부조리를 하나씩 청산해 가야만 한다. 한국은 굶지 않고 지낼 만큼 성장하였고 형이상학적 자유를 즐길 수 있는 여유도 생겼다. 우리는 매사를 감정에 의존하여 너무 빨리 덤벼들고 그리고 급하게 처리하려는 냄비근성에서 벗어나 좀 천천히 그리고 멀리 내다볼 수 있는 성숙한 시민의식을 가져야 할 때가 온 것이다.

이름으로 불리고 싶다

고등학교 시절 외할머니는 꾸중하실 때면 "사내는 16세에 호패를 찼느니라"고 말씀하셨다. 그때마다 호패가 무슨 굉장한 물건인 줄 여겼는데 나중에 주민등록증 같은 신분증인 것을 알고 실소했던 일이 있었다. 외할머니의 말씀을 당시는 물론 그 후 돌아가시기 전까지 으레 입에 붙은 잔소리 정도로 여겼으나 근년에 와서 부쩍 그 속에 담겨있는 뜻이 마음속 깊이 와 닿고 있다.

외할머니께서 호패를 운위하신 것은 그것을 모르셔서가 아니라 그 연령에 이른 남자라면 제 이름에 부끄럽지 않은 인간으로 살아가라는 훈계이셨을 것이다. 나는 이 나이가 되서야 겨우 내 이름을 죽는 날까지 손상시키지 않고 온전히 보존하는 일이 얼마나 어렵고 그만큼 중요한가를 깨닫게 되었다. 요즈음 다 늘그막 해서 회복할 수 없는 오명을 남기는 사람들이 얼마나 많은가. 사람이 일생에서 가장 비싸게 지불해야 하는 것이 곧 자신의 이름값이라는 생각이 든다.

　처음 미국에 왔을 때 이곳 사람들이 나이와 성별 그리고 상하를 따지지 않고 자연스럽게 이름을 부르는 것을 보고 예의도 모르는 사람들이라고 천시하는 마음이 생겼지만 반면 매우 실용적이고 더 친근하게 느껴지기도 했다. 이름이란 원래 부르라고 지어준 것인데 한국 사람들에게는 무슨 영문인지 친구 사이를 빼놓고는 잘 사용되지 않는 경향이 있다. 아직도 본명은 잘 모셔놓고 호 또는 자를 쓰는 사람이 있으며 상대방을 이름보다는 그 사람이 갖고 있는 직위나 직명으로 부르는 것이 일반화되어 있다.

　그러다 보니 언제부터인가 식모를 가정부, 운전수를 기사 등으로 그 호칭을 듣기 좋게 바꾼 일까지 생겼다. 체면과 겉치레를 중시하는 한국사회에서 힘들이지 않고 명칭 변경만으로 신분을 평가절상 시키는 효과를 보았는지 모르지만 웬만한 사람에게는 모두 장(長)과 님자를 붙여야 하고 누구에게나 아저씨, 아주머니라 불러 온 국민이 촌수 없는 일가친척이 되어버렸다.

　호칭을 부풀린다고 그 사람이 업그레이드되거나 관계가 향상되는 것은 결코 아니다. 사람이 갖고 있는 직위나 자격은 그 사람의 진면목이 아니라 외형으로 나타나는 허울에 지나지 않는다. 그럼에도 사람들은 가능한한 더 그럴듯한 칭호로 자신을 포장하여 그 명칭이 함축하고 있는 상징적 의미를 향유하려 들거나 이해관계자에게 사용하여 반사이익을 얻으려는 행태까지 마다하지 않는다. 일례로 회원이 있는지, 무엇하는 곳인지 유명무실한 단체이면서도 버젓이 소장이니 회장이라는 타이틀로 행세한다든지 최고 영예의 호칭인 목사도 모자라 박사라고 더 붙여주는 낯 뜨거운 행위 등이다. 더욱 가관인 것은 박사는 어느 특정 분야를 연구한 공적에 대한 하나의 학위일 뿐인데 마치 세상의 모든 것에 통달한 것처럼 행세하려는 사람들도 있다.

하지만 지금은 그 호칭마저도 합당한 크레딧을 못 받고 있다. 이제는 명칭이 갖는 성가(聲價)까지 상실돼 가는 못 믿을 세상이 되었다. 선생님도 예전의 스승이 못되고 교역자도 예전의 목사로 여기지 않으며 선배도 예전의 형님대접을 받지 못하고 있다. 어디 그뿐인가. 존경과 신망을 받아야 할 위정자와 기업인은 거짓말쟁이와 탈세자로 통하고 노동자는 싸움꾼, 학생들은 철부지로 인식되기에 이르렀다. 명칭은 격상되었지만 그 가치와 위상은 오히려 예전보다 점점 떨어지고 있다.

사람들이 때와 장소를 가리지 않고 제 이름 아닌 다른 명칭으로 불려질수록 그 사회는 진실보다는 허위가, 실제보다는 가식이 더 판을 친다고 말하면 지나친 표현일까? 그럴 듯한 명칭 뒤에 숨어있는 그 인간의 본연의 실체, 그 추하고 더러운 모습을 발견할 때 우리는 놀랍고 실망할 때가 얼마나 많았던가. 제 이름보다 그 사람을 사실 그대로 더 대변해 주는 거울은 없을 것이다.

내가 장로니 무슨 장이니 하는 달콤한 호칭보다는 이름으로 불려지기를 좋아하는 까닭이 바로 여기에 있는 것이다.

물구나무 서기

　　침실에 달린 화장실의 거울 앞에 화장대가 설치되어 있는 것은 어느 집이나 매한가지일 것이다. 신혼부부라면 멋진 의자도 있고 갖가지 좋은 화장품과 향수들이 진열되어 있을 법 하지만 우리 집 매스터 침실에서 그런 풍경이 사라진 것은 까마득한 옛날 일이다.

　　우리 부부는 은퇴 연령이 지나고도 계속 일하며 늘 바삐 지내는 터라 이를 증명이라도 하듯 화장대 위에는 꼭 필요한 몇 가지 품목만이 단출하게 놓여있고 필자의 유일한 화장품인 로션이 그곳 한 구석을 차지하고 있다. 이민 와서 처음 쓰기 시작한 화장품이 '올레이(Olay)'라는 상표의 로션인데 품질이 좋고 값도 비싸지 않아 계속 사용해 오고 있다.

　　그런데 그 로션이 요 며칠 똑바로 서 있지 않고 거꾸로 서 있는 것이다. 물구나무서기를 하고 있는 것이다. 로션이 바닥이 날 때쯤 되면 쉽게 나오질 않아 툭툭 치고 흔들고 요란을 떤 후에야 쓸 수 있기 때문에 보관 시 거꾸로 세워 놓아야 금방 나오고 끝까지 사용할 수가 있다. 화장품을 물구나무서기까지 시키면서 써본들 얼마나 더 절약할 수 있을까마는 이런 방법을 쓰는 것은 순전히 아내에게 물건을 아껴 쓰고 있음을 과시하려는 전략이다.

물구나무서기는 원래 몸의 균형과 민첩성을 향상하기 위한 체력단련의 한 방법으로 고안된 것인데 거꾸로 서는 운동인 만큼 매우 힘이 드는 자세이다. 군대에 갔다 온 사람 치고 물구나무서기 기합에 혼쭐나지 않은 사람이 없을 정도로 공포의 대상이기도 하다.

물구나무서기를 시도하면 세상이 거꾸로 보이게 된다. 비록 반대로 보여도 시선 또한 같은 방향에 두고 있기 때문에 똑 바로 서서 볼 때처럼 별로 어려움이 없을 것 같은데 실제는 사물을 인식하고 판별하는 데 엄청난 차이를 보인다. 언제부터인지 한국은 세상을 거꾸로 보는 자들 때문에 온 국민과 나라가 혼돈과 미망 속에 빠져 허덕이고 있다. 푸른 호수에 거꾸로 비쳐진 하늘과 구름, 숲과 나무는 아름답고 평화롭게 보이지만 다만 신기루일 뿐 그것을 잡으려는 인간들은 본인은 물론 많은 사람들에게 고통과 피해를 주고 있는 것이다.

거꾸로 서있거나 비뚤어진 물건은 바로 놓으면 곧 해결이 된다. 그러나 사람의 생각과 철학, 가치관과 품격은 금방 형성되지도 않지만 바로 잡기도 힘이 드는 일이다. 이렇듯 한 나라의 국민성과 그 민도는 하루아침에 만들어지지 않는다. 평상시 인성교육에 역점을 쏟아야 하는 이유가 여기에 있는 것이다.

한국은 유래 없는 경제성장으로 물질세계는 1세기 빨라졌을지 모르나 정신세계는 오히려 그만큼 후퇴한 감이 역력하다. 한국의 혼탁한 사회상은 국민의 굴절된 의식구조에 있다고 말해도 과언이 아니다. 양시론과 양비론이 환영받는 흐리멍덩한 가치관과 대선에서 김대업이 이회창을 이기는 풍토에서는 결코 건강하고 명랑한 정의사회를 구현할 수가 없는 것이다. 인간의 기본 규범과 질서가 붕괴된 것은 마약과 범죄보다도 더욱 세상을 파멸시키는 '악의 축'이 되고 있다.

지금 이 순간에도 분별력 없는 사람들은 세상을 거꾸로 만들려는 인간들의 달콤한 유혹과 그럴듯한 미사여구에 속아 물구나무서기 대열에 끼어들고 있다. 처음에는 세상이 달리 보이니 재미있고 즐거울 것이다. 머지않아 팔에 힘이 들고 머리에 피가 몰려 의식이 몽롱해질 것을 까맣게 모른 채 말이다.

인사동에서 한국을 읽다

12월 중순의 서울은 성탄시즌에다가 마침 대선 막바지여서 어수선한 분위기였다. 하지만 전보다 훨씬 좋아진 거리환경과 사방에 높이 솟은 많은 고층 건물들은 3년 만에 고국을 찾은 필자의 마음을 뿌듯하게 만들어주었다.

이번 한국방문은 '한국어진흥재단'의 내년 계획들을 관계당국 및 후원기관과 협의하기 위한 것이었다. 한국에서 만난 대부분의 사람들은 '한국어진흥재단'의 역할은 물론 그 존재조차 금시초문이라는 반응이었다. 하기야 재단이 설립된 지 14년이 지난 이곳에서도 잘 모르고 있으니 당연하다는 생각이 들었다. 주말 한국학교나 교회의 한국학교와는 달리 미 전국의 정규 초, 중, 고교에 한국어 반을 개설하고 유지시키며 여름방학 중에는 미국 학교 교장과 한국어 교사 그리고 한국어를 배우는 학생들을 한국으로 데려가 현지 연수시킨다는 설명에는 모두가 놀라워했다.

외국에 한국어와 한국문화를 보급시키는 것이야말로 국가적 사업이며 상품수출보다 중요한 한류이자 한국어의 세계화에 으뜸가는 일인 것이다. 하물며 세계에서 제일 영향력이 크고 한인 동포가 가장 많이 거주하는 미국에서는 말할 나위조차 없다.

바쁜 일정 속에 염려했던 문제들이 해결되자 한결 마음이 가벼워져서 비록 싸늘한 날씨였지만 주말을 이용하여 거리에 나섰다. 무엇보다도 이참에 전부터 가보고 싶었던 인사동 거리를 둘러보고 싶은 욕심에서였다. 광화문 교보문고에서 출발하여 종로 입구와 파고다 공원을 거쳐 마침내 인사동 길로 접어들었다.

그런데 인사동 거리는 기대를 너무 많이 했던 연유일까, 처음부터 실망이 컸다. 초입에 자리 잡은 스타벅스 커피숍이 눈에 거슬릴 뿐 아니라 한참을 걸으며 눈을 크게 뜨고 살펴봐도 한국에서 가장 한국적인 것들이 많다고 알려진 그 곳에는 더 이상 한국의 토속물건이나 진짜 전통 예술품들을 발견할 수가 없었다. 그 대신 어느 시장바닥에서나 쉽게 볼 수 있는 싸구려 잡동사니와 중국산 모조품을 파는 상점들이 즐비하였다. 고풍스럽거나 깊은 맛은 지나친 욕심이고 하나같이 어설픈 모양으로 꾸며놓은 국적불명의 건물과 장식품들은 비위를 상하게 하였다. 그곳을 처음 찾은 외래인에게조차 보여줄 것이 정말 이렇게도 빈약하단 말인가?

한동안 인사동 거리 한복판에서 한국을 잃어버리고 어디로 갈 것인가 생각하느라 두리번거리며 서 있었다. 그곳을 빠져 나와 허탄한 심정을 달래려고 실로 반세기만에 창덕궁(비원)을 찾아갔으나 겨울철에는 일찍 문을 닫는다고 해서 발길을 돌려야만 했다. 호텔로 되돌아오면서 한국은 외형적으로 현대화는 되었으나 국민들의 의식과 철학은 그것을 따라가지 못하고 있구나, 아니 오히려 후퇴하고 있다는 생각이 들었고 사람들의 어설픈 서구적 언행이 마치 이방인처럼 낯설게 느껴졌다.

미국행 비행기에 오른 것은 선거일 저녁이었다. 이륙시간이 조금 지나 비행기가 정상고도에 진입하자 기장은 이명박 후보의 우세를 방송해주었고 이내 확정적이라는 말을 들려주었다. 승객들은 이미 예상이라도 했듯이 말이 없고 무표정한 얼굴들이었지만 어찌 마음속에 느낌조차 없었을까.

이명박씨는 서울시장 재직시 이룩한 청계천 복원과 대중교통망의 쇄신으로 대통령이 되었다는 말까지 듣는 소신과 추진력을 갖춘 인물이다. 그런 사람이라면 상당한 진통을 거쳐야 되겠지만 지금까지, 길게는 해방 후부터, 짧게는 지난 10년간 지리멸렬 상태에 놓여있던 국가와 사회의 질서를 바로 세우고 엉망진창이 되어버린 국민들의 사상과 가치관을 회복시켜 살기 좋은 대한민국을 만들어 줄 수 있을 것이란 신뢰가 갔다. 그래서 한국의 중심지인 서울에서 우리 것을 잃어버리고 배회하는 슬픈 일이 다시 일어나지 않으리라는 안도감에 편안히 잠을 청할 수 있었다.

황금돼지를 포획하려면

양심은 사람으로서 마땅히 가져야 할 올바르고 착한 마음으로 본연적이기도 하지만 후천적으로 형성되기도 한다. 인간은 그 양심에 따라 선악과 정사(正邪)를 판단할 수 있는 자각을 가지게 되며 도덕적인 가치를 부여하게 된다. 기독교 교리에서는 이를 자유의지라고 하는데 개개인의 행위는 그 양심에 좌우된다는 것이다. 우리가 죄를 짓느냐 아니냐, 구원을 받느냐 못 얻느냐 또한 사람이 인간답게 사느냐 아니면 단지 인간의 모습만 쓰고 있느냐는 오로지 각자의 양심에 달려있다는 것이다. 모두가 스스로 하기 나름이라는 뜻이리라. 이렇게 볼 때 본질적으로 아름다워야 할 양심은 인간에 따라 나쁘고 추하게도 작용할 수 있다는 말이다. 오늘날 한국의 사회상을 살펴보면 양심적인 행동보다는 오히려 그렇지 못한, 아니 양심 자체가 송두리째 실종된 것이 아닌가 하는 의구심마저 갖게 하고 있다.

사람이 금수와 구분되는 것은 양심이 있기 때문이다. 그런데 현재 한국에서는 직업과 계층을 가리지 않고 양심을 버리는 것이 다반사가 되었다. 스스로 인간됨을 포기하고 있다는 말이다. 그 결과 문명사회인지 동물농장인지 가늠할 수가 없게 되어버렸다. 가장 청렴해야 할 사법부의 수장인 대법원장이 탈세가 분명한데도 세무사 탓이라며 그 자리를 지키고 있다. 지성의 대명사인 대학교 총장이 남의 논문을 도용하고 대학교수는 제자의 글을 표절했으며 이름깨나 있다는 어느 작가는 여기저기서 짜깁기하여 돈벌이 되는 책을 찍어내는 판국이다.

어디 그 뿐인가. 국정을 떠받치고 있는 국회의원과 고위관리, 군 장성은 물론 근로자, 예술가 심지어 가정주부와 교역자 등등 너나없이 자신들의 이익을 위해서는 양심 따위는 거들떠보지 않는 후안무치한 세상으로 변해 버렸다. 하기야 수억 불의 군자금을 적성국가에 건넨 대통령, 실정을 호도하기 위해서 국민을 불안하게 만드는 통치자가 있는 이상한 나라에서 양심 운운하는 것 자체가 부질없는 짓이 아니겠는가.

양심은 창조주가 인간으로 하여금 로봇이 되지 않고 스스로 생각하고 그 행동에 책임을 갖도록 만들어 준 최고의 선물이다. 따라서 양심은 좋게 사용할 때 축복이 되는 것이다. 이곳 미주의 실태는 어떠한가? 한인동포들도 양심의 문제에서는 결코 자유롭지 못한 입장이다. 복지혜택의 허위신청, 가짜상품 거래, 성매매 알선, 도박 성행 그리고 세금포탈과 같은 일들이 그치지 않아 얼마나 우리를 부끄럽게 하고 있는가?

이제 새해가 밝았다. 모두가 새로운 출발을 계획하고 있으며

복 받는 한 해를 기대하고 있다. 특히 황금돼지의 해라고 해서 큰 꿈과 희망에 부풀어 있다. 그렇다면 어떻게 해야 그 황금돼지를 포획할 수 있을까? 양심을 바로 세우는 일이다. 바꿔 말하면 우리의 인간성을 회복하는 길이다. 바른 양심을 갖지 않고는 결코 좋은 세상을 만들 수가 없다. 양심의 세계가 곧 천국이 아니겠는가. 험난한 세상을 안전하게 헤쳐 나갈 수 있고 아메리칸 드림을 성취할 수 있는 가장 빠르고 유일한 방법, 그것을 위해서 우리 모두가 지금부터 양심의 그물을 넓게 치도록 하자.

부 부

　우리 부부는 퍽 닮았다는 말을 많이 듣는다. 우리가 보기에도 그런 것 같다. 처음 만났을 때는 서로 전혀 다른 얼굴을 가지고 있었는데 말이다. 당시의 사진을 보아도 딴 판이다.　누군가에게 결혼 초기의 사진을 보여주었더니 우리가 재혼부부인 줄 알았다고 할 정도였으니까. 그런데 언제부터인지 둘이 매우 흡사해 보이기 시작했다. 내가 보기에도 예전의 아내 얼굴이 아니다. 그렇다고 아내가 내 얼굴을 닮은 것도 아니다. 지금의 내 얼굴도 예전의 내 모습이 아니다. 누가 누구를 닮아간 것이 아니라 서로 닮아져 갔다는 것이 적절한 표현이리라. 둘이 공통적인 부분이 많기는 하다. 우선 같은 지역 출신이고 같은 대학, 같은 해 입학에다 문단에서 함께 활동하고 있다.　직종은 다르지만 은퇴나이가 훨씬 지난 지금까지 계속 전문인으로 일하고 있다. 무엇보다도 40년 이상을 한 집에서 한 솥밥을 먹고 살아오지 않았는가.

　그래서 대부분의 모임에는 늘 함께 참석하는 편이다.　그러다

보니 혼자 나가는 경우에는 으레 아내는 오지 않았느냐는 질문을 받게 된다.

부부는 오래 살면 닮는다고 한다. 겉모습뿐만 아니라 성격이나 행동양식이 비슷해진다는 것이다. 비슷하다는 것은 각자의 모양새를 잃어버리고 둥글게 되었다는 뜻이다. 모래가 조개 속에서 오랫동안 담글질을 통하여 진주가 되듯이 부부 또한 함께 살면서 원만하게 변형된 것이다.

맞닿은 이마 사이로
침묵으로 흐르는 깊은 강
주고받은 따뜻한 눈빛은
노을보다 고운 신뢰였습니다

세월이 함께 누운 베갯머리
건너지 않아도 만나는 강
어지러운 바람의 날개를 접고 접어
맑은 물속
꿈의 조약돌을 건져 올리며

나란히 손잡고
눈물로 잠재운 미움의 의미는
사랑의 앓음이었습니다

위의 글은 아내가 2003년 초봄 「부부」라는 제목으로 쓴 시 전문인데 표구로 만들어져 침실 벽에 걸려있다. 나는 시에 관해서는 문외한이지만 고통과 희생을 초월하는 사랑만이 부부관계를 유지시킬 수 있음을 고백한 작품이라고 생각된다.

부부는 천생연분이라 한다. 불가(佛家)에서는 옷깃만 스쳐도 인연이라는데 한 이불을 덮고 살아야 하니 어찌 이만저만한 관계가 아니겠는가. 촌수로 따져도 부모자식간이 1촌이고 형제간이 2촌인데 비하여 부부의 촌수는 무촌이다. 한 몸처럼 촌수를 따질 수 없는 사이거나 아예 아무런 관계도 없는 남이라는 말일 것이다. 우리 부부는 너, 나를 가릴 수없는 0촌이라고 말하고 싶다. 부부는 외형적이거나 물질적인 관계보다 정신적인 사이로 연결되어 있을 때 아름다운 것이며 영원히 지속될 수 있다. 우리가 지금까지 부부로 남아있을 수 있는 원동력은 순정(純正)의 사랑으로 맺어진 것처럼 여전히 그것을 최고의 가치로 여기기 때문이다. 요즈음 드라마를 보면 재벌이나 사장 집 자녀를 배우자로 얻어서 행복을 얻으려는 젊은이들이 나오는데 우리는 애초부터 그런 형이하학적 생각과는 거리가 멀었었다. 아직도 아내로부터 금세기 마지막 로맨티스트로 불리는 내가 아닌가.

캘리포니아는 미국에서 두 번째로 동성결혼을 허용하는 주가 되었다. 동성 간에 사랑을 느끼고 함께 지내고 싶은 심정은 이해가 가지만 동성결혼만은 하나님이 정하신 자연의 원리를 거역하는 중대한 반칙으로 반드시 문책이 있으리라 믿는다.

부부는 '적법의 혼인을 한 남녀의 신분'을 뜻하므로 앞으로 이처럼 성(性)이 표시되는 용어는 마음 놓고 쓸 수도 없을 것 같다. 남녀의 생활패턴과 역할도 바뀌어서 내외(內外)라는 말도 맞지 않고 가까운 시기에 사이버부인도 생기고 로봇남편도 만들어진다니 이래저래 종전의 부부에게서 느꼈던 따뜻하고 정겨운 감정은 점점 기대하기 어려울 것 같다. 이미 부부에게 각가지 위기와 큰 도전의 세상이 되어버렸는데 우리는 이 날까지 누구에게서나 '잘 어울리는 부부, 이상적인 부부'로 인정받고 있으니 여간 감사한 일이 아니다. 부부는 비록 오래 살았다 해도 좋은 부부로 공인받을 때 진짜 부부이며 행복한 가정으로 비쳐진다. 하지만 이것이 어찌 우리 부부의 힘 때문이라고 할 수 있을까? 오직 하나님의 은혜인 것이다.

촛불시위 뒤에 감춰진 음모

얼마 전, 처음 보는 손님이 지난해 세금보고에 자료가 빠져 잘 못되었으니 수정하겠다며 찾아왔다. 그 부인은 7살짜리 아들을 데리고 왔는데 얼마나 천방지축인지 정신을 차릴 수 없었다. 사무실 집기를 이것저것 손대고 의자와 소파에 오르내리는가 하면 냉장고에서 아끼던 음료수를 마구 꺼내 마시는데 줄줄 흘러 밑바닥을 더럽혔다. 평소 모든 서류나 물건을 잘 정리해놓는 습관이 있기도 했지만 그 아이를 그대로 방치했다간 10대에 가서는 문제아가 될 것이 뻔하고 어머니 역시 상식 없는 사람으로 낙인찍힐 것이기에 아이를 붙들어 놓고 따끔하게 야단을 치고 손님에게도 지속적인 가정교육이 필요하다고 충고해 주었다.

필자는 이제 나이도 들고 해서 가만히 있지만 수년 전만 해도 교회 건물 내에서 뛰어다닌다든가 사용한 물컵이나 밥그릇을 아무 데나 놔둔다든가 벽에다 낙서하는 따위의 행동을 하는 아이들은 보면 붙들어다가 주의를 주거나 반복할 경우에는 볼기까지

쳤다. 가까운 교인들은 "요즈음 어떤 세상인데 그래요. 잘못하면 수(sue)를 당해요."하며 모른 척하라고 염려해주기까지 하였다. "제 자식 사람 만들지 않으려면 그러라 하지요" 대꾸하였지만 지금 세상은 부모나 자녀나 오십 보 백 보가 되어 아예 엄두도 못 내게 되어버렸다.

지난 메모리얼 데이에 디스커버리 채널에서 방영하는 개조련사 시서밀란(Cesar Millan)의 훈련과정을 보았다. 시도 때도 없이 짖어대고 기어오르며 먹이를 보면 물어뜯으며 싸우던 개들이 조련사의 훈련을 통하여 훌륭한 개로 만들어졌다. 야성의 짐승도 훈련을 받으면 말 잘 듣는 동물로 바뀌는데 하물며 만물의 영장인 사람에게 교육이 얼마나 중요하겠는가?

그런데 요즈음 한국의 뉴스나 방송에 나오는 사람들을 보면 마치 훈련받지 않은 개를 보는 느낌이 든다. 그렇다. 한국 사람은 과외공부와 돈벌이에는 열심이었으나 민주주의에 대한 훈련은 도무지 받지 않았던 것이다. 그 결과 민주시민으로서의 의식이 성숙되지 못해 자유를 '내 마음대로', 평등을 '다 똑같이'로 생각하는 성향이 만연돼 있다. 군사독재 시절에는 공권력에 대한 항거나 노동자의 생존권 투쟁은 대의명분이 있었기에 물리력을 사용해도 국민들이 용인해 주었고 목청도 높일 수 있었다. 하지만 이제는 그런 시대는 지나갔고 옛날의 시위방법은 더 이상 통하지 않게 되었다.

한국이 진정한 민주국가가 되기 위해서는 법과 공공질서를 어지럽히는 행위는 어떤 희생과 대가를 치르더라도 결단코 용납

되어서는 안 될 것이다. 요즈음 벌어지고 있는 정당들의 유치한 성명전, 민주노총과 전교조의 상습적인 데모는 그렇다 쳐도 무엇을 하며 사는지 모를 웬 정체불명의 사회단체와 시민연대가 그리도 많으며 여기에 어린 중고교생들까지 길거리에 나서는 판국이니 언제부터 10대 초반의 미성년자들이 촛불을 켜들고 나랏일을 걱정하게 되었는지 어이없는 일이다. 이런 일련의 사태 뒤에는 한국을 혼란에 빠뜨리려는 보이지 않는 불온세력이 있음을 경계해야 한다. 음모를 꾸미는 배후세력은 절대로 정체를 들어내지 않으며 언제나 선한 양으로 가장하기 마련이다. 그들이 순진한 어린 학생과 어린아이를 안은 철딱서니 없는 엄마들을 사주하여 노리는 점은 무엇일까? 한창 혈기에 휩싸이기 쉬운 젊은이들을 부추겨 경찰을 공격하고 청와대로 몰려가게 하려는 것은 어떤 계산이 깔려있는 것일까? 그들은 충돌을 통해 사상자가 생기기를 학수고대하고 있는 것이다. 혹여 아기나 엄마 또는 어린 학생이 크게 다치거나 죽으면 다혈질의 국민들은 겉잡을 수없이 흥분되어 폭동으로 번질 것은 뻔한 이치이다. 정부의 관련부서에서도 이점을 경계하고 있겠지만 우리는 이 사회에 선량한 사람들을 이용하여 자신의 야욕을 달성하려는 간악한 무리들이 있음을 살피는 지혜가 필요하다.

누가 한국인들은 교육을 잘 받았다고 평했는가? 어떤 자들이 한국 사람은 우수하다고 말했는가? 지금의 한국 모습은 그런 소리 듣기에 정말 부끄럽다. 그 단세포적인 반응과 쉽사리 휩쓸리는 군중심리, 참으로 실망스럽다. 전 세계 모든 나라가 국가의 사활을 걸고 전력질주하고 있는데 우리끼리 걸고 넘어져서 밥상을 뒤집지 말았으면 좋겠다. 두 번 다시 엽전소리는 듣지 말아야겠다. 곧 장마철이 시작된다고 한다. 소나기라도 쏟아져 답답한 거리를 씻어주었으면 좋겠다.

충청도 양반

지난 대선 때, 충청남도의 공주, 연기지역을 행정수도로 만들겠다는 선거 공약으로 가타부타 말들이 많은 적이 있었다. 옛적부터 충청도 사람 하면 양반 대접을 받아왔다. 양반은 본래 조선조 중엽시대에 지체나 신분이 높은 사람으로 문반과 무반이 될 수 있는 집안의 출신을 일컫는 말이었다. 그만큼 점잖고 선량한 사람으로 통해왔던 것이다. 그런 충청도가 가당치 않게 멍청도로 불리기도 했다. 충청도 사람의 언행이 느리고 더뎌 약삭빠른 사람들 눈에는 좀 아둔하게 비춰졌던 모양이다. 논산훈련소의 구보(달리기)가 충청도 출신 훈련병 때문에 만들어졌다는 우스갯소리가 있을 정도니까.

충청도가 멍청도 소리를 듣게 된 결정적 이유는 소위 3김 시대에 영남정권과 호남정권의 창출에 지렛대 역할을 하였음에도 막상 제 밥그릇은 제대로 챙기지 못했기 때문이었다. 하지만 그 후 양반의 체통을 세우려는 듯 충청도 출신의 국회위원으로 독자적인 원내교섭단체를 구성시키자 그런 폄하의 말은 자연 사라지게 되었다. 충청도 사람은 이렇듯 필요할 경우 고집도 부릴 줄 알며 동작 또한 뜨지만 않은 것이다. 한국이 자랑하는 운동선수인 박찬호, 박세리 두 사람 모두 충청도 사람인 것을 보면 알 수 있다. 하지만 김종필씨의 은퇴가 한참 미뤄진 것을 보면 충청도 사람은 역시 느리긴 느린 것 같기도 하다.

한국은 지난번 행정수도의 천도로 분열되더니 이번에는 쇠고기 수입과 미국과의 FTA 문제로 대통령이 바뀔 때마다 국력을 소모하고 있다. 그토록 복잡하고 중요한 일을 손쉽게 판별할 수 있는 한국 사람들이 어째서 북한의 인권이나 중국의 고구려사 편입 같은 자명한 일에는 꿀 먹은 벙어리가 되고 있는지 이해할 수 없는 노릇이다. 새로운 수도가 건설된다니까 아니나 다를까 그 지역 땅값이 가파르게 오르고 있다. 요즈음 그곳과 멀지 않은 인근에 전답을 가지고 있는 아내의 표정이 매우 밝아진 것도 이와 무관치 않으리라. 수도는 서울에서 보듯이 전국 어느 지방 사람이 와서 살아도 '그곳 사람'으로 만드는 멜팅팟 구실을 하고 있다. 나도 충청도 출생이지만 서울에서 살면서 서울사람이 되었다. 그런데 미국에는 한국에서도 사라져 가는 각 지방 향우회가 조직되어있는 것이다.

충청도 향우회도 있어 동 고향사람들을 만나 회포도 풀고 소식을 전하며 애향심도 기르고 있다. 또한 뜻있는 일도 많이 한다고 들었다. 하지만 창립 당시부터 "나는 한국 사람이지 충청도 사람이 아니다"라며 가입권유를 뿌리쳐 왔다. 모국이 두 쪽 난 것도 서러운데 이곳 남의 나라 땅에까지 와서 지방색으로 나뉘어 끼리끼리 어울리고 편든다는 것은 그들이 내세우는 창립취지가 아무리 좋고 훌륭한 사업을 펼친다 해도 한국동포의 단합보다는 분열을, 장점보다는 폐단을 더 가지고 있다고 믿기 때문이다. 나는 다른 지방 향우회에게까지 없애라고 말하지 않겠으나 충청도가 진짜 양반들의 고장이 되려면 향우회를 자진 해산하라고 권유하고 싶다.

이곳 L.A에는 100여 개의 언어가 사용될 만큼 수많은 민족이 살고 있는데 우리 한국 사람들끼리 힘을 합쳐도 모자랄 판에 한다는 일이 기껏 자기 고향 사람 찾으면서 "저기 뻐스 오네유" 하고 있으니 그 사이 차는 글로벌시대를 저 만치 앞 서 달리고 있을 것이다. 이제 충청도 사람은 행정수도 출신답게 그런 작은 일, 좁은 생각에서 벗어나 좀 어른스러워지고 마음도 활짝 열어놓아야 역시 양반이라는 소리를 되찾을 것이다. 가만있자. "이 말도 혹시 지역 차별 아닌감유?"

대통령은 지휘자가 되어야 한다

마침내 이명박 씨가 높은 지지율 속에 제17대 대통령으로 당선, 새 정권을 출범시켰다. 이런 결과는 비교적 새로운 얼굴에 대한 기대감도 컸겠지만 과거 10년간 친북정권에 식상한 국민들의 반감도 크게 작용했다고 볼 수 있다. 뒤이어 실시된 총선에서 보수세력 및 그와 유사한 정강을 가진 정당과 단체의 후보가 압도적으로 당선된 것을 보아도 이를 증명하고 있다. 하지만 한국에서는 누가, 얼마나 당선되느냐는 별로 중요치 않다.

한국의 정당이란 이념과 정책으로 결속된 단체가 아니라 다만 기후변화와 먹이에 따라 헤쳐 모이는 후조들의 모임과 같다. 선거철이 되면 이 정당 저 정당으로 옮겨 다니는 국회의원들이 얼마나 많은가? 그뿐만이 아니다. 이번 선거 역시 간판만 그럴듯하게 달았지 지역대결로서 한나라당은 영남당, 통합민주당은 호남당, 자유선진당은 충청당이라 해도 지나친 표현이 아니다. 국민의 의식수준은 아직도 삼국시대의 연장선상에 있으며 3, 40년 전이나 다름없는 정치 후진국임을 나타낸 선거였다. 총선의 투표율은 역대 전국선거 중 최하인 46.0%인데 정치권에 대한 유권자의 실망은 이해되지만 의회정치가 직접 참여인 점을 감안할 때 한국에서 민주주의를 기대하기란 어느 외국인의 혹평처럼 과연 쓰레기통에서 장미꽃이 피기를 바라는 것일까.

이명박 정부는 의석 과반수 이상을 확보한 여권 국회의원들로 주도권을 가지고 정국을 타개해 나갈 것으로 전망되고 있다. 하지만 실제는 자신의 지지세력 간의 알력과 스스로 국가의 최고 경영자(CEO)임을 자처한 이명박 특유의 기질로 과히 평탄치 않은 정치행보를 보일 것으로 예상되고 있다.

한국 정부의 3대 과제는 북한 김정일 왕조의 트집을 어떻게 달래느냐, 자원도 없이 수출에만 의존하는 경제구조에서 민생안정을 어떻게 잘 유지시키느냐, 사사건건 물고 늘어지는 야당과 노조를 위시한 재야단체의 말썽을 어떻게 무마시키느냐인데 이런 문제들은 누가 집권하든 피할 수 없는 한국의 정치 현실이다. 그러나 앞으로 이명박 정부를 곤경에 빠뜨릴 일들은 이런 국가적 문제들보다는 집권층 내부에 필연적으로 존재하게 될 집안일 때문일 것이다.

첫째로, 대통령을 떠받치고 있는 청당정 간에 일어나는 견제와 알력은 정국운영에 엇박자를 초래할 것이다. 둘째로, 지지세력들의 도덕성이다. 청와대 참모진과 정부각료 그리고 한나라당 국회의원들의 얼굴이 많이 바뀌었다고는 하나 그들 또한 낡고 부패한 바닥에서 커 왔기 때문에 새로운 도전과 개혁에는 한계가 있으며 종국에 가서는 각종 비리나 부정에 빠질 가능성이 높다. 그렇지 않아도 현 정부에는 유독 부자들이 많고 이 대통령의 배경으로 보아 '가진 자' 중심의 정치를 펴 나갈 공산인데 '없는 자'들이 잘 따라와 줄지 큰 사회문제가 될 것이다. 셋째로, 극복해야 할 가장 큰 문제인데 바로 이명박 대통령의 오늘을 가능케 한 독선적 의식구조이다.

대통령은 기업총수나 시장과 다른 위치임을 빨리 깨달아야 한다. 나라 일을 직접 살피는 것은 일시적으로 효과가 있을지 모르지만 계속해서 모든 일을 챙기는 것은 불가능할 뿐더러 자칫 국정 전반을 보지 못하게 된다. 이는 행정부서를 경직되게 만들뿐 아니라 조직 간에 마찰을 불러와 오히려 불협화음을 일으키게 한다. 따라서 대통령은 섣부르게 자신의 능력을 과신하여 무엇을 해 보겠다는 CEO가 되려 하기보다는 국정은 소관 주무부서에 맡기고 그들의 일을 잘 조화시켜 좋은 연주를 만들어 내는 오케스트라의 지휘자(Conductor)가 되도록 노력해야 할 것이다.

3.

남편의 수난시대

미국을 사랑하자

지난 메모리얼 데이 연휴의 월요일, 405번 프리웨이와 10번 프리웨이의 교차지점을 지나려니 인근 웨스트 L.A.의 국립묘역에는 수많은 작은 성조기가 뒤덮여 있었다. 그중에는 분명 한국전쟁에 참전하였다가 사망한 젊은 병사도 포함되어있을 것이다. 문득 한국태생의 조성희가 휘두른 총격 앞에 억울하게 죽어간 버지니아텍 공과대학생들이 떠올랐다. 그러면서 가해자도 희생자라며 위로해준 미국학생들과 단순 교통사고로 숨진 효순, 미선 두 여학생을 미군이 살해했다고 반미데모를 일으킨 한국학생들이 비교되면서 두 나라의 심한 격차를 느꼈다. 1주일 간격으로 한국도 현충일인데 연일 보도되는 반미, 북한문제의 재인식과 이곳 한인동포들의 정체성 확립이 필요하다고 생각되어진다.

우리가 미국을 사랑해야 하는 이유는 크게 3가지를 꼽을 수 있는데 그 첫 번째는 미국이 한국을 위해 많은 피를 흘렸기 때문이다. 1950년 6월 25일, 북한의 김일성이 동족을 향해 총칼을 뻗

쳤을 때, 미국은 2차 세계대전이 끝나 얼마 되지 않아 국내에 반전여론이 높은데도 불구하고 공산주의의 팽창을 막고 세계의 자유와 평화를 지키기 위해 재빨리 파병하여 한국을 붉은 마수에서 구하였던 것이다. 전쟁 기간 중 미군은 전사 54,246명, 부상 103,283명, 행방불명 8,126명에 이르는 엄청난 희생을 치렀던 것이다.

그때 미국의 도움이 없었다면 한국은 벌써 공산화가 되어 지금 우리는 자유와 인권이 말살되고 종교가 억압받는 독재체재에서 신음하고 있을 것이다. 어디 그뿐인가. 미국은 수많은 원조물자와 경제지원을 통해 기아와 빈곤에서 벗어나게 하였으며 오늘날 한국이 세계 경제대국으로 발돋움할 수 있는 기틀을 마련해 주었다. 사람이 은혜를 모르면 금수와 다를 바 없는 법이다.

우리가 미국을 사랑해야 하는 두 번째 이유는 기독교라는 좋은 종교를 전해준 나라이기 때문이다. 1885년에 미국은 감리교단에서 아펜젤러, 장로교단에서 언더우드 두 선교사를 한국에 파송하여 구한말 미망에 헤매던 한국 사람들에게 생명의 복음을 전해주었다. 두 선교사는 한국어로 번역된 성경(마가복음)을 가지고 들어왔는데 세계 기독교 선교사상 자국어로 된 성경을 가지고 들어간 나라는 우리나라가 처음이었다. 그 결과 한국은 인구의 4분지 1이 기독교 신자가 되었으며 기독교가 지금까지 사회 각 분야에 걸쳐 국가발전에 끼친 공헌은 부언설명이 불필요할 만큼 지대한 것이었다. 인간이 영적 동물임을 감안할 때 한국은 미국에 대하여 복음에 빚진 자인 것이다.

우리가 미국을 사랑해야 하는 세 번째 이유는 우리가 이 땅에 살고 있기 때문이다. 미국에 거주하는 한인동포들은 이곳에 머물기 위해 온 것이 아니라 뿌리를 내리기 위해 이민 온 사람들이다. 미국은 이민자로 이뤄진 나라이며 우리가 바로 미국의 주인인 것이다. 세계 어느 곳에서 외국인이 미국처럼 대접을 받고 살 수 있는 자유롭고 평등한 나라가 있을까? 미국은 누구나 노력하면 성공할 수 있는 기회의 나라이며 어떤 국가보다 복지에 힘써 우리의 부모들은 각종 혜택을 받으며 노후생활을 향유하고 있다. 우리의 자식들은 수능시험, 과외지옥에서 벗어나 걱정 없이 공부할 수 있는 곳이다. 우리는 미국에 산다는 자체만으로 축복을 받은 셈이다.

우리가 미국을 사랑하려면 구호로만 되는 일이 아니라 우리의 행동과 실천이 요구되는 것이다. 무엇보다도 자신의 본분에 충실해야 하며 정직한 생활을 영위해야 한다. 거짓말, 가짜, 사기, 패거리 짓기, 탈세 같은 옳지 못한 행위는 더 이상 한인커뮤니티에서 발을 붙이지 못하게 만들어야 한다. 우리는 조국 대한민국도 사랑해야 하지만 앞으로 영원히 살아가야 할 제 2의 조국 미국도 똑 같이 사랑하면서 우리의 후손들이 미국사회의 주역으로 자랄 수 있도록 코리안·아메리칸으로서의 자긍심을 키워주어야 할 것이다.

노후를 위한 대책

새해 들어 매월 나오는 사회보장연금이 4.1% 증액된다는 싫지 않은 소식이 왔다.

매해 물가상승에 대한 보전책으로 얼마씩 불어나고는 있지만 이번처럼 큰 폭으로 늘지는 않았었다. 이는 그만큼 인플레이션이 컸다는 정부의 공식인정이기 때문에 사실은 좋아할 일이 못 된다. 그런가 하면 저소득 노령자에게 지급되는 소위 웰페어는 오히려 줄어들었고 그 금액도 앞으로 2년간 동결시키겠다고 한다. 이러한 현상은 앞으로 우리가 미국에서 어떻게 살아가야 할지를 가늠케 하는 하나의 바로미터가 될 수 있다. 최근 부시행정부는 2조 7,700억 달러의 사상 최대 규모의 예산안을 의회에 제출한 바 있다.

이 예산안은 국방 및 안보부문에 대한 금액을 대폭 늘이는 대신 사회복지부문은 크게 삭감하고 있다. 그동안 한인 노인들에게 효자노릇을 하고 있었던 웰페어가 언제까지나 결코 안전지대가 아님을 예고하는 신호탄이라 할 수 있는 것이다.

그럼에도 아직도 한인동포들 가운데 노후의 생활을 웰페어에 의존하겠다는 사람들이 상당수 있음을 발견하고 놀라움과 동시에 안타까움을 금할 수 없다. 미국은 지금까지는 세계에서 제일 살기 좋은 나라임에는 틀림없으나 더 이상 지상천국은 아니다. 위에서 언급한 것과 같이 미국경제가 나빠지거나 어떤 사정이 생기면 가장 먼저 손대는 것이 사회복지 부문의 예산 삭감으로 나타난다. 웰페어 금액은 미국 어디서나 똑 같은 것이 아니라 주마다 받는 금액이 다르며 혹시 한 달 이상 한국에 나가 살거나 자주 나가면 수혜대상에서 제외되고 다른 수입이 생길 경우는 그 액수만큼 삭감된다. 또한 한 때 비시민권자와 10년 이상 세금 보고를 하지 않은 사람에게는 아예 한 푼도 지급치 않겠다는 법안이 제정되어 실시 직전까지 간 일도 있었다.

그러므로 현재의 한인노인들처럼 자신도 여생을 웰페어 수혜자로 편안히 잘 먹고 걱정 없이 살 수 있겠다고 생각하는 사람들이 있다면 크게 후회하는 날이 분명히 올 것이므로 빨리 그 꿈에서 깨어나는 것이 좋을 것이다.

노후대책에서 아직까지 가장 틀림없고 확실한 것은 무어니 해도 사회보장연금이다. 2029년도부터는 기금이 고갈되어 앞으로는 그 제도가 없어지느니, 제대로 못 받느니 하는 갖가지 염려스런 말들이 많지만 일부 개혁안은 마련될 수 있어도 큰 골격은 유지될 것으로 보인다. 실제로 미국 은퇴자들의 대부분은 사회보장연금에서 가장 큰 수입을 얻고 있다. 그럼에도 계획성이 약한 한국 사람들은 어째서 눈앞의 엄연한 사실은 외면한 채 오랜 후의 가능성에는 그렇게 귀가 솔깃한지 아마도 세금들을 잘 내지 않기 때문에 생겨난 억하심정이 아닌가 싶다. 사회보장연금은 세금을 납부한 사람에게만 해당된다. 쉽게 말하면 오랜 기간 동안 세금을 많이 낸 사람이 제한은 있어도 그만큼 더 받게 되어있다. 사회보장연금의 가장 큰 장점은 수혜자가 어디에서 어떻게 살든 죽을 때까지 나온다는 점이다. 매년 2월로 접어들면 세금보고가 본격적으로 시작되는데 이때에 한인교포들은 누구나 한번쯤 생각해 볼 일이 있다.

세금을 더 낸다고 생각지 말고 노후를 위한 저축으로 여기고 세금을 가급적 많이 내도록 하자. 편리하고 신속한 비행기도 못 타서 기차로만 다니는 통 큰 겁쟁이 국방위원장이 지배하는 북한집단이 얼마나 가겠는가. 오래 지탱하지 못하고 멀지 않아 붕괴되는 것은 시간문제일 것이다. 그러면 미국 땅에서 땀 흘려 일하다 은퇴한 한인동포 가운데 통일된 고국에서 여생을 보내려는 사람들이 많아질 것이다. 미국정부에서 매월 꼬박꼬박 지불하는 사회보장연금으로 서울이나 제주에서 또는 평양이나 원산 또는 신의주에서 살 수 있을 것이니 그 날을 위하여 세금보고를 성실히 하기를 권면하고 싶다.

새똥

매일 아침 잠자리에서 일어나 맨 먼저 하는 일은 밖에 나가 조간신문들을 집어오는 일이다. 새벽 일찍 배달되는 신문은 드라이브·웨이 위 거의 비슷한 장소에 던져져 있다. 나는 신문을 갖고 들어오면서 집 앞 길거리에 주차해 놓은 나의 출근용 차를 살펴보는 것이 하나의 습관처럼 돼버렸다. 넓고 가까운 드라이브·웨이를 비워 둔 채 그곳에 차를 세우는 것은 필요할 경우 차고 안에 있는 다른 차를 쉽게 빼려는 목적도 있지만 내 집 앞의 길거리는 내가 확보하고 있어야 된다는 엉뚱한 소유욕 때문이다.

실제로 그곳을 그냥 놔두면 어김없이 주차공간이 부족한 동네 차들이 밤새 차지해 버리기 일쑤다. 남의 차가 주차해 있다고 뭐 별다른 일이나 불편은 없지만 공연히 내 땅을 빼앗긴 것 같은 불편한 심사가 든다. 내가 생각해도 좀 옹졸한 생각이 들지만…

아침마다 차를 살피는 이유는 혹시 차를 도난 맞았는가, 아니면 무슨 이상이 있는가 보려는 때문이 아니다. 그 차야말로 십

수년 간 타고 있는 일제 중고차로 경제적인 가치는 조금밖에 남아 있지 않고 수리비만 축내고 있는 문자 그대로 애물단지이다. 그런데도 그 차를 둘러보는 진짜 이유는 차에서 새똥(鳥糞)의 유무를 확인하려는 것이다. 집 바로 앞 길가에 서있는 커다란 돌배나무는 늦은 겨울부터 이른 봄까지 흰 꽃을 피우고 여름에는 시원한 그늘, 가을이면 단풍도 만들어 주는 제법 운치 나는 가로수인데 문제는 바로 그 밑에 내가 차를 세운다는데 있다. 그 가로수에서 밤을 보내는 새들은 일 년 내내 살고 있는 텃새도 있지만 대부분 계절에 따라 몰려왔다 어느새 훌쩍 떠나버리는 후조들이다. 그래서 그들이 쏟아내는 분비물은 시절마다 모양이 다르며 어느 나뭇가지에 앉았는가에 따라 차 위에 떨어진 위치가 틀려진다. 넓게 앉아 있었으면 온 차에 산발적으로 떨어져 있고 몰려앉아 있었으면 집중폭격을 당한 것처럼 한 곳에 무더기로 묻어 있다.

미국생활에서 아침은 유난히 시간이 부족하다. 그런데 거기다가 차 위에 싸놓은 오물까지 치려니 얼마나 짜증이 나겠는가? 하지만 천만의 말씀이다. 요행 비켜간 날도 있지만 비록 오물로 차가 지저분하게 더럽혀 있어도 나는 "어허, 그놈들" 하고 웃어 버린다. 그러면서 화를 내기보다는 오히려 안도감이 생기고 기분이 좋아지기까지 한다. 가끔 내가 새똥을 닦을 종이를 가지려 부엌에 들어가면 아내는 "무슨 수를 써야지 매일 그리고만 있을 거예요? 정말 기저귀를 채울 수도 없고…" 하면서도 별로 대수롭지 않은 듯 웃어 버린다. 지금까지 살아온 연륜이 그 정도의 일은 가볍게 넘길 수 있는 여유를 갖게 했는지 모른다. 그러나 곰곰이 생각해 보면 우리 마음속 깊은 곳에 자연에 대한 그리움이 자리 잡고 있기 때문이 아닌가 싶다.

새들이 우리 가까이 서식한다는 것은 마치 우리가 자연과 함께 어울려 살고 있다는 행복한 느낌을 준다. 두고 온 산하, 고향, 돌아가신 부모님, 옛 친구들, 이런 모든 그리움들은 어쩌면 인간이 처음 살았던 넉넉하고 순수하며 포근한 에덴동산에 회귀하고픈 인간의 원초적인 잠재의식에서 생기리라.

몇 해 전 한국의 재벌회사 사장으로 있는 친구 부부가 우리 집에서 하룻밤을 지내고 갔는데 아침식사 때 뒤뜰에 서 있는 나무에서 막 딴 오렌지를 가지고 주스를 만들어 주었더니 우리 집을 그렇게 부러워하면서 한국에 돌아가 가까운 친구마다 그 이야기를 오랫동안 전했다고 한다. 자기 아파트에 비하면 크기도 값도 보잘 것 없는 집이고 한국에서 더 좋은 과일도 마음껏 사먹을 수 있는 신분인데도 한갓 정원수에서 오렌지를 직접 따먹는 것이 그렇게 좋았나 보다. 그 친구 역시 냉혹한 기업경쟁 속에서도 자연에 대한 동경심만은 잃지 않고 있었기 때문일 것이다. 오늘 아침 신문을 집어 들다 문득 요즈음 자주 보이던 허밍버드(벌새)가 뜸해서 혹시 지난 번 나무를 자르다가 둥지를 훼손시킨 것 때문이 아닌가 하는 걱정이 들었다.

나는 앞뒤 뜰 나무에 모이통을 몇 개 달아주어 새들이 더 모여들게 하고 용돈이 좀 비더라도 먹이를 풍부히 사다가 때맞춰 넣어 주리라 생각하며 차에게 눈길을 돌렸다.

진짜 명품

프랑스의 자연주의 작가 모파상의 대표적 작품 「목걸이」는 과시욕이 강한 주인공이 친구에게서 빌린 모조 다이아몬드 목걸이를 분실한 후 진짜로 잘못 알고 10년간 값 비싼 대가를 치른다는 내용이다. 주부인 마띨드·르와젤이 타인의 패물로 치장하고 파티 장에서 잠시 자신을 돋보이려던 욕심 때문에 자초한 고생은 현재 많은 한국여성들이 명품 좋아하다가 카드빚에 허덕이거나 심지어 가정파탄에 이르는 처지와 흡사한 상황이 아닐까 여겨진다.

한국은 명품바람이 불어 직장여성은 물론 가정주부까지 그것을 장만하려고 계를 조직하고 심지어는 초등학교 학생도 명품을 가져야 체면을 세울 수 있다는 것이다. 사람들이 좋은 상품을 선호하는 것을 탓할 일만은 아니다. 우리는 보릿고개와 전쟁의 참화를 겪는 등 오랜 동안 없는 자의 설움을 체험한 국민이라 이제 좀 살만하니 이것저것 갖고 싶고 멋을 부리고 싶은 마음을 십분

이해할 수 있다. 문제는 분수를 모르는 허영심이다. 자신의 형편에 맞지 않는 사치는 자기 자신은 물론 가정과 사회를 병들게 만든다.

명품이 잘 알려진 데에는 나름의 이유가 있겠으나 품질과 쓸모가 그 가격만큼 뛰어날지는 의문이다. 한국의 주부들은 백화점에서 2만원하는 옷을 바로 옆 재래시장에서 3천원에 살 수 있고 입는데도 별 차이가 없던 것을 경험하였다. 일반 상품의 값이 수요와 공급의 원리에 따라 결정되는 것과 달리 명품은 그 성가에 있다고 하겠다. 유명세란 권리금과 같이 보이지 않는 무형자산으로 실질적 가치 보다는 상징적인 가치라 할 수 있다. 사람들이 명품을 갖고 싶어 하는 가장 큰 이유는 누구나 쉽게 가질 수 없는 그런 프리미엄을 즐기려는 것인데 이제 웬만한 명품은 너도나도 소유하고 있는 터라 명품으로서의 희소가치가 사라지게 되었다.

그런데 지금은 명품이 고가인 탓으로 가짜 까지 성행한다는 것이다. 명품은 진품만 있을 뿐이지 가짜는 이미 명품이 아닌데도 말이다. 버젓이 가짜라고 들어 내놓고 팔며 사는 사람도 알면서 산다는 것이다. 가짜를 가지고 눈속임하고 더구나 가짜를 서로 묵인 속에 애용하고 있다니 그런 사회가 어찌 제대로 된 세상이라 할 수 있을는지. 가짜가 판을 친다는 것은 그 사회가 건전치 못하고 신뢰할 수 없다는 반증이다.

사회와 국가는 사람들이 페어플레이할 때 균형을 이루며 올바르게 나갈 수 있다. 나의 땀과 노력이 소중하다면 다른 사람의 장점과 전통을 인정하는 자세가 필요하다. 자신의 이익을 위하여 남의 것을 허락 없이 베끼거나 훔치는 처사는 아무리 잘 만들어도 모조품에 지나지 않으며 공정한 게임을 파괴하는 범죄행위일 뿐이다. 자신의 형편을 넘어 값 비싼 물품을 구입하는 것도 생각해 볼 일인데 명품이라면 가짜마저 사양치 않는 행태는 문화국민으로 매우 부끄러운 짓이다. 자기를 아름답고 멋있게 꾸미려는 행위는 좋은 모습이지만 혹시 의복이나 악세사리를 가지고 남보다 우월하다고 생각한다면 그것은 아주 치졸한 발상이며 졸부근성을 벗어나지 못한다. 사실 진짜 명품은 사람에 달려 있는 것이다. 내면의 미와 교양을 가진 사람은 어떤 물건을 가져도 명품으로 여기며 천박하고 속이 빈 사람은 아무리 값 비싼 명품을 지녀도 '개발에 편자'로 보일 뿐이다.

1950년 9월을 상기하며

2001년 9월 11일, 오전 9시 조금 지나 전화벨 소리에 수화기를 드니 여동생의 다급한 목소리가 들려왔다. "오빠, 빨리 TV 틀어 봐. 뉴욕의 세계무역센터 빌딩이 없어졌어." 평소 우스갯소리를 잘 하는 동생인지라 아침부터 무슨 농담을 하고 있나 생각하며 TV를 켜보았다. 여객기 2대가 일정한 시차를 두고 쌍둥이 빌딩에 돌진해서 시뻘건 불꽃과 검은 연기를 내뿜고 잠시 후 100층이 넘는 높다란 건물이 모래섬처럼 차례로 주저앉는 광경이 연속해서 방영되고 있었다. 꼭 영화의 한 장면을 보는 것처럼 믿어지지가 않았다.

얼마동안 망연자실 바라보다가 문득 뉴욕에 살고 있는 막내딸이 생각났다. 이 시간이면 틀림없이 맨하튼 중심지에 위치한 직장에 출근해 있을 것이 아닌가. 갑자기 마음이 급해지기 시작했으나 연락은 불통이었다. 오후 4시경이 돼서야 딸로부터 전화가 걸려왔고 무사히 있으며 직장에서 많이 떨어진 곳에서 일어났다고 우리를 안심시켰다.

2,792명의 무고한 목숨, 그 중 한국인만 해도 20여 명을 앗아간 911 테러도 벌써 5년이 흘렀다. 미국은 이를 미국에 대한 공격으로 간주하고 아프가니스탄과 이어 서 이라크를 침공하여 집권층을 몰아내는 등 표면적으로는 승리를 거둔 것 같지만 아직도 총성과 테러는 사라지지 않고 이 시간에도 계속 귀중한 생명이 희생되고 있는 것이다. 통계에 따르면 지난 5년간 테러와의 전쟁으로 전 세계에서 7만 3천 명가량이 죽었고 그 중 4만 4천여 명이 이라크의 민간인이라고 한다. 미군 전사자의 숫자도 4천 명 선에 이르고 있다.

하나님이 인간에게 준 가장 큰 은혜 가운데 하나인 시간이라는 망각 속에 세계무역센터가 서 있었던 그라운드 제로에는 프리덤 타워를 건설하는 공사가 시작되었고 뉴욕을 찾는 관광객도, 동시다발 테러로 이용됐던 비행기도 탑승객으로 여전히 붐비고 있다. 하지만 필자가 겪었던 1950년 9월은 반세기가 넘은 지금에 와서도 결코 잊을 수 없는 상흔을 남기고 있는 것이다.

6·25전쟁 시 우리 가족은 미처 피난을 가지 못한 대부분의 시민들과 마찬가지로 서울에서 지냈는데 북한정권하에 있었던 3개월, 특히 9월 한 달은 도저히 인간의 생활이랄 수 없는 아비규환과 같은 세월이었다. 연일 계속되는 공습과 포격으로 인한 시신들, 그리고 하루 한 끼도 채우지 못하는 굶주림은 전쟁 중이라 그렇다 쳐도 그런 혼란을 이용하여 그동안 쌓인 원한과 감정을 해소하려는 만행이 공공연히 저질러졌다.

해방 전후 많은 지식인이 공산주의 사상에 젖어있었으나 대체적으로 양식 있는 사람들이었다. 그들은 훗날 공산주의 체제와 실상을 목격하고 대부분 사상전환을 하였는데 문제는 선머슴이 사람 잡는다고 공산치하에서 갑자기 쥐꼬리만 한 권세를 쥐게 된 자들로서 못된 짓은 모두가 그들의 소행이었다. 그런 앞잡이 때문에 수십만 명, 수백만 명의 죄 없는 양민들이 희생과 고통을 당하였다. 그들 자신도 수복 후 결국 처형당하고 그 형제와 자식들도 평생 부역자 가족이라는 눈총을 받으며 불행한 삶을 보내고 있다.

똑같이 생기고 좋게 보이지만 유사시에는 완전히 다른 사람으로 표변하는 무서운 인간들이 있었다. 비뚤어진 인격과 열등감을 가졌거나 교육을 제대로 받지 못한 자, 평소 소외되어있던 불평불만 자들인데 전쟁보다도 오히려 그런 인간이 더 공포의 대상이었다. 예나 지금이나 사람을 잘못 만나면 그 사회나 단체가 잘못 되어지는 것은 물론 일차적으로 그 구성원들이 피해를 입게 되어있다.

오늘의 북한을 보자. 김정일과 그 추종세력을 제외하고는 지난 56년 동안 1950년 겪었던 여름의 생지옥과 하등 다를 바 없는 것이다. 한국의 현실은 어떠한가? 아니 미주에 있는 한인사회는 어떠한가? 그 장래를 위해서는 그냥 적당히 넘길 일만은 아닌 것이다.

학력 위조는 무임승차 행위

유명인사의 허위학력이 속속 드러나고 있다. 내가 좋아하던 여류연극인 모씨도 학력을 속였다며 뒤늦게 고백하고 해외로 잠적해 버렸다. 밝고 활달하던 그 얼굴에 가면을 쓰고 있었음이 들어나 뒷맛이 씁쓸하다.

그동안 한국은 사회 전반에 걸쳐 불법과 부정이 범람하고 위선과 불의가 판을 쳤지만 이를 막고자 힘쓰지 않았고 마침내 양심과 가치관이 공황상태에 빠져 누구인들 온전했을 리가 없다. 일국의 대통령이라는 사람이 새빨간 거짓말을 하지 않나, 시정잡배의 막말을 해대지 않나, 온 식구가 안방에서 시청하는 TV에서 불륜, 도박, 폭력이 버젓이 미화되지 않나, 이런 혼탁한 세태에 길들여진 일반 국민들의 의식구조와 도덕률이 어느 수준인가는 이미 예견된 일이라 가짜학력이라고 해서 새삼 놀랄 것이 못된다. 동방예의지국이던 우리나라가 반세기 만에 세계인의 입에 오르는 거짓말, 가짜상품, 섹스의 천국이 되었으니 앞으로 한국은 두고두고 이에 대한 대가를 치르게 될 것이다.

학력위조는 한나라당의 대선 후보에도 영향을 주었다. 박근혜 씨는 선거인단에서는 이겼어도 여론에서는 뒤지는 바람에 패배한 셈인데 일반국민의 의사를 수렴한다는 그 경선방법은 일견 매우 그럴듯하지만 즉흥적이고 감성적인 한국인에게는 그 당시의 사회분위기가, 특히 박빙의 경선에서는 결정적 힘을 발휘한다는 취약점을 가지고 있다. 학력위조 사건에 유독 여성 유명인사가 많았고 더욱이 탈레반에게 납치된 사람들이 대부분 여성인데다 매일 뉴스에 오르내리니 아직도 페미니즘(feminism)에 부정적 시각을 가진 사람들은 이번 여론선거에서 여성후보에게 지지표를 던졌을 리가 만무하다.

가짜학력 사건에서 가장 경계해야할 점은 학력조작 사실보다도 그 책임을 엉뚱한 곳으로 전가시키려는 그릇된 생각이다. 바꿔 말하면 학력위조의 원인이 학벌지상주의 풍토 때문이라는 것이다. 하지만 이는 참으로 본말을 전도시키는 단견이다. 그렇다면 대학 출신자들이 간판과 학위를 따기 위해 그 많은 시간과 비용을 들여 학교에 다녔단 말인가?

사람은 배운 만큼 실력과 경쟁력이 늘어나게 되어 있어서 공부야말로 누구에게나 꿈을 성취할 수 있는 최선의 방법임은 세계 각국의 공통적인 현상이다. 학력을 속이고 부풀리는 행위는 무임승차해서 반사이익만을 얻으려는 개인적 허욕에서 출발한 것이므로 건전한 사회질서를 위해서라도 엄중한 제재가 있어야 할 것이다.

우리 주위에는 대학을 나오지 않고도 성공한 사람, 존경받는 사람들이 많다. 특히 기능인, 장인, 운동선수, 문화예술인, 실무직 직장인에게는 학력 보다 현장에서의 재능과 기술만으로도 얼마든지 성공할 수 있다. 하지만 그들이 현장을 떠나 관리자나 경영자로 일하려고 할 때는 사정이 달라진다. 이번에 물의를 일으킨 사람들도 경영자나 교수가 되고 보니 실기보다도 이론과 전문지식을 배우는 학교의 필요성을 느꼈던 것이 아닐까?

기업에서 인력을 채용할 때 객관적으로 판단할 수 있는 첫 자료는 학력밖에 없다. 전투를 생명으로 하는 군대에서조차 사관학교를 갓 졸업한 소위에게 오랜 경험을 쌓은 직업 하사관을 지휘하도록 하며 며느리를 간택하는데도 옷차림이나 음식솜씨보다 학력에 더 비중을 두고 있다. 세상은 주어진 기회를 더 활용하고 노력하는 사람들에게 유리하도록 되어있다. 학력은 그 중의 하나로 사람을 평가하고 선별하는데 매우 중요한 잣대가 될 수밖에 없다. 대통령의 자질이 얼마나 중요한 역할을 하는지 지나온 한국의 역사가 웅변으로 말해주고 있지 않은가?

남편의 수난시대

세금보고를 위해 찾아오는 부부고객들 가운데 아내의 비율이 해마다 늘어나고 있다. 정확히 통계를 산출치 안 했어도 최소 80퍼센트는 넘는 것 같다. 이는 상대적으로 시간이 없는 남편의 위임을 받거나 단순한 심부름으로 볼 수 있겠으나 부부가 같이 와서도 앞에 앉아 직접 상담하는 것은 대부분 그 부인이며 남편은 뒤에 놓인 의자나 옆 자리에 앉아 기껏 조수 역할을 하는 경우가 많다. 이를 보면서 한국가정의 실권은 이미 아내에게 옮겨가지 않았나 하는 생각이 든다.

대체적으로 아내가 집안 살림을 맡고 있으니 가사에 재량권을 갖고 있는 것은 전혀 이상한 일이 아니겠으나 가정의 모든 주도권마저 송두리째 장악한 것이 아닌가, 바꿔 말하면 종전에 남편이 누리던 가장의 위치가 아내에게 옮겨가지 않았나 하는 생각이 드는 것이다. 남편이 가졌던 가부장적 권위란 바로 경제력에서 나왔었다. 하지만 남편이 경쟁관계에서 힘이 부치고 아내들의 사회활동이 보편화되면서 가계에서 차지하는 역할이 증대하다 보니 의사를 결정하는데 아내의 목소리에 자연 힘이 실리게 된 것이리라. 이제는 '가장=남편'이라는 등식이 더 이상 존재하지 않는다.

이 모두가 시대적 조류라서 누굴 탓할 수 없지만 남편의 위상이 축소된 것만은 틀림없는 일이라 과히 유쾌한 일은 아니다.

남편의 수난은 소위 '기러기 아빠'로부터 본격화되었다. 한국의 교육제도 붕괴는 조기유학이라는 미증유의 사태를 불러왔고 그 최대의 희생자는 바로 남편들이었다. 함께 모여 단란하게 살아야 할 가족, 특히 부부가 쪼개져서 아내는 자녀와 함께 유학지로 떠나버리고 남편은 국내에 남아 돈 벌어대는 기계로 전락하였다. 그나마 든든한 직업이라면 몰라도 50세가 넘으면 골동품 취급받는 분위기 속에서 남편들의 처지는 자꾸 좁아져 갔다.

직장에서 버림받은 남편들이 찾아갈 곳은 어딘가? 위안을 받아야 할 가정에서조차 며칠 뒤부터는 아내의 곱지 않은 눈치 속에 내 돈마저 타 쓰는 신세가 되는 것이다. 비록 사회적 물의는 계속되어도 많은 가정이 주택이나마 장만한 것과 엄청난 교육비를 감당하는 일이 아내들의 활약에 힘입은 바 컸던 것이다. 남편들의 수입만으로는 도저히 그런 재산을 축적할 수도 없었거니와 수백만원대의 과외공부는 엄두도 못낼 일이었다. 아내들의 그런 극성스러움이 가정경제에 큰 도움은 되었지만 반면 의사결정을 좌지우지하게 만든 빌미를 제공한 셈이었다.

이곳 미국이라고 크게 다른 바가 없다. 한국남편들이 경험부족과 언어의 어려움으로 번번한 직업을 얻을 수 없다보니 이민 초기부터 아내들이 맞벌이에 나설 수밖에 없었다.

사정이야 어떻든 오늘날 많은 한국의 남편들은 사회에서도 가정에서도 아내에게 밀린 채 또 다른 형태의 왕따를 당하며 고독자의 소외감 속에 살아가고 있는 것이다. 자존감 강하고 급한 성격의 한국의 남편들이지만 앞으로 아내의 도전은 불가피한 추세이며 남편이 옛 위상을 되찾기란 백년하청이 되어버린 느낌이다. 이미 한국은 '여인천하'가 되어버렸다.

오래 전 돌아가신 외할머니께서 어릴 적 종종 들려주시던 말씀이 생각난다. "사내란 지게를 지더라도 처자식을 먹여 살려야 하느니라." 외할머니는 벌써부터 오늘날 남편들이 당할 수난을 예견하고 계셨던 것이 아닐까? 말 타고 창검을 휘두르며 만주 대륙을 달리던 위세당당한 주몽이나 대조영이 새삼 부럽고 밭 갈고 그물 쳐서 먹고살던 농경사회가 남편들이 기를 펴던 태평성대가 아니었나 싶다.

벗은 것은 아름답다

여름은 태양의 계절이다. 여름은 또한 바다의 계절이기도 하다. 태양과 바다가 가장 잘 어울리는 곳은 단연 비치(Beach)이다. 여름하면 비치가 떠오르는 것도 이 때문이다.

로스앤젤레스는 시내 가까이 유명한 비치를 많이 가지고 있는 천혜의 도시이다. 몇 해 전, 메모리얼 데이 연휴에 아내와 함께 L.A. 맨 서쪽인 말리부를 출발하여 태평양 바다를 끼고 만들어진 1번 하이웨이를 따라 동남쪽 오렌지·카운티의 다나·포인트까지 내려가면서 직접 둘러 본 비치만도 열네 군데나 되었다. 비치의 크기와 꾸밈새는 제각기 달랐으나 모두가 뛰어난 경관에다가 알맞은 인공시설들을 가미해서 저마다 독특한 정취를 느끼게 하였다.

우리는 그날의 종착지인 솔트·크릭·비치 옆에 세워진 리치칼튼호텔의 커피숍에 앉아 바로 눈앞에 펼쳐진 바다와 하늘, 잘 가꾸어진 정원과 비치를 바라보면서 이 나라를 왜 아름다운 나라,

미국으로 부르는지 알 수 있을 것 같았다.

여름의 비치는 언제나 사람들로 만원이다. 따가운 태양 볕이 작열하는 드넓은 백사장 위에서 마음껏 뛰고 뒹굴고 누워있는 사람들, 삼킬 듯 달려드는 파도에 몸을 맡겨 물속에 파묻히는 수영객들, 햇살을 받아 보석처럼 반짝이는 물결사이를 쏜살같이 미끄러져 가는 서핑객들, 뭍에서 좀 떨어진 바다 위에서 각양각색의 돛을 달고 떠도는 요트들, 비치는 여름을 즐길 줄 아는 사람들의 낙원이다.

여름의 비치에서는 벗어야 어울린다. 아니 벗는 것이 좋고 벗어야 된다. 비치에는 수많은 사람들로 북새통을 이루지만 모두가 밝고 유쾌한 얼굴이다. 표정에는 웃음과 기쁨이 넘친다. 모두가 똑 같이 벗었기 때문이리라. 그들 사이에는 수영복 한 조각을 빼놓고는 가진 것과 보일 것은 벗은 몸이 전부이다. 빈부도 지위도 명예도 그들 사이에는 존재하지 아니한다.

비치가 낙원이 되는 것은 사람들이 원래의 모습으로 돌아가기 때문이다. 원래의 모습은 벗은 모습이며 참 모습이다. 사람은 제 모습을 보일 때가 제일 아름다운 법이다. 아담과 이브는 에덴동산에서 벗고 살았다. 하나님은 그때의 모습을 보기 좋다고 말씀하셨다. 인간은 벗은 몸 위에 거짓과 위선, 편견과 탐욕의 옷을 걸치면서 이 세상은 혼탁해지기 시작하였다.

우리가 아름다운 세상을 원한다면 나 자신부터 나를 가리우고 있는 가식의 탈을 벗어 던져야 한다. 너와 내가 서로 적나라한 모습과 허심탄회한 마음으로 마주 한다면 해결치 못할 난제가 어디 있을까? 가면 없는 세상은 우리의 가정과 사회 그리고 국가를 투명하게 건강하게 만든다. 예수님이 이 땅에 오신 것은 우리를 다시 에덴동산으로 데려가기 위함이 아닐까? 에덴동산에 들어가려면 벗어 던져야 한다.

오늘날 세상에 문제가 많이 발생하는 것은 벗지 않은 사람들이 많기 때문이다. 이제 새로운 천년, 새로운 세기를 맞고 있다. 우리 모두 더럽고 추악한 누더기를 벗어버리고 원래의 모습으로 푸른 새 천년, 21세기로 들어가자. 벗은 것은 참으로 아름다운 것이다.

한국이 사라지고 있다

지난 7일과 14일 토요일 아침, 밸리 소재 모 교회에 마련된 SAT 한국어 준비반에 등록도 받고 교재도 나눠주기 위해 갔었다. 30명 모집에 42명의 학생이 신청하는 높은 열의를 보였다. 이런 준비반은 여름방학을 이용하여 8주간 LA와 오렌지카운티 등 모두 3지역에서 실시되고 있는데 7월 1일부터 8월 7일까지 미국학교의 교장 24명, 한국어 교사 34명 그리고 한국어반 장학생과 교포2세 학생 90명을 인솔하고 한국에서 여러 연수프로그램을 진행하느라 이곳을 비운 한국어진흥재단 관계자와 실무진을 대리하여 참석한 것이었다.

한국어진흥재단은 미국의 초, 중, 고등학교에 한국어반 개설을 주목적으로 하는 비영리단체로 매년 여름방학 동안 모국방문을 통해 한국에 대한 이해증진과 현지학습을 실시해오고 있는데 올해는 한국어세계화재단과 공동으로 주최하고 있다. 그 중 이화여대 인문학연구원이 주관한 1주간의 한국어 교사 초청연수에는 최근 매스컴에서 화제가 된 최초의 미국인 한국어 교사인 데이비드 헤인스 씨가 포함되어있다.

미국 땅에서 어째서 어린 학생들이 한글을 배우느라 애쓰고 부모들이 그 뒷바라지를 열심히 하고 있는 것일까? 대학입시를 위한 것도 있겠지만 그보다 근본적인 이유는 이질문화권 속에서 정체성을 심어주기 위함일 것이다. 바꿔 말하면 한국이라는 뿌리를 잊지 않으려는 노력일 것이다. 한 나라의 역사를 이어가게 만드는 것은 정치와 경제, 예술과 스포츠가 아니라 그들 국민이 쓰는 말이며 특히 글인 것이다.

우리말은 우리 민족의 정신이고 문화이다. 그것을 기록하고 보존시키는 것이 한글이다. 말과 글이 없는 민족은 결코 역사를 만들어 낼 수 없으며 종국에 가서는 이 지구상에서 사라지고 말 것이다. 그런데 지금 한국에서는 한글이 사라지고 있는 중이다.

대학입시에서 국어가 빠진 것도 통탄스러운데 유치원에서부터 한글보다 영어를 배우느라 과외수업, 해외연수, 조기유학 등 엄청난 노력과 비용을 쏟아 붓고 있으며 교육당국자와 대통령까지 앞장서 영어 잘 하는 국민으로 만들겠다고 공언하고 있으니 도대체 그렇게 죽기 살기로 영어를 배워서 어떻게 하겠다는 것인지, 이런 것이 세계화인지, 새로운 사대주의 조류인지, 마치 실성한 것처럼 제 정신들이 아니다.

일상생활에서 영어를 몰라도 큰 불편이 없고 혹시 더 필요한 사람은 각자가 알아서 배우면 되는 일이다. 외국과 무역하고 외교하려면 영어를 잘 하는 사람들만 모아도 넘칠 지경일 것이다.

영어가 아닌 자국어만 쓰는 프랑스, 러시아, 독일과 이웃 일본 등 수많은 나라들이 별 문제없이 잘 살고 있으며 오히려 영어를 공용어로 쓰는 필리핀은 다른 나라보다 특별히 나은 것이 없다.

언어와 문자를 보면 그 나라의 민도를 가늠할 수 있다. 언제부터인가 우리가 쓰는 말들이 무슨 멋인 양, 외국어 투성이에 거칠어지고 천박스러워지면서 사회가 더욱 어지러워지고 흐려지기 시작하였다.

이런 데에는 쓰는 사람뿐만 아니라 언어와 글자를 매개체로 하는 방송과 신문도 책임이 없다고 발뺌할 수가 없을 것이다. 철자법과 띄어쓰기를 제대로 하고 있는지, 드라마와 가사에서 쓰는 용어들이 과연 옳은지 온 국민이 우리말과 한글을 서로 아껴 쓸 때에 세계는 대한민국을 선진국가로 평가해줄 것이다. 한류는 잠시 스쳐지나가는 바람일 뿐 자기 것을 소중히 여기지 않는 나라와 민족은 이미 사라진 것과 다름없는 것이다.

숭례문의 진정한 복원

지난 2월 10일 서울 남대문의 1, 2층 목조 누각이 방화로 소실되었다. 온 국민들은 억장이 무너진 듯 놀라움과 분노에 휩싸였으며 부모를 잃은 사람처럼 전국 각처에서 찾아와 통곡하고 문상까지 하였다.

그런 심정은 어찌 그들 만에 국한된 것이겠는가. 한국의 관문이라 할 남대문은 조선왕조를 개국한 이성계가 도성을 쌓을 때 만든 4대문의 정문으로서 1395년에 축조하여 3년 후에 준공하였다가 세종 29년인 1447년에 개축, 성종 10년 1479년에 증축되었으며 1961~63년에 해체 수리된 600년 넘는 역사를 지닌 대한민국 국보 1호인 문화재이다.

남대문의 정식명칭은 숭례문으로 그 현판은 세종대왕의 형인 양녕대군의 친필로 다행히 이번 화마 속에서 보전되었다. 숭례문은 문자 그대로 '예(禮)를 높이고 존중하는 문'이라는 뜻이리라. '예'란 인간이 마땅히 지켜야 할 규칙과 도리이다. '예'는 인간만

이 누릴 수 있는 특권이며 인간이 인간답게 살 수 있고 우리의 공동체를 아름답게 만들 수 있는 최고의 도덕률이다. 반대로 '예'가 없는 세상은 이성과 양식이 존립할 수 없는 사회, 즉 야만 또는 동물의 왕국과 같은 것이다. 규범과 수치심이 없고 질서가 서지 않는 난장판 바로 그런 세상이다.

현판은 단순히 대문의 명칭이 아니라 이곳에 살거나 드나드는 사람들이 가져야 할 이상과 꿈을 표방한다고 할 수 있을 것이다. 그렇다면 '예'가 총체적으로 실종된 한국사회에서 서울시민 대다수는 숭례문을 출입할 수 없는 무자격 시민이나 다름없다. 오늘날 한국 사람은 아무리 잘 봐주려 해도 옛날의 그 선량하고 순박했던 사람들이 아니다.

언제부터인가 우리 주변은 전래의 언행과 모습과는 동떨어진 또 다른 유형의 한국인들로 채워지기 시작하였다. 어찌된 영문인지 물질생활이 풍족해 질수록 정신세계는 유치해지고 배운 사람이 늘어날수록 인성은 메말라 갔으며 종교인이 많아질수록 사회는 더욱 혼탁해졌다. 위, 아래 가리지 않고 허위와 막말이 성행하고 남녀노소 구분 없이 부정, 비리, 사기, 음란행위가 범람되더니 요즈음은 유괴와 살인 같은 말세적인 범죄가 날로 늘어나는 추세이다.

한국인으로 보기 어려운 그런 사람들이 국보가 타버렸다고 새삼스럽게 야단법석을 떠는 꼴이란 얼마나 아이러니컬한 일인가.

문화재는 역사의 소산물이다. 역사의 본질은 가시적인 유형물이 아니라 그것이 낳은 사상과 문화이다. 원래의 정신과 전통이

담기지 않은 건축이라면 복원에 무슨 의미가 있을까? 우리의 역사가 될 수 없고 자랑이라 할 수 없는 한갓 볼거리에 불과할 뿐이다.

언젠가 숭례문은 다시 세워질 것이다. 그때 어떤 현판을 걸어야 할지는 순전히 서울시민들이 담당해야할 책임이다. 그 문에 굳이 현재와 똑같은 현판을 달려면 먼저 현판의 뜻에 부합되도록 시민들의 정신 상태를 바꿔놓는 것이 순서라 할 수 있겠다. 온 시민들이 진정으로 숭례문을 서울의 자랑스런 보물로 만들기 원한다면 단지 건물을 새로 짓기 보다는 먼저 예에 대한 사상과 올바른 가치관을 갖도록 범시민운동을 일으켜야 할 것이다. 그런 의식개혁 없이는 숭례문을 아무리 웅장하고 멋있게 신축하여도 그것은 또 다시 허구적인 건축물, 역사성을 상실한 가짜 문화재에 지나지 않을 것이다.

4.

세금과 헌금

프리웨이에서 생긴 일

수년 전 프리웨이에서 예기치 못했던 일을 경험한 후 내 차의 트렁크에는 준비물 하나가 추가되었다.

자신의 차에 전화번호부나 점프·케이블을 넣고 다니는 사람은 더러 있겠고 준비성이 강한 사람은 가스가 떨어졌을 때를 염려해 1갤런짜리 빈 통을, 운동을 즐기는 사람은 골프채나 볼링백을 가지고 다닐 것이다. 어떤 사람은 위급한 사태를 대비해서 호신용 무기를, 급작스런 조문을 위하여 검정색 양복을 싣고 다니는 용의주도함을 보이기도 한다. 모두가 유비무환(有備無患)을 위한 것인 만큼 나무랄 일이 아니다.

하지만 내가 트렁크 속에 준비해 가지고 다니는 것은 밝히기 좀 곤란한 물건인데 바로 요강(尿綱)이다. 그렇다고 재래식 한국 요강은 아니고 옛날 미 서부 개척민들이 멜빵을 해서 둘러메고 다녔던 수세미 모양의 가죽물통과 비슷한 플라스틱 통(筒)이다. 관광버스나 비행기 같은 장거리 교통수단에는 따로 화장실이 마련되어 있으나 개인이 자신의 차에다 요강을 준비해 놓고 다니는 사람은 아마 흔치 않을 것이다.

문제의 그날, 나는 아내와 함께 무슨 행사에 참석하기 위하여 저녁 어둑해질 무렵 집이 있는 밸리를 출발해서 할리우드·프리웨이로 들어섰다. 처음에는 별 문제 없이 제 속력으로 달렸으나 유니버설·스튜디오 근처에 가까워지면서 점차 차들이 밀리기 시작하더니 얼마 후 아예 나가질 않았다. 마침 주말이라 체증이 더 심할 것이라고 대수롭지 않게 여겼으나 시간이 한참 흘러도 차들은 도무지 움직일 기미를 보이지 않았다.

그러나 그리 급하지 않은 우리는 여유를 갖고 기다려 보기로 했는데 불현듯 소피(所避)를 보고 왔으면 좋았을 걸 하는 생각이 들었다. 그리고 다시 10분, 30분 그리고 1시간이 지나도 차들은 꼼짝을 하지 않았다. 그 때쯤 나는 긴박한 상태에 빠져들고 있었다. 그동안 참고 견디던 볼 일이 거의 한계점에 도달한 것이다. 아내는 안간힘을 쓰고 있는 나를 보다 못해 안면 몰수하고 길옆 숲에다 실례하라고 권하기도 하고 나중에는 그냥 옷에다 해결하라고 말하기도 했다.

나는 더 이상 자제할 수 없는 상황이라 모든 노력을 포기하려는 순간 차들의 엔진소리가 들려왔고 서둘러 운전해 가니 곧 램프가 나타났다. 마침내 나는 2시간 만에 지옥에서 빠져 나올 수 있었다. 그날의 해프닝이 있은 후 나는 곧 휴대용 요강을 우편 주문하였다.

그런 황당한 경험 때문만이 아니라 평소 프리웨이는 우리의 삶과 매우 흡사하다는 생각을 자주 한다. 늘 다니는 프리웨이지만 운전할 때마다 환경이 변하고 기분도 달라진다. 날씨가 화창한가 하면 궂은 날도 있으며 즐거울 때가 있는가 하면 화날 때도 있다. 또한 급할 때나 위험할 때도 생긴다. 잘 달리고 있는데 다른 차가 돌연 새치기해 들어오고 앞차가 방해가 된다 싶은데 옆 레인으로 비켜주기도 한다. 다른 차 때문에 서행을 강요당하기도 하고 모르는 사이 내가 다른 차의 진로를 방해하기도 한다. 성능이 좋고 운전기술이 뛰어나다고 늘 앞서가는 것도 아니고 고물차라고 뒤지지만도 않는다. 레인을 잘못 선택하면 줄곧 쳐지게 되고 레인에 잘못 들어왔다고 생각했는데 나중에 보니 오히려 잘 뚫려 다른 차보다 더 빨리 갈 수도 있다. 하지만 그런 레인을 우리는 미리 알아낼 수도 없고 단지 가다보니 그런 레인에 들어왔을 뿐이다. 아무리 운 좋은 레인이라도 과속으로 달리거나 너무 천천히 운전하다가는 티켓을 받게 되며 잘못 운전하다가는 치명상을 입게 된다.

자유로울 것 같지만 결코 내 의지대로 되지 않는 길이 프리웨이이다. 레인은 바꿀 수 있지만 쇼울더(갓길) 밖으로 나갈 수 없고 마음에 들지 않는다고 아무 때나 다른 레인으로 쉽게 들어가지 못하는 길이 프리웨이이다. 왔던 길을 되돌아 갈 수 없는 길. 정지할 수 없고 계속 앞으로만 가야 하는 길. 좋다고 정착할 수도 쉴 수도 없는 길. 프리웨이는 우리 인생이 그렇듯이 나그네 길이다. 나그네에게 짐이 많으면 그만큼 버거울 것이니 꼭 필요한 몇 몇을 빼놓고는 점점 줄여 나가야하지 않을까?

뻥튀기

뻥튀기는 내가 좋아하는 주전부리 가운데 하나이다. 나이가 든 사람이 먹기에는 좀 체면이 서지 않지만 바삭바삭하고 고소한 데다 저칼로리라서 체중에 신경을 써야하는 사람에게는 비할 데 없는 입정거리이다.

한 봉지에 중형 접시만한 것 일곱 개가 들어있으나 총무게가 90그램도 안 되는 뻥튀기는 한인마켓 어디서나 보통 2달러면 살 수 있는데 다른 사람들도 애용하는지 가끔 재고가 바닥날 때도 있어 구입치 못하는 경우도 생긴다. 아내는 저녁상을 물리고 얼마 되지 않았는데도 TV앞에 앉으려면 뻥튀기를 꺼내다가 권하지도 않고 혼자서 열심히 먹고 있는 나를 처음에는 이상한 눈초리로 바라보며 몇 마디 거들었으나 지금은 포기했는지 아예 그러려니 하고 있다.

웃기는 것은 작년에 보스턴의 큰딸아이 집에 갔을 때 내가 온다고 미국인 사위가 미리 장 보아온 식품에 뻥튀기가 끼어 있었다. 멀리 시내에 있는 한국마켓까지 가서 사다놓았다는 것이다.

내가 뻥튀기를 좋아하는 정도는 한국에 갔을 때 두 번이나 뻥튀기 제조기계를 사려고 시장을 헤맨 데서도 짐작할 수 있다. 그런데 얼마 전 신문을 보니 해외로 파병되는 한국군의 병참물품에 뻥튀기 기계가 포함되어 있었다. 값싸고 어디서나 쉽게 만들 수 있는 뻥튀기는 대민 선무공작, 특히 어린아이들의 호감을 사는데 안성맞춤이라는 생각이 든다. 혹시 군인들에게도 건빵 대신 간식으로 나눠주지나 않을지?

뻥튀기의 원조는 아마 팝콘(강냉이튀김)이 아닐까 한다. 시장이나 동네 골목에서 옥수수를 철제원통에 넣고 열기가 골고루 닿도록 돌리다가 일정한 압력상태에 이르면 커다란 쇠망에 주둥이를 넣고 힘차게 튀겨내는 팝콘은 그 구수한 냄새와 요란한 소리로 사람들의 눈길을 끌기에 족하였다. 뻥튀기라는 이름도 뻥 소리를 내며 튀겨낸다고 해서 부쳐진 이름일 것이다. 고물수집상이 도시 근대화에 밀려 사라지면서 대신 상점에는 쌀로 만든 뻥튀기가 등장하게 되었다. 이제 팝콘은 제조과정과 모양이 다르지만 극장에나 가야 찾을 수 있는 추억의 먹거리가 되었다.

뻥튀기는 단순히 스낵의 이름만이 아니라 어떤 사실을 부풀리거나 과장하는 뜻으로 더 사용되고 있다. 뻥튀기의 금메달감은 역시 북한의 김정일이다. 그의 뻥튀기는 세계적으로 정평이 나 있지만 특히 골프실력은 과히 장군님다워서 게임당 홀인원이 몇 차례 나오고 버디는 기본이라고 한다. 차제에 프로골퍼가 되어 굶주리는 북한주민을 위해 몸소 외화벌이에 나서는 것도 괜찮을 것이란 생각이 든다. 부시대통령도 이라크의 대량살상무기를 뻥튀기 했다가 임기 말에 큰 곤욕을 치르고 있으며 얼마 전 한인사회에 큰 뉴스가 되었던 금융 사고나 동업자간의 살인사건도 그 원인은 뻥튀기 때문이었다. 어떤 사람은 학력이나 경력 또는 마음만 먹으면 받을 수 있는 3류 상을 대단한 것으로 부풀리는 경우도 보게 된다. 이렇듯 우리 주변에는 자신의 헛된 욕심을 위해 양심을 묶어놓는 사람들이 많다. 사람들은 누구나 자칫 실제보다 뻥튀기 하려는 유혹을 받기 쉬운데 한국 사람끼리 만이라도 제발 그런 부끄러운 짓거리는 그만 두었으면 좋겠다.

　나는 직업상 사업체를 사고 팔 때 생기기 마련인 진실게임에 어느 편에 서야할지 매우 곤혹스런 입장에 빠질 때가 있다. 한국 사람은 왜 거짓말이나 속임수에 너그러운가, 어째서 옳고 그릇됨에 눈을 돌리고 있으며 믿음과 행동이 별개인 신앙생활을 하고 있는가, 이런 나쁜 사회통념과 병폐가 먹어치울 수 있는 뻥튀기라면 얼마나 좋을까.

오래 사는 법

요즈음 신문 잡지나 방송에 나오는 광고, 선전을 보고 있노라면 이 세상에 병으로 고생하거나 죽을 사람이 하나도 없을 것만 같다. 왜 그리 몸에 좋고 건강을 책임지겠다는 약들이 많은지 걱정을 안 해도 좋을 성싶다.

사실 근래 들어 의술의 눈부신 발달과 각종 좋은 약품들의 개발로 수명이 연장되고 많은 분야에서 질병치료가 향상된 것만은 틀림없다. 우리 주변에서 8, 90세가 넘는 분들을 쉽게 발견하고 예전 같으면 어림없을 병들도 간단한 수술로 생명을 건져내고 있다. 한국인의 평균수명은 세계에서도 최 상위권에 속하여 남자도 80세에 가깝고 여자는 80세 중반에 이르고 있다. 1950년 한국전쟁 무렵 우리나라 사람의 평균 수명이 55세 전후였음을 감안할 때 지난 반세기 동안 무려 한 세대만큼 더 연장된 셈이다. 통상 한 세대 하면 30년으로 치고 있는데 이런 추세라면 그것을 50년으로 더 늘려 잡아야 될 것 같다.

연세가 든 사람들도 장수에 적극적으로 신경을 쓰고 있다. 건강식품을 선호하고 운동도 열심히 하고 있다. 머지않아 100세, 아니 120세까지 살 수 있다는 희망적인 보고서가 발표되고 있다. 일찍이 진시황이 백방으로 구하고자 했던 불로장생의 영약이 현실로 나타나고 있는 것이다.

그런데 이런 희망적인 보고와는 달리 한국은 죽어가고 있는 것이다. 한국정부의 최근 통계에 의하면 출산율이 1. 08명이라고 한다. 이는 세계에서 가장 낮은 출산율로서 부부 두 사람이 겨우 1명만 낳는다는 것인데 불과 2년 전 1. 22명과 비교할 때 해마다 그렇게 급감하고 있으니 심각한 문제가 아닐 수 없다.

강대국이 되려면 최소 인구가 1억 명은 되어야 한다. 조금 낳고 오래 살면 그 결과가 어떨지는 자명하다. 지금 같은 현상이 계속된다면 50년 뒤에는 한국인구가 절반가량으로 줄어들게 되고 그 결과 남녀비율, 생산, 조세, 국방 등 사회 전반적인 부문에 심각한 불균형이 발생하고 세상은 온통 나이 먹은 사람들로 북적이게 될 것이다.

지금 한국은 늙어 가고 있는 것이다. 늙어간다는 것은 죽어간다는 뜻이나 다름없다. 한국은 결국 2류 국가로 쇠락되고 말 것이며 옛날 조선조 시대처럼 이웃 강대국 눈치나 살피며 사는 불쌍한 처지가 될 것이다. '대~한 민국'을 외치던 젊은 함성은 더 이상 찾아볼 수 없게 될 것이다.

사람이 오래 산다는 것은 반가운 일임에 틀림없다. 그 기쁨은 다른 사람들과 함께 할 때 더욱 의미가 있는 법이다. 그렇지 못하고 후대들의 미래와 발전에 부정적 요소로 작용되거나 건강하고 생산적인 공동체를 이루는데 전혀 도움이 되지 못한다면 그 삶은 축복커녕 오히려 짐이 되고 수치가 될 수 있을 것이다. 사람의 생애는 개인적인 문제이기도 하나 사회 전체의 문제이기도 하다. 여러 가지 복합적인 원인이 있겠지만 사람들의 장수가 결혼을 늦추게 만들고 출산율을 저하시키는 이유의 하나가 된 것만은 명백하다.

이런 면에서 보면 오래 사는 것에 너무 욕심을 갖는 것도 좋아만 할 일은 못되는 것이다. 더구나 건강수명은 평균수명보다 10년이나 낮다고 하지 않는가. 인간의 수명이 무한대라면 더 살려고 욕심을 내 보고 싶지만 아무리 의약품이 잘 만들어지고 의술이 발달되어도 인간은 결국 왔던 곳으로 돌아가게 되어있다. 그런데 마음대로 움직이지도, 가지도 못하면서 10년, 20년 더 산다고 무슨 큰 의미가 있을까?

지나 온 세월을 생각하면 눈 깜빡할 사이에 그 날이 돌아올 것이고 그것도 하나님께서 봐 주셔야 가능한 일이겠지만 열심히 살다가 적당한 때 인생을 마치는 것이 자신은 물론 자녀와 국가에 도움이 되고 가장 오래 사는 길이 아닌가 생각된다.

풀도 은혜를 갚는데

뒤뜰에 있는 코랄트리 밑 반 평 남짓한 공지에 가지와 토마토가 보기 좋게 자라고 있다. 작년 봄에 집근처 화원에서 사다가 심었는데 어쩐 일인지 처음부터 잘 크지를 않아서 토마토는 아예 꽃도 피지 않았고 가지도 몇 개 열리긴 했으나 다 자란 놈이 겨우 고추 크기만 해서 따려고 해도 선뜻 손이 내키지 않을 정도였다.

예년에는 볼 수 없었던 현상이었다. 지난겨울은 백여 년만의 추위로 여러 나무와 화초들이 동사했는데 문제의 가지와 토마토도 줄기 아래만 좀 살아있고 대부분 말라 비틀어져 거의 죽은 것과 다름없는 몰골을 하고 있었다. 다른 때 같으면 벌써 뽑아버렸겠지만 그동안 비실비실 살아있었던 것이 가상하여 그냥 놔두고 있었다.

그런데 봄철이 되자마자 놀랄 만한 소생력을 보이더니 잎이 돋고 실하게 자라 특히 토마토는 어느 해보다도 많은 열매가 달려있다. 아내는 하루가 다르게 커가는 토마토를 보면서 "뽑지 않고 살려주었더니 은혜를 갚는 모양"이라며 흡족한 표정을 짓는다. 개나 소와 같은 짐승들이 주인의 목숨을 구했다는 이야기는 들었지만 한갓 풀에 불과한 토마토가 보은하는 것을 실제로 겪고 있는 중이다.

'결초보은(結草報恩)'은 풀과 관련된 고사에서 생겨난 말이다. 중국 춘추전국시대에 진나라의 위과(魏顆)가 부친이 죽자 젊은 서모를 개가시켜 지아비와 함께 죽어야 하는 순사(殉死)를 모면케 하였더니 위과가 전쟁에 나가 싸울 때 그 서모의 아버지의 혼이 적군의 앞길에 풀을 묶어놓아 적들로 하여금 걸려 넘어뜨려 위과를 잡히지 않도록 해서 은혜를 갚았다는 이야기이다.

사람이 다른 사람의 도움이나 은혜를 입었을 때 이를 잊지 않고 감사하게 생각하며 기회가 닿는 대로 갚으려는 것은 인지상정이다. 그런 것이 바로 인간의 도리라 할 것이다. 하지만 우리 주변에는 은혜를 갚기는커녕 오히려 원수가 되는 경우가 너무 많이 일어나고 있다. 이런 배은망덕 때문에 세상이 더욱 혼탁하고 어지럽게 되어간다고 볼 수 있다. 그런데 심각한 문제는 다른 사람도 아닌 자기 부모에게까지 그런 못된 짓을 저지르는 자식들이 날로 늘어나고 있다는 점이다.

요즈음은 부모의 희생을 고맙게 생각지 않고 당연하게 여기는 자녀들이 많다고 한다. 예전에는 그래도 부모의 형편과 사정을 봐가며 눈치껏 처신했으나 이제는 전혀 부모의 입장을 고려치 않는다는 것이다. 부모가 고생하든 힘들어하든 상관없이 자식들은 해외여행을 떠나고 명품으로 가꾸고 고액과외를 받는 등 하고 싶은 것을 모두 추구하려는 자기중심주의자들이 되었다는 것이다. 결혼해서 가정을 꾸린 후에도 계속 부모의 도움을 바라며 생활능력이 없는 부모를 모시는 것은 고사하고 부양자체를 귀찮게 생각한다는 것이다. 이런 결과를 가져온 데는 부모에게도 책임이 크다.

입시지옥과 출세주의에 매달려 자식들 뜻을 너무 받아주고 기만 살려주다 보니 정작 성숙된 인간으로 키우는 데는 실패했기 때문이다. 공부는 열심히 하였지만 막상 참교육은 제대로 시키지 못한 탓이다. 일류학교에 들어가고 좋은 직업을 가졌다고 해서 훌륭한 자녀가 되는 것은 결코 아니다.

5월은 가정의 달이며 6월은 졸업시즌이다. 세상의 행복 가운데 가정의 화목과 자식의 성공에 비견할만한 즐거움은 없다. 자녀들이 잘 자라서 좋은 학교를 졸업하고 사회에서 성공하는 일은 큰 보람이자 기쁨이 틀림없겠으나 이를 위해서는 어릴 적부터 부모의 은공을 잊지 않도록 훈육하는데 게을리 하지 말아야 할 것이다.

부모의 은혜를 모르는 자식이 얼마나 출세할 수 있겠으며 설사 그렇다 해도 그런 자식이 무슨 쓸모가 있을까? 5월은 그 가정에서 이미 사라진 것이다.

천사표

차츰 잘못했다는 생각이 들기 시작한 것은 한강육교를 건너 신 용산에 가까이 왔을 때부터였다. 하지만 이제 와서 아무리 후회한들 되돌릴 수 없는 노릇이었다.

이미 너무 먼 거리를 걸어 왔던 것이다. 적게 잡아도 족히 십여 리는 걸었고 집에 도착하려면 아직도 온 거리보다 두 배는 더 걸어가야만 했다. 나는 잠시 쉬어갈 요량으로 사람들이 모여 있는 전차정류장에서 멈춰 섰다. 얼굴은 벌겋게 달아올랐고 호흡은 숨이 차 고르지 못하였다. 뱃속에서도 꼬르륵거리는 소리가 연방 들려왔다.

정류장 이곳저곳을 찬찬히 둘러보니 사방이 어둑어둑해지는 시간인데도 꽤 많은 사람들이 모여 전차를 기다리고 있었다. 그 가운데는 나와 같이 교복 차림의 학생들도 몇 명 눈에 띄었다. 나는 다시 한 번 바보 같은 내 자신을 탓하며 한심스럽다는 생각을 지울 수 없었다.

그날 오후 흑석동 아저씨 댁에 심부름을 갔을 때만 해도 이런 사태가 일어나리라고는 상상조차 못했다. 차비가 있느냐는 어머니의 물음에 전차표 한 장만 있는데도 아들이 돈에 쪼들린다면 마음이 상하실 것 같아 "그럼요. 아직 회수권이 많이 남아 있으니 걱정 마세요." 씩씩하게 대답하고 떠났던 것이다. 그렇게 말한 구석에는 한편 믿는 데가 있기도 했다. 당시만 해도 일가친척, 특히 학생이 자기 집에 왔다갈 때는 으레 차비를 손에 쥐어 보내는 것이 상례였다.

나는 혹시 그렇지 않은 경우라도 적당히 구실을 붙여 차비를 융통하면 되리라 계산하고 있었다. 나의 계획이 어긋난 것은 저녁식사를 준비하시던 당숙모가 끓는 물에 화상을 입는데서 시작되었다. 당숙모는 동네병원에서 응급처치를 받고 돌아오긴 했으나 이미 집안 분위기는 어수선하고 침울하여 더 이상 머물 수 있는 처지가 못 되었다.

나는 볼일을 핑계 대고 빨리 가 봐야 된다며 일어났으나 그런 상황에서 차마 아저씨에게 손까지 내밀 계제가 못되어 몇 번을 망설인 끝에 그냥 나오고 말았다. 처음 길을 나설 때만 해도 '까짓것 운동 삼아 집까지 한번 걸어보자.' 다짐했지만 흑석동에서 남산동 우리집까지 걸어가기에는 무리한 도전이었다.

한국전쟁이 휴전으로 막을 내리고 2년이 가까워 오는 1955년 봄, 서울의 대중교통수단은 전차가 전부였다. 시내 주요 도로에는 전쟁 전부터 있던 일본산 전차와 구호물자로 들여온 몸집이 통통한 미국제 전차가 섞여 운행되고 있었다.

나는 어둠속에서 사람들 사이를 부지런히 헤집고 다니며 전차표를 팔고 있는 두세 명의 아주머니를 발견하자 순간 한 가지 묘안이 떠올랐다. 그들은 시간이 이르거나 늦은 때에는 매표소가 문을 열지 않기 때문에 표를 구하지 못한 사람에게 원전에 한두 푼 얹어서 되파는 아주머니들이었다.

나는 그 중 한 아주머니에게 다가갔다. 아주머니는 나를 보자 반가운 표정을 지으며 손에는 벌써 전차표를 셀 준비를 하고 있었다. 나는 민망스러워 잠시 머뭇거리다가 "저어, 사실은 표 살 돈이 떨어졌는데요. 꾸어 주시면 내일 갚아드릴…" 더듬거리며 말끝을 얼버무리니 아주머니는 힐끗 나를 쳐다보며 "몇 장 필요한데?" 대수롭지 않은 듯 물어왔다. 나는 이에 힘을 얻어 "한 장이면 돼요." 재빨리 대답하자 "혹시 모르니 한 장 더 주마. 부모님께서 걱정하실 텐데 돌아다니지 말고 빨리 집에 가거라" 말하며 선선히 두 장을 떼어주었다.

나는 전차표를 받아들고 "정말 고맙습니다. 내일 꼭 찾아뵙고 갚아 드릴게요." 꾸뻑 절하고 보니 어느새 아주머니는 손님을 찾아 다른 곳으로 갔는지 눈앞에 보이지 않았다.

다음 날 저녁, 비슷한 시간에 나는 전차 정류장으로 그 아주머니를 찾아갔으나 어쩐 일인지 만날 수가 없었다. 며칠 후 다시 찾아가려는데 공교롭게도 급한 일이 생겨 다음 날로 미루었다. 그 날만은 꼭 가려고 별렀으나 또 다른 일이 생겨 훗날로 미루고 그렇게 차일피일 하다가 결국 찾아가지 못하고 말았다. 그때는 누구나 어렵고 풍족치 못한 환경 속에서 지내던 시절이었다. 하물며 몇 푼 남기겠다고 전차표를 팔고 있는 그 아주머니의 형편은 오죽했을까. 그런 아주머니가 일면식도 없는 어린 학생에게 주저 없이 전차표를 준 것은 나에게는 커다란 미스터리였다.

나는 그 일이 떠오를 때마다 전차표 아주머니에 대한 고마움과 동시에 심한 죄책감에 빠져든다. 그 아주머니가 나에게 준 것은 단지 집으로 가는 전차표가 아니라 내 생애 전 과정에서 가야 할 길을 심어 준 천사표였다는 생각이 든다.

십(十)자와 만(卍)자

지도상에서 사찰을 나타내는 卍자가 한자이며 '만'으로 발음한 다는 것을 아는 사람은 불교신자 중에도 많지 않다. 어떤 절에서 는 불상 옆 벽에다 卍자 깃발을 커다랗게 걸어놓기도 한다. 이 卍자가 언제부터, 어떻게 불교의 표지로 쓰여지기 시작하였는지 는 분명치 않으나 글자의 어원을 살펴보면 어느 정도 짐작이 간 다.

卍자는 고대 인도어인 범어(梵語)로서 공덕원만(功德圓滿)의 뜻을 가지고 있다. 일설에 의하면 석존이신 고타마·싯다르타의 가슴 에 이런 문신이 있었다고 하는데 '가슴 卍'자로 불리우는 것도 이 때문이다. 불교가 인도에서 발원하였고 중생을 불쌍히 여겨 안락(安樂)을 주려는 부처의 자비심과 같은 의미를 가진 卍자가 상통하는 바가 있어 이를 불교에서 채용했으리라 유추해 본다.

이에 비하여 十자는 너무나 잘 알려진 대로 성자 예수께서 온 인류를 구원하시기 위하여 대신 죄를 받고 매달려 죽으신 형틀의 모양이다. 예수께서 주신 가장 큰 가르침은 사랑이었다. "네 이웃을 네 몸과 같이 사랑하라"고 하셨으며 "네 형제를 사랑하지 않으면서 하나님을 사랑한다는 말은 한갓 거짓이며 그 믿음도 헛된 것"이라고 말씀하셨다. 하지만 그 이웃과 형제가 기독교인이라고는 하시지 않으셨다. 예수께서 죄 없이 피를 흘리신 궁극적인 목적은 모든 사람에게 평화를 주기 위함이었다. 부활하셔서 첫 번째로 하신 말씀도 "너희에게 평강이 있을 지어다" 였다. 십자가가 고난과 희생의 뜻과 아울러 사랑과 화평을 표징하는 것도 그런 까닭 때문이다. 이렇게 볼 때 부처의 자비와 안락, 예수의 사랑과 화평은 그 표현방법만 틀릴 뿐 똑같은 사상이고 두 종교가 지향하는 최고의 선이다.

'卍' 자는 한자 옥편에서 같은 부수(部首)인 '十' 자에 속해 있다. 바꾸어 말하면 卍자와 十자는 획수만 다르지 같은 뿌리를 가진 글자라는 것이다. 두 글자가 표의문자인 한문에서 같은 뿌리에서 나왔음은 실로 놀라운 일이다. 실제로 유럽의 각종 십자문형이나 십자군 전쟁 시 깃발들을 보면 卍자와 같거나 유사한 모양이 많다.

이런 지적에 일부 사람들은 터무니없는 견강부회라고 말할지 모른다. 하지만 나는 이 세상의 모든 일은 비록 우연일지라도 하나님의 주권과 섭리 가운데 있다고 믿는다. 인류의 역사를 되돌아 볼 때 종교는 서로간의 반목과 질시로 말미암아 당초의 목적과는 달리 오랜 기간 많은 사람들에게 큰 시련과 고통을 주어왔다. 현재 지구상에서 벌어지고 있는 모든 분쟁과 갈등도 대부분

종교와 직, 간접으로 연관된 것들이다. 이런 현상은 종교가 잘못되었다기보다는 각 종교를 이끌어 가는 지도자들의 독선과 아집, 타종교에 대한 편견과 몰이해에서 생겨난 부작용 때문이라 생각된다.

이런 의미에서 교황 바오로 2세의 용기 있는 행동은 21세기를 맞은 모든 사람들에게 밝은 빛을 던져주고 있다. 세계에서 가장 권위 있고 존경받는 천주교의 수장(首長)이 무엇이 부족하고 아쉬워 지난 2천년 동안 저질렀던 과오에 대하여 새삼 용서를 빌어야 했을까? 이 한 가지 점만 보더라도 교황은 명실상부 위대한 신앙인이다.

우리도 더 이상 다른 종교에 대하여 무조건 배타심이나 폄훼와 같은 온당치 못한 행태를 중지해야 할 때가 왔다. 그렇지 않으면 十자와 卍자처럼 그 본질을 헤아리기 앞서 단지 겉모양이 다르다고 내 것이 옳다, 네 것이 나쁘다고 다투는 것과 별 다를 바 없다.

모든 종교가 지향하는 목표는 진리가 하나로 귀결되는 것 같이 오직 한 곳을 가리키고 있다. 그곳에 창조주가 계신다. 창조주를 편의상 저마다 다르게 부른들 그것이 그리 큰 문제가 되랴. 어떤 호칭을 쓰든 그분은 결국 같은 분, 한 분이시니 말이다. 창조주는 여러 모양과 방법으로 합력하여 자신의 뜻을 이루어 가시는 것이다.

예수님이 우리 곁에 오신 것은 하나님을 독점하려는 편협된 마음으로 이웃 이교도들과 불화만 일삼느라 오히려 하나님을 떠나게 만들었던 소위 구약시대를 청산하고 그들과 공존 공영하는 새로운 시대를 열어놓기 위함이었는데 교회는 지난 2천년 세월도 똑같은 잘못을 되풀이하며 보냈다. 이제 그 동안 교회 안에 감금되셨던 예수님을 세상 밖으로 풀어드리자. 그래서 공자, 석가모니, 마호메트 같은 성인도 두루두루 만나볼 수 있도록 해드리고 이 세상을 그 분의 뜻에 맞도록 다스리게 놔두자.

이 일에 앞장 서 빗장을 연 교황 바오로 2세에게 깊은 존경과 큰 갈채를 드린다.

믿음 따로 행동 따로

점심을 밖에서 해결해야 하는 필자는 식당이 있는 쇼핑센터에 갈 때마다 반갑지 않은 사람들을 만나게 된다. 주차금지라고 표시된 가게 앞에 태연히 차를 세워놓고 들어가는 사람들이다. 불과 십여 미터 떨어진 곳에 주차장이 있는데도 말이다.

또한 아무렇게나 주차하여 2대가 주차할 수 있는 자리를 점령한 얌체들도 눈에 띄고 주차장 한 구석에 설치되어 있는 신문 가판대에서 1부 값만 넣고 여러 부를 꺼내 가는 사람도 발견하게 된다. 그들은 나이와 남녀에 구별이 없으며 심지어는 한창 배워야 할 학생들까지 끼어있다.

그들에게 한 가지 공통된 부분이 있다면 한인동포이며 십중팔구 교회에 다니고 있다는 점이다. 이는 한국교인들이 그처럼 손쉽고 기본적인 실생활에서조차 일반시민의 본분마저 제대로 지키지 않고 있음을 나타내는 한 예에 불과하다. 명색이 교회에 다닌다고 하면 체면을 위해서라도 무언가 달라야 하는데 교인이 아닌 사람이나 도무지 차이가 나지 않는다. 이는 당사자 개인의 문제로만 치부하기에는 너무 광범위한 현상이며 그 정도 역시 매우 심각한 수준에 이르고 있는 것이다.

교회가 우후죽순처럼 솟아있고 인구의 3분지 1 가까이가 신자라는 한국이 살기 좋은 낙원이 되기는커녕 오히려 부정부패와 비리, 범죄와 가치관 상실, 퇴폐와 도덕붕괴 등으로 많은 국민들이 출한국(出韓國)하는 망국적 현상을 보이고 있는 것이다.

한국교인은 빛 좋은 개살구 격이다. 교회에서는 믿음도 좋고 매우 열성적이다. 새벽기도, 주일 성수, 예배와 찬양, 헌금과 봉사 등등 어느 하나 나무랄 데가 없이 훌륭하다. 하지만 실제생활은 신앙심과 거리가 멀다. 믿음 따로, 행동 따로인 셈이다. 그래서 복음전파를 가로막고 있는 최대 장애물은 아이러니하게도 교인들 자신이다. 이제 빛과 소금 역할 운운에는 아무도 관심을 기울이지 않으며 목사와 교인을 우습게 여기는 풍조까지 팽배해 있다.

이런 괴리현상이 생긴 근본적 원인은 교회가 마땅히 해야 할 일을 방치했기 때문이다. 교회는 은혜와 진리가 충만해야 하는데 교인들을 놓칠까 봐 달콤한 사랑과 축복(은혜)의 말씀만을 강조하고 듣기 싫어하는 법과 윤리(진리)는 아예 비치지도 않은 결과이다. 목사님들은 '교회는 죄인이 모이는 곳'이라든가 "죄 없는 자가 돌로 치라"며 책임을 호도하고 있지만 교회는 교도소로 끝나는 것이 아니라 '하나님의 자녀로 만들어지는 훈련소'이며 "다시는 죄를 짓지 말라"는 말씀을 몸소 익히는 모델하우스인 것이다.

교인의 신앙생활에 문제가 있다면 목사도 그 책임을 면할 수 없다. 지금 교인들이 교회의 이런 직무 사실을 몰라서 가만 있는 것은 아니다. 그만큼 목사님을 믿고 존경하기 때문이다. 하지만 자칫 교인들이 목사님들을 불신하거나 등을 돌리게 된다면 정말 되돌릴 수 없는 사태가 벌어진다. 목사님들은 종전의 목회방법으로는 한국교회를 잘못 이끌어 왔음을 솔직히 인정해야 한다.

그런 결단과 거듭남이 없으면 한국교회는 미래가 없으며 삼류종교로 전락되는 것도 시간문제이다. 그냥 어물쩍 넘어간다면 30년 후에 혹시 점을 보거나 굿을 하기 위해 교회를 찾지 말란 법 없다고 누가 장담할 수 있겠는가?

교회가 기업 소리를 듣지 않으려면

비가 쏟아지던 지난 주 월요일 밤, 코리아타운을 관통하는 큰 길 하나가 정전으로 몹시 어두웠다. 전기는 우리 생활 가까이 여러 가지 편리하고 유익한 점을 제공하는 가장 대표적인 문명의 이기지만 일단 제 기능을 잃어버리니 오히려 장애물이 되어 버렸다.

모든 차량들은 신호등 고장으로 심한 정체현상을 빚고 길가의 상점과 식당들은 물론 심지어 대형마켓까지 문을 닫고 있어서 마치 깜깜한 터널 속을 운전하는 것 같았다. 평소 그 도로에 위치해서 크고 넓은 건물과 멋진 조명으로 지나가는 신도들에게 큰 자부심과 은혜를 주던 한 대형교회도 어둠에 싸여서 무슨 괴물마냥 보기 흉한 몰골로 서있었다. 문득 교회라 할지라도 밝혀야 할 빛을 잃어버린다면 그런 모습으로 변하지 않을까 하는 생각이 들었다. 아니 어쩌면 많은 교회들이 명색만 유지한 채 이미 어둠에 묻혀 있지나 아닌지 염려스러웠다.

한국교회가 지금처럼 도전을 받고 있는 시대는 일찍이 없었다. 많은 사람들은 공공연히 목사님도 예전의 목사님과 틀리고, 교인도 예전의 교인과 달라졌다고 말하고 있다. 교회가 예전의 교회가 아니라는 것이다.

그렇다면 한국교회를 그토록 바꿔놓은 당사자는 누구인가? 바로 교회라는 것이다. 교회가 자신의 편익을 위해서 세속주의의 전형인 배금사상과 물량주의를 교회 내에 끌어 들였기 때문이라는 것이다. 교회의 모든 사업은 화폐가치로 우선순위가 결정되고 그 평가는 경제성으로 저울질되고 있다. 솔직히 말하여 교회에서 환영받거나 인정받는 교인들 역시 조금이라도 재력을 가진 사람들임을 부인할 수 없다.

교회가 몸집을 키우고 가꾸는 일에 많은 헌금이 쓰여지고 위세를 알리기 위해 기업체에 버금가는 갖가지 선전과 광고가 동원되고 있다. 행사도 유명 연예인 못지않게 떠들썩하게 치르고 있다. 정작 사용해야 할 복음전파나 형제와 이웃을 배려하는 지출과는 비교할 바가 못 된다. 그래서 교인들 입에서조차 교회가 자꾸 기업화 되어 간다고 우려하고 있다.

교회는 돈을 필요로 하지만 그 목적은 될 수 없다. 그래서 재화가 지배하는 교회는 이익 추구가 목적인 기업과 별 다를 게 없다. 교회는 본질적으로 스스로 빛을 내는 발광체이어야 하는데 그렇지 못하고 세상적인 것을 가지고 빛을 내려 한다면 이미 생명력을 잃고 있는 것이다.

이런 연유로 양식 있는 사람들은 오래 전부터 한국교회는 중

병에 걸려있다고, 아니 벌써 사망했다고 혹평하고 있다. 한국교회를 이 지경에 이르게 한 책임은 목사와 교인 모두에게 있으나 1차적으로 교회의 최고 지도자인 담임목사에게 돌아갈 수밖에 없다. 목사님들은 먼저 그 점을 겸허하게 인정해야 한다.

지금 교회가 왜 이런 상태에 빠져있는지 세상이 다 아는 일들을 가지고 새삼스레 부인하거나 은폐하는데 급급하지 말고 하루 빨리 교회에서 비교회적인 독소들을 추방하는데 앞장서야 할 것이다. 그렇게 하는 것만이 교회가 세상을 향하여 다시 빛을 발할 수 있는 유일한 길이다. 어려운 여건 속에서 끝까지 본분을 다하고 있는 대다수의 목사님들을 위해서라도 한국교회는 하루 빨리 옛날의 찬란했던 원래의 모습으로 되돌아가야 할 것이다.

세금과 헌금

바야흐로 본격적인 세금보고 시즌이 되었다. 정부와 국민 간에 보이지 않는 전쟁이 벌어진 것이다. 세금을 내는 납세자의 입장에서는 아무리 많이 벌었어도 그냥 공짜로 뺏기는 돈 같아서 억울한 생각이 들기 마련이고 반면 세금을 거두어 드리는 세무당국은 납세의무의 미명하에 먹이를 노리는 매처럼 호시탐탐 감시의 눈길을 늦추지 않을 것이다.

이러한 양자 사이의 싸움에서 은근히 즐기는 부류들이 있는데 바로 세금보고서를 작성해 주는 회계사와 세무사들이다. 그들이 실제로 바쁘고 힘든 것은 틀림없지만 이런 엄살은 싸움이 한두 차례 더 있었으면 하는 희망사항의 우회적 표현이 아닐는지… 속내를 털어놓을 수 없는 것은 이것뿐만이 아니다. 세금보고를 대행하다 보면 부모, 형제 심지어 배우자보다도 납세자의 형편과 사정을 더 잘 알게 되는데 그래서 직업윤리 가운데 첫째 가는 덕목은 기밀유지가 되고 있다.

지난해에 고객 중 하나가 국세청 감사를 받았다. 소규모 사업체를 운영하는 분이었지만 열심히 일해서 약 17만 불의 세금을 납부하였다. 세금보고서에 특별히 문제될 것이 없었음에도 감사를 당한 이유는 아마도 헌금을 많이 신고한 것 때문이 아닐까 짐작되었다. 감사관이 요구한 여러 자료들 가운데는 5만 불이 조금 넘는 헌금의 수표들도 포함되어 있었다. 감사관은 "헌금을 보고한 대로 증명치 못하는 사람들이 많은데 큰 액수의 헌금을 직접 확인하고 보니 당신은 진짜 크리스천이 틀림없다. 다른 자료들은 보지 않고도 믿을 수 있겠다." 이렇게 감사는 이외로 싱겁게 종결되었다.

헌금은 세금보고서에 증빙자료를 첨부하지 않기 때문에 종종 탈세의 도구로 악용되어왔다. 이와 반대로 소득을 낮춰 탈세를 하면서 헌금은 많이 내려는 사람들도 있다. 탈세한 돈을 헌금으로 바치려는 분들은 과연 자신의 처사가 옳은지 한번쯤 생각해 보았는지 묻고 싶다. 성경에 '탈세한 세금으로 헌금하지 말라'는 말씀이 없다고 해서 아무 돈이나 예물로 인정되지는 않을 것이다. 진정한 신앙은 일상생활 속에서 구현되어야 하고 행동으로 나타나야 한다.

작년 세금보고 철에 L.A. 기독교윤리실천운동(기윤실)은 신문광고를 통하여 교회와 목회자 및 교인들에게 정직한 세금보고를 호소하였다. 이 글은 개인과 교회의 장래를 결정하는 중요한 문제 제시였음에도 불구하고 얼마나 많은 사람들이 읽고 회심하였는지 모르겠으나 분명한 것은 한국교계가 돈과 세금문제 앞에

바르게 서지 못한다면 사회에 빛과 소금이 되기는커녕 오히려 밝고 건강한 사회를 만드는데 걸림돌이 될 것이며 결국은 한갓 사이비종교로 전락하고 말 것이다.

필자가 직접 표본 조사한 통계에 따르면 한인 대형교회가 구휼에 책정한 예산은 1.5%에도 미치지 못하는 미미한 수치였고 대다수를 차지하는 100명 미만, 아니 수십 명의 교인을 가진 미니교회는 담임목사의 사례비에도 허덕이는 형편이었다. 세금은 국가수입의 가장 큰 세원으로 정부예산의 근간을 이루고 있다. 국가는 이 예산을 바탕으로 노인과 장애자, 저소득층의 생활보조와 교육, 의료, 치안, 국방 등 국민복지와 민생안정에 유용하게 사용되고 있다.

그렇다면 이렇듯 병들고 헐벗은 수많은 형제를 위해 쓰여지는 세금과 단지 목회자 한 사람의 생활비 충당에 쓰여지는 헌금 중에 어느 쪽을 하나님은 기뻐하실까 꼭 기도해 볼 일이다. 세금도 헌금 못지않게 하나님께 드리는 돈인 것이다.

정상우 목사님을 기리며

　미주 교계의 큰 별이셨던 정상우 목사님께서 영면하셨다. 지난 9월 25일 고인이 원로목사로 계셨던 충현선교교회의 교회장으로 치러진 입관예식에 필자 내외도 넓은 본당을 꽉 메운 조문객들 가운데 섞여 평소 좋아하고 존경하던 그분을 회상하면서 더 이상 뵐 수 없다는 슬픔에 내내 눈물을 흘렸다.

　이곳 L.A.에 수많은 목회자들이 있지만 고인처럼 설교에 뛰어난 은사를 가지신 분은 드물었다. 정상우 목사님은 세속적인 예화라든가 신문, 잡지의 인용은 전혀 없고 처음부터 끝까지 오직 성경을 가지고 말씀을 풀이하셨고 예수님의 사랑으로 마무리 짓는 강해설교는 많은 교인들의 신앙심에 큰 영향을 끼쳤다.

　나는 오래 전 소속 교회의 분규에 상처를 받고 어느 교회로 옮길까 고심하던 중 한 지인의 조언에 따라 충현선교교회에 갔다가 첫날 목사님의 설교에 감복하여 당일로 등록교인이 되었던 것이다.

목사님처럼 목회에 열심이셨던 분도 없을 것이다. 매일 아침 갖는 새벽기도회도 정상적인 예배와 마찬가지로 성가대도 있고 설교도 30분 가까이 하셨는데 하루도 빠짐없이 이를 직접 집례하셨다. 언제가 독감으로 심하게 기침을 하셔서 "목사님, 이제 건강도 생각하셔서 새벽기도회는 다른 목사에게 맡기고 그만 두세요" 하였더니 씨익 웃으시면서 "그럴까? 그렇지 않아도 그런 얘기하는 사람들이 있더군." 말씀하셨으나 은퇴하실 때까지 끝내 놓지 않으셨다.

아침 9시에 출근하셔서 저녁 5시 퇴근하실 때까지 집무실에 앉아 흐트러짐 없이 곧은 자세로 늘 성경책을 펴놓고 읽고 계셨으며 필요할 때면 시간과 거리를 가리지 않고 교인들을 열심히 심방하셨다. 아마도 목사님의 심방을 받지 않은 교인은 없을 것이었다. 희곡작가 김자림 씨의 서거 소식에 그 아드님 댁을 조문 가는 길에 밤도 늦고 하여 목사님을 내 차로 모시려고 하니 그 동네 지리를 잘 아신다며 오히려 동승하도록 하셔서 "아마 목사님 운전수 노릇 시킨 것은 제가 처음일 것입니다" 하였더니 껄껄 웃으시던 일은 잊을 수 없는 추억이 되었다.

그 연세와 특히 그 건강상태로 74세까지 사실 수 있었던 것도 목사님의 평소 하시던 말씀처럼 하나님의 은혜일 것이다. 목사님은 청년시절 폐결핵으로 폐 한쪽을 잃고 남은 폐마저 절반가량밖에 기능을 발휘하지 못하는 상태이셨으나 1963년 목회자의 길로 접어든 후 정상인보다 몇 배 더 많이 활동하셨던 슈퍼맨이셨다.

목사님의 평가는 은퇴 후에 더욱 빛났다. 원로목사로 계시면서도 교회일과 남들 다하는 이런저런 세상일이나 감투에는 전혀 관여치 않으시고 미주는 물론 전 세계 각지에서 쏟아진 부흥회나 사경회 초청에 오히려 시무하실 때보다 더 바삐 보내셨다.

갑작스런 병환으로 입원하시게 되었을 때 사모님과 담임목사에게 담담히 "이제 하나님이 나를 부르시는 때가 온 것 같다."고 말씀하고 수술실로 들어 가시면서도 곁에 있던 장남에게 "예수 잘 믿고 지내다가 천국에서 만나자."고 유언까지 남기며 홀연히 떠나가셨다.

돌아가시기 직전까지 온전치 못한 몸인데도 본분을 다하셨고 교인 모두를 누구보다도 아끼고 사랑하셨던 목사님이셨다. 요즈음처럼 교회와 목회자로부터 분규와 잡음이 그치지 않고 있는 때에 정상우 목사님과 같은 영적 지도자를 잃었다는 것은 한인 교계의 큰 손실이라 아니 할 수 없다.

고인은 이곳에서 대형 한인교회를 이끌어 온 첫번째 1대 목회자의 서거가 아닐까 생각된다. 살아계실 때는 교인들에게 어떻게 믿어야 하는가를 일깨워 주셨고 돌아가셔서는 목회자가 어떤 삶을 살아야 하는가를 몸소 보여주신 정말 훌륭하셨던 정상우 목사님. 그분과 같은 목회자가 한인사회에 많이 배출되기를 염원해본다.

조옥동 편

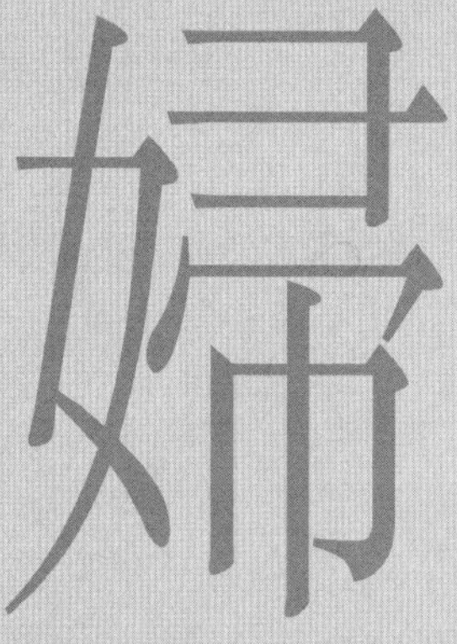

1. 모래시계

흔들리는 마음

잔디밭 귀퉁이에 샛노란 양귀비 꽃 서너 송이가 봄빛에 화려한 나들이를 하고 있다. 귀를 스치는 미풍에도 긴 허리를 한들거리며 흔들리고 있다.

갓 깨인 노란 새끼 병아리들의 노니는 소리 들리는 듯 봄 뜨락이 따사롭다. 사람이나 짐승 식물까지 어린 생명은 귀엽고 예쁘다. 늦게 결혼한 딸 내외에게 아기가 없어 부모된 마음이 초조해진다. 혼인 후 몇 년이 지나고 30대 중반을 넘어서도록 태기가 없으니 몹시 기다려진다. 이제 친구들의 모임에선 노년의 건강관리 다음으로 대부분의 가정마다 노처녀 노총각 자녀들이 있어 그들 결혼걱정이 화제의 초점이 된다.

무한경쟁시대를 사는 현대는 남녀 구별 없이 자신의 경력과 전문적 소양이 필수요건이며 최우선 과제다. 힘겨운 장거리 마라톤과 같은 인생역정에서 낙오되지 않으려면 결혼은 현대 젊은 이들에겐 인생의 필수조건이 아니고 선택과목이 되었다. 결혼

연령은 자꾸 늦어지고 생활의 기반이 잡힌 후로 미루다 보면 40대에 첫아기를 낳게 된다. 아예 출산조차 않고 둘만의 시간을 즐기려는 젊은 부부도 많아지는데 아기를 낳고 싶어 하는 딸 내외가 오히려 고맙다. 인생의 고갯길을 넘어서 내리막길을 걷는 부모들 대부분은 그들이 살아 온 방식대로 자녀들이 결혼을 하고 아들 딸 낳아 키우면서 사는 것이 가장 기본적인 삶의 모습으로 나 역시 생각하고 있기 때문이다.

퇴근시간이 되어 책상 위를 정돈하고 자리에서 막 일어서려는데 나오꼬가 손을 잡아 앉힌다. "나 결혼해요." 조금은 상기된 얼굴로 내 표정을 살핀다. "그래? 정말 축하해, 그런데 갑자기 언제 어디서 누구랑?" 나의 질문은 한꺼번에 모든 궁금증을 풀려는 듯 튀어나오고, 그리고 둘은 마주 앉아 진지하게 결혼을 얘기하느라 어둠이 짙게 내려앉는 줄도 몰랐다.

겨우 전문의 자격을 얻자마자 떠나 와 35살의 노처녀가 된 그는 연구과정을 마치고 본국에 돌아가면 동경의 유수한 대학의 교수가 되어 강단에 서는 것은 물론 동료들을 제치고 연구소장이 되는 꿈을 지니고 우리 연구팀에 동참한 소아과 의사다. 아주 열심히 맹렬하게 리서치에 몰두해 왔다. 흔들림 없이 이 꿈이 거의 이루어져 벌써 몇 개의 대학에서 교섭이 진행되고 있었기에 가을이면 이를 떠나보낼 생각으로 벌써부터 섭섭함을 다스리고 있었는데 결혼을 한단다. 미인은 아니지만 깨끗하고 하얀 피부가 돋보이는 그야말로 재색이 겸비한 여의(女醫)로 앞날이 촉망되는 부러운 노처녀의 결혼은 희소식이 아닐 수 없다.

등산을 하다 만나 반년을 사귀고 결혼을 결심하게 한 열 살 연상의 노총각 애기를 듣고 나니 나오꼬가 아까울 정도로 기우는 결혼이다. 해외생활이 외로워 쉽게 결혼을 생각한 것이 아닌가 싶어 그를 잘 감싸주지 못했나 자책감이 들었다.

이 능력 있는 젊은 닥터의 마음을 흔들리게 한 것은 무엇일까. 그녀의 눈동자에서 아직도 흔들리는 마음을, 결혼이란 미지의 세계에 대한 불안을 읽을 수 있었다. 고국에 돌아가기만 하면 보장된 약속의 삶 대신 이곳에서 사랑이란 아름다운 이름으로 포장된 결혼을 택한 결심은 변치 않을 것 같다. 완전한 결혼의 조건은 찾기 어렵다고 오히려 나를 설득한다. 자신과 상대방의 두 근거리는 감정을 사랑이라고 설명해 주고 싶어 했다. 가장 선하고 고귀한 행복은 사랑이라고, 보통 가정의 평범한 생활 속에서도 얼마든지 행복이 만들어지는 방법을 곁에서 배웠다고 나를 추켜세웠다.

하루에도 몇 번씩, 사람의 마음은 이리저리 흔들리며 살아간다. 사랑은 일생에서 가장 큰 흔들림으로 다가와, 결혼이란 쓰나미 같은 격랑을 치르며 행복과 불행이 좌우되는 것, 이것이 인생이 아닐까.

안개 자욱한 밤길을 운전하고 오면서 나는 그녀에게 말해 주고 싶은 생각들을 정리했다. 평범한 행복을 위해서도 얼마나 많은 비범한 인내와 노력과 지혜를 배워야 하는지를……

모래시계

은빛 모래알이 미끄러져 내리는 모래시계의 잘록한 허리를 꼭 잡아본다. 모래시계를 거꾸로 다시 세웠다.

요즘같이 비가 자주 오는 계절엔 얼마 전 사고로 큰 수술을 받은 내 다리의 통증만큼이나 심기가 매우 예민하게 반응을 일으킨다. 특히 연말이 다가오면 겨울철 독감이 유행하듯 우울증이 많은 사람들에게 찾아온다. 지난 한 해 동안 이루지 못한 일들에 대한 아쉬움과 회한으로 후회의 마음들을 무겁게 매달고 다녔으나 묵은해를 보내고 원하든 원하지 않든 모든 사람들이 새해를 맞는다.

어느 시인은 새해의 서설(瑞雪)을 기다리는 마음속에 '정신이 밥 먹여주는 세상을 꿈꾸는 것'을 소원한다고 했다. 정신의 풍요와 삶의 풍요가 정비례하는 세상은 다우존스니 나스닥이니 하는 숫자놀음 때문에 하루에도 몇 번씩 혈압이 오르내리며 많은 시간을 인터넷 속에서 사는 사람들의 세상은 아닐 것이다.

　신년 초부터 눈 대신 내리는 봄비로 모든 잡념을 씻어내니 모처럼 마음이 조용히 맑아진다. 창으로 뒤 울 안을 내다보니 겨울 나목의 메마른 가지엔 벌써 윤기가 돌고 음지에 토라져 있던 아젤리아가 화사한 얼굴로 활짝 웃으며 눈빛을 맞춘다. 오렌지 나무 위의 앙증맞은 새집은 창문까지 열어놓고 머지않아 찾아 올 첫 주인을 기다리고 있다. 작년 이른 봄에 찾아와 집을 짓고 알을 놓아 새끼가 자란 후 어디론가 날아가 버린 그 철새가족이 다시 돌아오기를 기다리며 남편이 매달아 놓은 것이다. 이웃집 노랑머리 노부인한테 입양된 우리 집 고양이는 담장에 앉아 청승맞게 비를 맞으면서도 느긋하다.

　새해가 되면 새로운 열망을 실은 열차는 365일이나 되는 시간들을 앞세우고 힘차게 출발한다. 그러나 곧 새 포부와 목표는 점차 흐려지고 세월의 흐름에 무디어지기 십상이다. 봄여름이 가고 휴가철이 끝날 즈음에 가서야 마치 먼 여행에서 집으로 돌아갈 날이 가까운 나그네처럼 사람들은 지난 여정을 뒤돌아보며 마음까지 조금은 지치게 된다.

　누구는 세월은 보내는 것이 아니라 만나는 일이고 슬픔도 외로움도 세월이라 하였다. 시계바늘이 세월의 발자취를 차곡차곡 박음질하는 동안 사람들은 매일 만나고 느끼고 먹고 마시는 신진대사를 되풀이 하다가 어느 순간에 후다닥 놀래며 다급해진다. 모래시계의 미끄러져 내리는 모래알의 양은 실상 변함이 없는데도 마치 모래시계를 거꾸로 세울 때가 가까워질 순간 빨라지는 모래알갱이의 속도처럼 말이다.

한 해의 끝이나 인생의 황혼기에서 느끼는 사람들의 감정이 또한 그렇다. 다람쥐는 가을만 되면 어디서 주워오는지 하루에도 몇 번씩 열매를 입에 물고 와 뒤뜰 화분마다 헤집고 허둥지둥 묻고 다니는 모습이 분주하다. 작은 짐승들도 이같이 계절의 흐름을 알고 있다.

모래시계는 수없이 많은 모래알이 흘러내리며 시간을 측정한다. 8세기의 프랑스 성직자 리우트프랑이 고안한 것으로 모래알의 종류, 크기, 모양이 고르고 습기가 없어야 하는 것이 관건이다. 4시간, 2시간, 1시간 또는 28초짜리 등 크기가 다양한데 그 당시에는 배의 항해속도를 측정하는데 사용했고, 3분짜리 모래시계는 계란을 삶는 시간을 재는데 사용하기도 한다. 나 자신이 모래시계 속에 있는 모래알이 되어 순간의 터널을 지나 언제 떨어져 내릴지 모르는 숙명을 생각해본다. 사람뿐만 아니라 짐승과 돌멩이, 온갖 생물과 무생물, 바람과 구름 모든 것이 어우러져 세월은 흘러내린다.

일 년은 마치 365일이란 날짜의 모래알을 흘려 내리는 모래시계다. 실제로 마지막 한 알이 떨어지는 순간 모래시계의 운명은 끝나는 것이 아니고 모래시계는 180도 회전한 모습으로 또 다시 시작한다. 떨어지는 것은 희망이 있다.

봄비 내리는 뜰에서

　요사이 뒤뜰에는 아침마다 예년에 볼 수 없었던 풍경이 눈길을 끌고 있다. 복숭아나 살구꽃 또는 자두꽃 같은 봄꽃이 떨어져 쌓이는 대신 노란 오렌지 열매의 겉껍질이 부서져 내려 먼발치서 바라보면 사철 푸른 오렌지 나무 아래 노란 꽃이 쌓인 듯 아름답기까지 하다. 먹다 흘린 열매와 함께 깨끗이 치운 다음날 아침에도 여전히 같은 현상이 되풀이된다. 계속되는 궂은 날씨로 먹이를 제대로 구하지 못하는 텃새들과 다람쥐들이 궁색하여 어느 때보다 우리 집 오렌지 속을 파먹고 껍질만 버린 것이다. 어차피 높이 매달린 열매는 장대로도 딸 수 없어 저절로 말라 떨어질 터인데 잘 익은 과일을 저들과 나누어 먹을 수 있으니 다행으로 여겨진다. 놀라운 일은 어떻게 그리도 잘 익은 열매만을 골라서 시식을 하는지 그 머리들은 비록 작아도 특수한 감각기능은 인간의 것보다도 월등하여 그 비밀을 알고 싶다.

　자연 속에 적응하며 생존하는 저들 미물의 능력과 생태를 눈

여겨 보게 된다. 조류가 살다 떠나는 곳에서는 인간들도 생존할 수 없다고 한다. 즉 자연이 파괴되는 곳에는 생명의 존재가 허락되지 않기에 지구는 현재 자연보호와 파괴된 생태계의 회복을 위해 안간힘을 쓰고 모든 국가들이 환경보호 운동에 참여하도록 범세계적인 운동이 펼쳐지고 있다. 혼자 방안에 앉아서도 컴퓨터만 있으면 필요한 물건을 사고팔고 돈을 관리하고 안면도 모르는 사람들과 채팅을 하며 사귀고 원하는 정보와 지식을 얻고 세계 구석구석을 구경할 수도 있는 편리한 세상이 되었다. 허나 문명이 시간을 다투어 상상을 뛰어넘도록 발달하는 현대를 사는 우리들은 그 혜택을 누리면서 한편 두려움을 느끼고 있다.

인간은 문명이 발달할수록 더욱 종교와 영적 그리고 정신적 생활에 관심을 가질 것이라고 세계도처의 석학들이 예견을 하고 있다.

이러한 현상은 벌써 표출되고 있다. 가장 화려한 생활을 누리고 있는 할리우드 유명 배우들이 라마불교에 심취되어 티베트로 가는 길에 줄을 잇고, 미국을 대표하는 지성인들의 많은 수가 하버드나 예일에서 종교철학과 동양사상의 특강이 있을 때면 구름같이 모여들며, 선(zen)에 심취하여 하버드에서 화계사까지 인생행로를 바꾸는 실례를 봐도 알 수 있다. 무엇보다도 인간은 그 믿음의 대상이 어떤 것이든 종교적 고등 동물임에는 틀림이 없다.

한국에서 최근 베스트셀러로 많이 팔리는 책들의 면면을 보면 벤처기업에 관한 책과 더불어 자기수련과 종교적 또는 정신적

생활에 초점을 맞춘 책들이 많이 읽히고 있다고 한다. 이런 경향은 이곳 L.A. 한국타운의 서점가에서도 공통된 현상으로 본국에서의 목록과 비슷한 순위로 읽히고 있다. 현대에 이르기까지 세계의 베스트셀러 1위는 성경이 변함없이 요지부동임을 봐도 이를 증명한다.

이 무한한 자연 속에 인간만이 존재할 수 없으며, 인간은 그 속에서 다른 작은 생물들과 다름없이 참으로 미약한 존재이다. 또한 사회적 동물인 인간은 서로를 인정하며 더불어 살 때 우리는 비로소 진정한 자기 존재의 의미를 찾게 된다.

유난히 비가 많이 내려 L.A.에서는 가장 긴 우기를 보낸 이 해의 봄은 비즈네스를 하는 분들에게도 희비가 엇갈리고 있다. 카워시를 한다든가 항상 맑게 갠 햇볕을 등에 업고 하는 해변가의 장사가 엉망이 되어 울상이 된 경우는 우기에 잘되는 비즈네스와 서로 반사 이득을 내포하고 있다. 장기간을 내다 본 계산으로는 하나님은 공평하시다는 생각과 항상 기뻐할 것도 슬퍼할 것도 아닌 중용(中庸)의 마음가짐이 필요하다는 생각을 해본다.

이제 비가 갠 날, 담 밑에 모여든 햇살은 경이로운 작업을 하여 우리의 눈을 한층 눈부시게 할 것이다. 다시 뒤뜰에 나가 겨울을 난 화분에 비료도 주고 다람쥐들이 어질러 놓은 나무 밑을 쓸어야겠다. 남편은 허밍버드를 위해 높이 매단 물통에 꿀물을 그득히 채우겠지.

통로

실험실을 나와 바로 옆의 엘리베이터를 타고 한 층을 내려가면 지하터널이 있다. 이 지하터널은 병원 캠퍼스 안에 있는 30여 개나 되는 대부분의 빌딩으로 통해 있다. 터널은 한겨울엔 따뜻하고 한여름엔 시원하게 냉난방 시설까지 잘 되어 많은 사람들이 이용하고 있고 여러 대의 전동차가 하루 종일 바쁘게 수화물을 운반하며 빌딩과 빌딩을 오고 갈 만큼 폭도 넓다. 천정이 높은 양쪽 벽에는 보기 좋게 꽃문양이 페인트로 그려져 있다.

1971년 2월 9일 새벽 6시, L.A.의 북서쪽으로 20마일쯤 떨어진 실마에서 6.6도의 강진이 발생하였고 근처의 병원과 도로와 건물 등이 붕괴되고 수많은 사상자를 내었다. 실마지진 후에는 무서운 지진피해를 막기 위하여 신 지진공법을 더욱 활발하게 개발하고 연구하고 있다. 이 지하 통로는 신 지진공법으로 만들어진 시설이기에 1994년 1월 17일 새벽 4시 반에 발생한 6.7도의 노스리지 지진에도 꿈쩍없이 견뎌낸 지하 시설이다.

건물과 건물의 거리가 먼 곳은 직선거리가 1~2마일이 되는 곳도 있어 차를 이용하기도 하는데 셔틀버스를 기다리기보다는 커피 한 잔 빼들고 웬만한 곳은 나는 이 지하통로를 이용한다.

걷는 동안 만나는 사람들과 서로 인사를 나누며 요행히 동행을 만나 함께 걷다보면 어느새 지루하지 않게 목적지에 닿는다. 다른 빌딩이나 구내식당 간혹 선물가게와 은행에도 가지만 매일 거의 빼놓지 않고 이 지하터널을 통하여 가는 곳이 있다. 지하에서 엘리베이터를 타고 한층 올라가 문이 열리면 곧바로 교회당 입구다. 지상에서 정문을 열고 교회당에 들어가는 것보다는 마치 몸이 들려올라 성전에 오르는 기분을 순간이나마 즐긴다 할까? 항상 작은 조명이 강대상 위의 성경에 초점을 맞추고 있어 양쪽의 촛대가 말씀을 읽고 있는 듯 사방은 색 유리창으로 한낮에도 어둑하고 고요한 곳이다.

한번은 의자 위에서 잠자는 사람을 보고 무서워 도망치듯 나온 일도 있지만, 간혹 홀로 피아노를 연주하는 무명 피아니스트의 찬송이 울려 퍼지고 때로는 휠체어에 비틀린 몸을 겨우 의지하고 곧 쓰러질 듯 열심히 기도에 매달린 상이용사도 만난다. 거의 매번 마주치게 된 분도 있어 혹시 만나지 못한 날은 무슨 일이 생기지나 않았는지 섭섭하고 걱정이 된다. 이름은 모르나 내 기도 속에 그 사람을 위한 기도가 자연스럽게 이어진다.

어느 날 뜻밖에 내 의식 속에서 내 자신과 그 불쌍해 보이는 환자를 비교하는 생각이 자리하고 있음을 발견하고 놀라지 않을 수 없었다. 나는 아마도 그 환자에 비하면 우선 신체적으로 온전한 형태를 지닌 자신을 다행으로 여기며 그를 연민의 눈으로 바라보고 있었던 것이다.

사람은 자신과 타인을 자신의 잣대로 이리저리 재어보며 비교하려는 본능적 습성이 있는가 보다. 타인의 불행을 통해 자신의 행복을 깨닫고 또 타인의 행복을 통해 자신의 불행을 원망하며 슬퍼한다. 좋은 글을 통하여 자신의 어리석음과 미천함을 깨닫는다. 성자의 가르침이 도를 통하게 하고 인간의 한계를 깨우쳐 주며 학문을 통하여 문화와 문명이 계발되고 인류는 점차 진화된다. 역사를 통하여 현재를 발견하고 미래를 꿈꾼다.

부모를 보면 자식을 알 수 있다고 한다. 스승은 제자의 거울이 된다. 종교를 믿는 자는 믿음의 통로가 되기를 바란다. 나를 통하여 너를 보며 또 너를 통해 나를 비추어 본다. 나는 너의 거울이 되고 너는 나의 거울이 되듯 거울이 서로를 바라볼 수 있는 통로가 된다면 그 거울은 똑바르고 밝고 깨끗하며 쉽게 훼손되지 않기를 바람은 공통된 희망이리라. 대자연 속에서 조물주의 전능함을 발견하게 되고 이때 자연은 눈으로는 볼 수 없는 창조주의 존재를 존재한다고 믿게 만드는 통로가 된다.

한번 생성된 통로는 언제인가 소멸될지라도 그 통로를 통과한 것은 다음에 또 다른 것의 통로가 되는 숙명을 가지고 있다고 여겨진다. 나 자신은 어떤 통로인가? 내가 원하든 원치 않든 본인의 의지와는 관계없이 누구에게 그리고 무엇을 위한 통로가 되고 있음을 깨달을 때 조심스럽고 두려움이 앞선다.

할리우드산의 이쪽과 저쪽

오늘은 음력 설날, 구정으로 마침 일요일이다. 오후예배를 마친 후 어머니를 모시고 아버지 묘소를 찾았다. 겨울 해는 겨우 몇 뼘을 남겨놓고 할리우드산의 서쪽자락에 기울어 있는 시간, 의외로 푸른 잔디 드넓은 숲속의 묘지는 적막만이 덮여 있었다. 눈앞의 정경이 내 마음을 아릿하게 만든다. 바로 위 묘지에서 향불을 사르느라 엷은 연기가 오르고 향 내음이 퍼지고 있었다. 30세도 못 살고 가버린 아들을 수시로 찾아와 그 아버지는 아들을 어루만지듯 묘비를 닦고 있다.

L.A. 다운타운에서 할리우드산을 옆에 끼고 좌우 어느 방향이나 북쪽으로 10여 마일만 운전하면 완만한 산허리를 따라 푸른 모자이크 판의 드넓은 공원묘지가 펼쳐진다.

완만하게 다듬어진 몇 개의 등성이 위에 관리가 잘된 수많은 묘지에는 가족들이 놓고 간 화분과 꽃과 색색의 풍선들이 미풍에 흔들리고 있다. 어느 때 찾아오든지 할리우드 공원묘지는 꽃무늬의 치마폭을 넓게 펼치고 조용히 앉아있다. 날이 갈수록 묘지를 장식하는 가족들의 정성이나 방법도 개발되어 고요한 밤 별빛만 쏟아지던 어둠속 묘지에는 수많은 작은 태양등이 꽂히고 먼 곳에서 바라보면 마치 반딧불이 날고 있듯 조명이 은근하다. 특히 미국의 특별한 절기, 크리스마스나 메모리얼 데이 때엔 묘지는 꽃밭으로 변한다.

나지막한 담이 둘러있고 로마 궁정에서나 봄직한 아름다운 석고상이 주위에 세워진 곳도 있어 주검이 누워있는 장소라기보다는 산 사람들이 기거하는 장소로 혼동할 만큼 아름답게 가꾸어진 묘지도 많다. 이곳은 미국에서 가장 아름다운 공원묘지로 이름이 날 만하다는 생각이 든다.

할리우드산은 세상의 치열한 생존 전장의 소음과 희로애락이 계속 진행 중인 거대한 도시 L.A와 엄숙한 주검들의 마을을 남쪽과 북쪽 곧 이쪽과 저쪽으로 나누어 놓은 두터운 벽이다.

저쪽 세상은 시작이 있고 이쪽엔 끝이 있을 뿐, 저쪽엔 세상의 환락이 넘치는 할리우드 거리가 있고 이쪽은 영원한 수면만이 허락된 골짜기가 있다. 저쪽엔 세상의 부를 상징하는 부촌 베버리 힐스가 있고 이쪽엔 죽은 자의 베버리 힐스가 있다. 저쪽 언덕엔 우주공간을 관측하는 그리피스 천체관측소를 세워 놓았고 이쪽엔 똑같은 크기로 빚어 낸 콘크리트 관이 줄지어 깊은 땅속에 묻혀 있다.

죽은 자의 베버리 힐스라 할 만큼 이 할리우드 숲속 공원묘지에 유명 남녀 배우들과 언론인들 그리고 가수와 코미디언들의 유택이 수십 개나 있다.『아이 러브 루시』의 코믹여배우 루시 볼의 무덤도 있고, 안창호 선생의 아들인 필립 안과 그리고 알렌 스티브 등 이름만 들어도 알 수 있는 연예인들, 세계의 별들이 이곳에 잠들어 있다. 살아 있을 때 그들은 그 명성을 산 저쪽 할리우드 거리에 손과 발의 흔적으로 남겨 변함없이 수많은 사람들의 발길을 멈추게 하는데, 정작 화려하게 장식하던 그들의 육체는 돌같이 굳어 이쪽 냉랭한 땅속에 묻힌 채 찾는 이도 드물어 한적하기만 하다.

이 땅은 죽은 자들에게도 평등이 적용되는지 생전의 지위나 빈부와 남녀노소를 막론하고 묘지의 크기와 묘지 위에 놓여진 동판까지 모양과 크기가 일률적으로 같다. 동판 위엔 누구의 묘인지 명확하게 이름이 빠짐없이 새겨 있기에 "너는 누구인가?"라는 질문에 대답할 수 없는 자는 없다.

죽어 누워 있는 자마다 틀림없이 묘지까지 가지고 온 것은 오직 하나 이름뿐이다. 저쪽 세상에서 누렸던 부와 명예와 권력과 치욕과 분노까지도 이곳 묘지까지는 가져 올 수 없었기에 영욕이 묻혀진 이 묘지의 세상은 평화롭고 고요함으로 숙연케 만든다.

공원묘지 바로 앞의 조그만 개울과 그 너머 134번 고속도로를 건너면 할리우드에서 쏟아져 나오는 수많은 영화 제작사들과 월트 디즈니사를 비롯하여 미국 유명 방송사들이 자리 잡고 있다. 왼쪽 어깨쯤에는 유명한 유니버설 스튜디오가 있어 세계 도처에서 찾아오는 관광객들로 밤까지 휘황찬란하다. 사방이 복잡한 도시로 둘러싸여 있는데도 온전히 별다른 세상에 온 듯 착각을 일으킬 만큼 판이한 세상, 공원묘지가 세상과 아주 가까운 거리에 있다는 사실은 죽은 자를 찾아오는 산 사람들에게 시사해주는 바가 많다.

묘비의 동판 표면을 닦고 주변을 정리한 후에 준비해 온 화분을 깨끗이 고른 후 물을 흠씬 적셔 묘 앞에 놓았다. 이미 고인과 인사를 나누고 그간의 소식들을 전하는 듯 미동도 없이 서 계신 어머니의 어깨 위를 어느새 노을빛이 감싸고 있다.

서울에서 유골이나마 이곳에 가져와 집과 가까운 할리우드산 숲속 이 공원묘지에 유택을 마련한 일은 참 잘한 일이라고 생각된다. 동판엔 이름을 한자로, 1916~2004 향년을 그리고 충남 부여 출생임을 한글로 새겨놓았다. 누가 보아도 이 묘지의 주인공은 한국 사람인 것을 금방 알 수 있게 했다. 처음 묘를 썼을 때만 해도 주위에는 외국인들의 묘지만 보여 사후에 외국에 오셔서 영혼마저 외로우시겠구나 하는 생각을 했는데 요즈음엔 한국인들의 한글 묘비가 하나 둘 늘고 있음을 발견한다.

묘지에서 한글판 묘비만 보아도 반가움을 느끼는 "나는 누구인가?"를 자문하며 떠나는 나에게 "너는 누구인가?" 묻는 수많은 소리가 또한 내 등을 잡아 당겼다.

여리고로 가는 길

겨울의 단절된 시간들이 갖가지 물감으로 풀리고 침묵하던 마른 입술이 열리며 수많은 언어들이 생동하는 소리가 요란하다.

요즈음 우리 집 뒤뜰의 모습이다. 가꾸고 있는 50여 종의 선인장 중에 가시를 갖지 않은 종류는 몇 안 되는데 꺼칠했던 가시들이 윤기가 나고 공작선인장과 게발선인장은 마디마다 벌써 꽃망울을 조랑조랑 달고 있다. 수국이 움싹 자랐고 백합이 줄기마다 살쪄있는 모습이 청자의 봉긋한 자태를 보는 듯 하고 뒤에 숨어서 흐드러지게 피어있던 철쭉들이 매무새를 바로잡는데, 성급한 거미들의 활동이 여기저기 눈에 들어온다.

햇살이 따사롭게 중천을 비끼면 풀장에 물 흐르는 소리가 맑고 낭랑해져 거실 창가까지 또렷하게 들려온다. 바람이 한번 울 안의 공기를 살랑이고 지나가면 한창 피기 시작한 오렌지나무의 하얀 꽃향기가 뜰 안에 그윽하게 퍼지고 코랄트리의 빨그레한 꽃송이가 애기 주먹을 꼬옥 쥐고 있다. 봄의 전령사로 흰 눈꽃송이를 이웃 온 길목에 뿌렸던 돌배나무는 이제는 잔잔한 그늘을 드리우고 그 밑엔 부지런한 개미들의 길다란 행렬이 시작되었다.

이젠 너무도 활발한 봄의 약동 때문에 눈으로, 코로, 귀로, 살 갗으로 부딪치며 생명의 환희를 내어 밀칠 수가 없다. 정체되었던 활동이 되살아나고 그 반경이 넓어지며 멈추었던 여행길을 다시 출발하는 시기를 맞은 것이다. 근심과 아픔과 추위로 짓눌렸던 우리 인생의 계절에도 봄이 찾아온다면 눅눅한 자리를 걷어 버리고 일어나 새로운 여행을 시작하는 용기와 준비가 필요하다. 고난과 고통이 불행이라고만 결정짓고 선택받지 못한 사람들만의 운명이라고 밀어붙일 수 있는가. 그러한 사람들 속에 나는 포함되지 않는지 생각해 볼 일이다.

"기쁠 때엔 감사하지 않고/ 슬플 때엔 희망하지 않고/ 편리한 '운명'과 악수하며/ 적당히 살아 왔습니다."

이 글은 새해를 맞아 어느 시인이 새 힘을 바라는 서원에서 자신을 돌아보는 시의 일부이다. 움츠렸던 어깨를 펴고 새 출발의 배낭을 들어올리기 전에 한 번씩 묵상해 볼 말이다. 누구나 도달하기를 희망하는 목적지가 있는데 계절이 좋다고 꽃향기에만 취해 머무적거리거나 시원한 그늘아래 어찌 쉬고만 있겠는지. 자신의 힘든 여건만을 핑계 삼아 주저앉아만 있을 수 없는 편이 좀 더 현명한 선택임을 안다면 쉽게 여정을 포기하지 말고 먼 길 여리고를 향해 떠나야 하겠다.

주위 환경이 쾌적하고 주요 동서무역로를 끼고 있는 요단강 서쪽 예루살렘의 동북 동쪽에 자리 잡은 도시, 여리고지방은 이스라엘 정탐꾼이 기생 라합을 만난 곳이었고, 세리 삭개오가 예수님을 만났고, 전략적 위치 때문에 이스라엘 백성이 요단강을 건넌 후 정복지로 삼았던 평지다.

비옥한 지역으로 알려진 성경의 여리고는 가나안, 이스라엘 시대와 헤롯 성읍의 시대에 감동적인 역사를 간직한 곳으로 예수님이 택하신 선한 사마리아인의 비유는 예루살렘에서 여리고로 가는 길을 무대로 삼고 있다. 고고학에서 찾아봐도 이 성은 화려한 면모를 볼 수 있어 그때 사람들이 많이 가고 싶어 한 목적지로 생각된다. 사람마다 여리고 곧 자기의 목적지를 향해 갈 때 네 사람의 유형 중 하나의 유형이 된다. 선한 사마리아인이 되어 남을 돕는 자거나 강도와 같이 상대방을 괴롭히고 피해를 입히는 자거나 직접 피해를 당하는 자가 될 수 있다. 또는 고통당한 이웃을 피하여 무관심하게 지나가는 거짓 제사장이나 레위인같이 매우 자기중심적인 사람이 되는 경우다. 나는 어느 형의 사람일까.

우리가 매일 살아가는 길에서 많은 동행자들을 만나고 또 헤어질 때 강도를 만나지 않는다는 보장이 없다. 이런 수난의 때에 어떤 동행인을 만나기를 바랄 것인지. 평소 고난을 당한 이웃을 돌보아 주는 심성을 키우며, 강도 만난 자의 이웃이 되기를 연습한다면 따뜻하고 보다 더 살기 좋은 희망의 땅, 여리고로 향해 가는 우리들 삶의 여정은 덜 고달플 것 같다.

출생을 시작으로 여리고행은 계속 이어지고 있다. 죽음이란 종착역에 내릴 때까지 선한 사마리아인을 여럿 만나기를 소원하

기보다는 스스로가 사마리아인이 되는 여행길을 원한다면 모두
안전한 여행을 할 것 같다. 생동하는 봄기운이 나른한 몸을 부추
겨 세우고 사통팔달의 길들이 어디론가 떠나고 싶은 마음을 유
혹한다.

「믿음의 사람, 욥」을 관람하고

모처럼 연극공연을 보려고 외출하였다. 주말 저녁시간 관객과 연출자가 서로의 호흡을 느낄 만큼 기껏 200여 명을 수용할 비전 아트홀은 입추의 여지없이 열기로 가득 차 있었다. 맨 앞좌석에 선배문인 몇 분과 나란히 앉아 막이 오르기를 기다리는 시간은 설렘으로 행복했다.

오랜만에 연극을 관람하므로 가을이 늦게 오는 이곳에서 올해의 내 가을도 막을 올린 기분이다. 가을바람 스산하게 유리창을 두드리고 지나도 창밖의 나뭇잎은 아직 의연히 푸르게 서 있고 뒤뜰의 사과는 아직 볼그레하니 다람쥐마저 그냥 지나친다. 친구가 보내준 감열매도 식탁 위에서 겨우 물이 들고 알뜰하게 말려 보내준 빨간 대추알만이 틀림없는 가을의 얼굴을 대면하게 한다. 눈보다는 가슴이 예민하여 마음속에 들어 온 가을은 무엇인가 사색의 촛불을 켜서 먼 것을 찾게 하고 영혼의 허기짐을 느끼게 한다.

고개를 숙이고 자신을 바라보게 하는 계절이다. 여름동안 기가 살아 열심을 내었던 손과 머리엔 아쉬움만이 가을볕을 쏘인다. 이러한 감정의 색깔은 믿는 자들에겐 더욱 진하게 채색되는 계절에 좋은 연극을 만났다.

지난 며칠간 극단 '서울'이 제5회 정기공연으로 올린 이번 작품은 1958년 예일대학 연극과에서 초연된 아치볼드 머크리시 원작 「J.B」이었다. 장소현 극작가 각색, 원로 연출가 이효영 연출로 10여 명의 완숙한 연기의 배우들이 많은 어려움을 겪으면서 무대에 올렸다. 이 「믿음의 사람, 욥」은 원래 시극으로 성경의 「욥기」를 현대 미국 가정을 무대로 옮겨 극화한 것이다. 뉴욕 브로드웨이에서도 연출되어 뛰어난 작품성을 인정받은 것을 장소현 극작가는 미주 한인사회 현실에 맞게 다시 각색하였다. 서울이나 뉴욕 같은 대도시에서는 사시상철 좋은 무대가 연출되어 많은 연극애호가를 즐겁게 하지만 이곳 L.A.만도 아직은 훌륭한 무대공연을 감상할 기회는 많지 않다. 그래서인지 마지막 무대인데 어린 학생으로부터 모든 연령층이 고르게 좌석이 모자랄 정도로 꽉 채운 성공적인 연극공연이었다.

햄릿의 '죽느냐 사느냐 그것이 문제로다'라는 극중 대사가 이제는 보통명사화 된 인생의 고뇌와 인간사의 슬픈 현실을 읊조리는 말로 회자된다. 이는 인간의 내면적 갈등과 고뇌, 인간성의 본질을 생각하는 화두가 된다면 욥기에서는 '대적하다, 미워하다'란 뜻과 '회개하는 자 돌아오다'로 이중적 의미로 해석되는 바와 같이 신앙의 참됨이 어디에 있는지 그 뿌리를 캐고 있다. 욥기에서는 인간의 고난에 관한 문제를 일관성 있게 다루므로 인간의 재난에 대한 원인을 찾아내려 한다.

극중에서 욥은 재벌의 회장으로 사회에서도 존경과 선망의 대상으로 부족함이 없는 행복을 누리고 있다. 어느 날 사탄이 고난을 당케 하고 모든 재물과 다섯 명의 자녀를 이락전쟁과 교통사고와 강간과 또 건물 폭파사고로 잃고 만다. 종국에는 사랑하는 아내까지 하나님을 저주하고 차라리 죽어버리라는 말을 남기고 떠난다. 사탄은 하나님께 욥의 발끝에서 머리끝까지 피와 고름이 나는 욕창을 주어 괴로움의 극에 달한 후에도 하나님을 찬양하는지를 시험케 한다. 그러나 무거운 슬픔 속에서도 "주시는 이도 주시고 빼앗는 이도 주시다"고 그는 도로 가져가신 하나님을 오히려 찬양한다. 그리하다가도 욥은 "나의 죄를 알려 주소서." 계속 자신의 순결을 간절하게 외친다.

이때 욥에게 찾아 온 세 명의 위로자는 욥에게 책임을 묻고 하나님의 일을 정당화 하라고 재촉한다. 어머니의 뱃속에서 죽어서 차라리 태어나지 말았으면 하는 원망도 하다가 하나님은 의로우신 분, 하나님께서 주신 말없는 고통을 받겠다고 고백한다. 독백적인 찬양과 자신의 순결을 변론하던 욥은 폭풍 속에서 하나님을 만나 회개하게 된다. "입이 너무 가벼웠습니다." "눈으로 하나님을 뵈옵습니다." 그리고 "하나님이 죽일지라도 하나님을 의지하겠다."는 욥의 회개로 이어지는 희열 속에서 "진정한 회개는 하나님을 경외하는 것"이라고 외친다.

욥의 믿음을 시험키로 계획했던 사탄은 드디어 항복의 손을 잡는다. 그리고 욥이 잃었던 모든 것보다 더 풍성하게 회복시키는 축복의 말미는 성극의 맛을 진하게 한다.

처음 무대의 막이 오르면 "맑은 영혼을 사겠다."라고 외치는 자가 나타난다. 그러면서 비싼 값을 쳐줄 테니 팔라고 광고를 한다. 더러운 영혼은 구하기 쉽지만 세탁이 어렵고 세탁비가 많이 든다고, 이 시대를 냉소적으로 세태를 비웃는 그 사탄은 어떻게 하든지 행복한 욥의 가정과 욥까지도 온전히 멸망케 하여 절대자의 뜻을 시험하려는 계책에서부터 이야기는 전개되었다.

조그만 고통 속에서도 믿음이 흔들리는 보통사람들에게, 신은 침묵하고 있다고 실망하거나 하나님은 없다고 억지를 부리며 물질만능에 의지하여 이 시대를 견디며 힘들게 살아가는 사람들에게 필요한 질문을 던진다. 하나님을 신뢰하고 하나님의 주권을 의지하는 욥의 모범적인 신앙은 끝까지 인내와 믿음을 권하는 작품이다.

심안

    퍼시라는 이름의 고양이 한 마리를 오래도록 키우고 있다. 이제 우리 가족과 함께 산 지가 15년이 넘었으니 고양이도 우리와 함께 늙어가고 있는 셈이다. 수술을 해서 성도 없는 중성(中性)의 이 고양이는 가끔 나를 생각의 의자 속에 깊숙이 앉혀 놓는다.

    퍼시는 고양이 본래의 약삭빠름이나 앙큼함이 없고 걸음걸이도 점잖고 앉음앉음이 아무 데나 앉지 않고 꼭 꽃밭이나 서늘한 나무그늘 밑 또는 쌓인 낙엽 위에 앉아 눈을 감고 명상을 하는 듯 그 고고한 자태가 고양이 같지 않다.

    나는 이 고양이가 꽃의 아름다움을 감상할 줄 아는지, 무엇을 명상하고 있는지, 나아가 그의 사고영역은 얼마나 되는지 의문이 많다. 한낱 작은 동물도 제 앉을 자리를 가려 앉고 명상을 하는데, 그렇다면 이 고양이는 주인의 마음도 읽을 줄 아는 지각이 있다고 생각하며, 나 자신을 바라보게 된다. 눈을 감고 닫혔던 내 마음의 눈을 새삼스럽게 떠보곤 한다.

우리는 육신의 눈은 비록 어두워져도 마음의 눈, 지혜의 눈은 점점 밝아지기를 바라는 마음 누구에게나 간절하다. 우리의 육안은 직선으로만 보이기 때문에 자신의 뒷모습도 담 너머 지나가는 풍경도 볼 수 없다. 그러나 마음의 눈은 저 산 넘어 찾아 올 내일을 바라다보고 지워진 지나간 날들을 되돌아 볼 수도 있다. 아름답게 황혼이 깃든 저녁하늘을 쳐다보며 더 아름다울 하늘나라를 바라 볼 수도 있고, 자신의 주위를 살피면서 인생의 유한함과 무상함을 거듭 눈뜨게도 된다.

파도가 쉴 새 없이 밀려왔다 돌아가는 바닷가를 거닐면서 깊은 바닷물 속에 수없이 부침(浮沈)하는 해초를 보고 기쁨과 슬픔, 영광과 오욕이 계속하여 변하는 삶을 바라보기도 한다. 현대의 삶은 마치 널을 뛰고 있는 것같이 오르면 내리고 내리면 다시 오르거나 그렇지 않고는 떨어져 넘어지는, 정지할 수 없는 상황들이 전개되고 있다. 널판의 받침목이 높아질수록 높이 올라 갈 수는 있어도 그만큼 위험부담은 얼마나 더 커지는지 생각만 해도 아찔한 경쟁의 시대에 살고 있다.

마음의 눈을 높이 들어보자. 저 무한 공간 속 육안으로는 볼 수 없는 아니 매우 발달한 천체망원경으로도 잡히지 않는 별들의 세계, 새로 생성된 별의 그 빛이 이 지구에 있는 우리의 육안에 다다르는 데는 빛의 속도로 수백 년이나 걸리는 별이 수없이 존재하는 광대한 우주가 있다는 사실을 알고도 우리는 좀 더 겸허해질 수 없는지? 측정하기조차 불가능한 무한대의 우주 속의 이 작은 지구 속에 떨어진 나 자신은 얼마나 보잘 것 없는 미소한 존재인가. 현대 생활에 쫓기는 우리는 어느 모퉁이에서 언제 뛰쳐나올지 모르는 크고 작은 위험이 폭탄처럼 무섭고 두려워 오늘만을 생각하는 생각의 축소로 내일을 위한 명상의 시간을 빼앗긴 채로 살고 있다.

현대인들은 물질의 풍요로운 삶에 이미 길들어져 내일을 생각하기조차 싫어한다. 디지털 시대에 접어들면서 온갖 매스미디어를 동원하여 시끄럽고 자극적인 음향과 시각적 광고가 우리를 가만히 놓아두지 않고 있다. 스피디한 것에 가치를 두는 모든 생활 패턴이 숫자적으로만 계산되고 표현되는 물량만능주의 시대의 포로가 되어 있다. 우주를 상대로 마음이 열릴 때, 사회와 국가의 공동의식을 무시한 오직 자신이 속해있는 집단이기주의와 개인의 유익을 위해서는 수단과 방법을 총동원하는 망국적 현상들은 그리 쉽게 발생하지 않으리라 생각된다.

우리 조상들은 이미 신라시대에 벌써 첨성대를 만들고 천문학을 시작하여 우주를 내다보는 열려있는 마음과 눈을 가졌었다. 그 깊은 지혜의 눈은 현대를 사는 우리가 꼭 가져야 할 마음의 눈이다. 빛이 수면에서 굴절하는 것같이 우리 마음의 눈빛도 각자의 심성에 따라 더 많이 또는 적게 꺾기고 반사되어 표출된다.

물질의 상태에 따라 빛의 굴절되는 각도와 반사량이 달라지듯 우리 마음의 눈빛도 바뀔 수 있다. 육안은 나이가 들수록 쇠약해지며 약점을 물리적으로 교정할 수는 있어도 그 한계가 있다. 우리 마음의 눈은 노력에 따라 얼마든지 좋게 바꿀 수 있다고 믿는다. 풍부한 경험과 사고의 폭이 넓혀지고 깊어진다면 마음의 눈은 밝아지고 넓게 열릴 수 있으리라. 교양을 쌓고 다방면의 좋은 책을 많이 읽으며, 다른 사람의 얘기를 잘 귀 기울여 들을 줄 아는 인내와 노력이 있다면 진실을 오해하지 않고, 진리와 거짓을 혼돈하지 않고 아름다움을 그대로 자기 속에 흡수할 깊은 마음의 눈을 지닐 수 있으리라고 내 스스로에게 다짐해 본다.

인생의 화학 방정식

초등학교 2학년 때 일이 생각난다. 내가 자란 시골은 읍내에서도 30리나 들어가야 하는 곳이었고 학교에 가려면 크고 작은 동네를 몇 개 지나고 고개도 넘어 족히 오리 길은 걸어야 했다. 동네를 지날 때마다 친구가 늘어나 먼 줄도 모르고 얘기를 나누며 학교에 다녔다.

지금은 이름조차 기억나지 않지만 그 친구들 중에 떠오르는 한 친구가 있다. 나보다 한 학년이 위인 친구로 오른손이 다른 쪽 손보다 작고 팔도 자라지 않아 책가방 대신 책보에 싸서 허리춤에 매고 다녔다. 지금 생각하면 소아마비를 앓았던 지체부자유자였는데 화를 내는 모습을 볼 수 없고 항상 싹싹한 마음씨의 따뜻한 친구였다.

어느 날 그 친구의 아버지가 돌아 가셨다는 얘기를 듣고 나는 처음으로 하느님의 존재를 생각하였다. 왜 하느님은 이 친구같이 좋은 사람을 불구가 되게 하고 또 아버지를 일찍 잃어버려 다른 친구들보다 몇 배나 슬프게 만드는가 하고 원망스러웠다. 어린 생각에 좋은 사람에게는 나쁜 사람에게 보다 좋은 일이 많게 하셔야 공평하신 하나님이 아닌가 하는 제법 심각한 의문을 가지면서 처음으로 내 사색의 추를 늘어뜨리는 계기가 되었다.

지난해는 나로 하여금 비슷한 생각을 떠올리는 일들이 주위에서 계속 발생하였다. 내게는 본받아야 할 신앙의 대 선배 몇 분이 계시다. 그 분들과 같은 교회를 다니면서 진정한 믿음이란 어떤 것인가를 배우게 되었다. 아는 것, 가진 것이 많으면서도 항상 겸손하였고 남이 모르게 베푸는 사랑은 열매를 맺은 후에야 저절로 알려져 훈훈한 이야기로 전해졌다.

그런데 그 분들에게 차례로 불행히 닥쳐왔다. ㅈ권사님은 너무 기력이 쇠퇴하여 노인아파트에서 양로병원으로 거처를 아주 옮기셨고, ㅂ권사님은 교통사고로 거의 생명이 위태로울 정도로 뼈와 온 몸이 상하여 사경을 헤매는 어려움을 당하셨다. ㅇ권사님은 시력을 잃고 몇 번이나 거듭되는 최첨단 기술을 동원한 시술을 받고도 온전히 회복되지 않아 도움이 없이는 거동이 몹시 불편하시다. 가난한 나라에 태어나 전쟁과 피난살이 그리고 이민 생활 등 고난과 함께 숱한 고통을 겪으면서도 믿음으로 평생을 아름답고 신실하게 사신 이 분들에게 이제 노년이 되어 편안하고 건강한 삶을 누리도록 허락지 않으시고 너무도 가혹한 시련을 주시는 하나님의 뜻은 어디에 있는가.

사랑하는 자에게는 당해내지 못하는 고난은 주시지 않는다고 했던가. 존경하는 신앙의 선배들로부터 고통 속에서 더욱 하느님을 간절히 붙잡고 그 분의 사랑을 확인하고 감사하는 참 믿음을 또 한 번 배우게 되었다. 사랑하는 자에게 주시는 고난은 벌이 아님을 그 분들은 증언한다. 욥의 이야기는 성경에서 읽었지만 현재 내 앞에서 고통가운데 누워있으면서도 이웃과 형제뿐만 아니라 모두를 위해 기도하는 이 분들의 모습은 참 아름다웠다.

우리는 자신이 직접 겪지 않고는 남의 고통을 진정 알지 못한다. 깊은 병을 앓고 나면 건강이 얼마나 소중한 것임을 깨닫듯 사람은 정신적으로나 육체적인 고통의 터널을 지나지 않고는 성숙하지 못한다. 많은 사람은 고통 속에서도 진정한 고통을 자각하지 못하고 휩쓸려 살고 있다. 때로는 많은 사람들이 당하고 있는 고통을 외면하고 오히려 위안을 찾는다. 나병환자는 자신의 신체일부가 썩어 들어 상한 곳에 다른 이물질이 찾아 들어도 이를 모른다. 이같이 아픔을 자각하지 못하는 아픔은 슬픔이다.

화학방정식에 질량불변의 법칙이 있다. 화학반응을 일으켜 원래의 물질이 전혀 다른 새 물질로 변하여도 반응 전과 반응 후의 전체의 질량은 변함없이 똑 같다는 법칙이다.

나는 인생에도 이 법칙이 성립한다고 믿는다. 고통의 무게가 클수록 이를 극복한 기쁨과 행복의 무게도 크다. 비록 행복이나 기쁨의 모습이 아닐지라도 창조주의 깊은 사랑을 깨닫게 된다. 우리는 행복을 눈에 보이는 것 곧 가시적인 행복만을 행복이라고 생각할 때가 많다. 옛부터 오복을 타고난 사람을 부러워하고 있으나 이중에 하나도 거저 이루어지는 것은 없다. 가지 많은 나무 바람 잘 날 없고, 재물도 거저 생기지 않으며 비록 조상님네가 물려준 유산이라 할지라도 이를 유지한다는 일 또한 쉽지 않다.

화학방정식은 콩 심은 데서 팥이 날 수 있다. 인생은 변하고 세상도 변하고 자연도 변한다. 그러나 원리 원칙이 지켜져야 콩 심은 곳에 팥이라도 나고, 원리 원칙이 지켜지지 않으면 콩은 말라서 아무런 생산을 기대할 수 없다. 인생방정식도 화학방정식의 원리와 마찬가지임을 안다면 무엇이든 쉽게 얻으려고 하기보다 어떻게 정당한 방법으로 얻을 수 있는가 생각할 일이다. 또한 다가온 고통과 슬픔에서 벗어나 승리할 때 깨닫고 얻어지는 인생의 의미에 무거운 추를 올려놓는 일은 당연하다는 생각을 해 본다.

사월의 바람

바람이 가슴을 파고든다. 흐드러지게 꽃은 피어나고 나무엔 새잎인가 하면 벌써 신록으로 변하는 물길을 따라 가노라면 질펀한 들과 산허리엔 꽃길이 열린다. 고요한 가슴에 불을 질러 밖으로 뛰쳐나가고 싶은 용기가 생기게 하는 계절이다.

계절은 찾아왔다 떠나버린다. 바람의 다리를 건너 와 잠시 멈칫거리다 또 바람의 다리를 건너 사라진다. 바람은 조용히 때론 무섭게 우리를 흔들고 때론 흙탕물 속으로 밀어내 허우적거리게 만든다. 지상과 하늘, 대륙과 대륙을, 산과 바다를 이어주는 보이지 않는 징검다리, 이 바람다리를 인생들도 함께 건너가고 있다. 아니 우리 인간들 하나하나가 바람의 징검다리인가 보다. 세월의 바람이 생명 하나하나를 딛고 건너간다.

2005년 봄 4월 2일 선종하신 교황 요한 바오로 2세의 영면을 슬퍼하는 애도의 물결이 종교와 국경과 정치이념과 사상을 뛰어

넘어 온 지구촌을 덮고 있었다. 바로 전까지는 플로리다에서 일어난 테리 샤이보라는 한 식물인간의 죽음을 놓고 옳다 그르다 하는 상반된 논쟁이 매일 온 나라의 매스컴과 사람들 사이에서 비등하였다.

테리 샤이보 여인은 하루아침에 일어난 질식사고로 뇌사상태가 되어 식물인간의 몸으로 15년을 병원 침대에 눕혀 보존되고 있었다. 그러는 동안 남편과 부모와 사회조직을 동원하여 세상의 갈등을 일으키고 끝내는 생명을 마감시키는 과정에서 생명에 관한 현대 사회의 도덕과 윤리, 공적 법률적 사회문제를 부각시켰다.

인간의 두뇌로 이루어낸 현대 문명의 편의주의에 젖어 경시되어 진 생명의 존엄성을 새롭게 인식시키려는 절대자의 뜻으로 받아들여진다. 불쌍한 한 여인의 죽음을 통하여 산 자들은 이 논쟁을 불러일으키므로 억울하게 사라져 간 수많은 영혼에 조금이라도 위안과 변명을 하고 싶었다면 억지일까?

병상에서 주검같이 누워 무의식의 상태로 심장의 박동만 15년을 계속하다 천문학적 병원비를 주정부나 연방정부, 또는 가족 중 누구도 더 이상 부담할 수 없다는 지경에 이르러 안락사를 선고 받았다. 아직도 누구의 판단이 정당한지는 몰라도 앞으로 계속 부당한 처사와 논리로 발생할 가능성이 있는 생명의 손실을 이 불행한 한 여인의 죽음이 막아준 것이다.

인간의 생명은 어떠한 상태에서도 사랑으로 포장된 인위적인 죽음으로부터 예방돼야 하며 존엄하게 보호되어야 함을 경각시켜 준 사건이다.

테리 샤이보 여인의 죽음에 대한 이야기가 쉽게 끝나지 않을 듯 했는데 요한 바오로 교황의 임종이 임박하면서 세계의 귀와 눈은 바티칸 궁정으로 쏠렸다. 모든 매스컴의 채널과 신문지상은 매일같이 세계의 평화와 인류의 화해를 위해 진력한 해방자, 세상의 한 줄기 빛과 같았다는 위대한 영적 지도자를 기리고 추모하는 세계 곳곳의 표정을 전하느라 하루 24시간도 짧을 지경이었다.

모처럼 온 세상이 교황의 죽음 앞에서 슬퍼하고 애도의 심정을 나타내는 데 한 마음이 되고 한 목소리를 내었다. 요한 바오로 2세는 즉위 28년이란 최장수 교황으로 1,760만여 명의 순례객과 천여 번이 넘게 쉼 없이 세계 지도자를 알현하고 종교와 이념이 다른 나라들을 수십 차례 방문하며 화해와 용서의 손을 잡아 행동하는 지도자의 모습을 보였다. 스포츠를 즐기고 희곡과 시를 쓴 문학가로도 인생의 고뇌와 진정성을 지녔던 참 멋의 폴란드인, 전 세계인의 영원한 성직자는 수많은 진기록을 발자취로 남기고 가셨다.

그를 잃은 슬픔 속에서 참다운 그 삶의 빛은 더욱 빛나고 "나는 행복하다. 그러하니 너희도 행복해라"던 마지막 메시지는 진실한 행복의 의미를 되씹게 했다. 어둡고 슬픈 메아리로 가득 찬 세상의 골짜기, 전쟁의 포성과 피로 물든 사막에 사랑과 이해, 용서와 평화의 물꼬를 트고 싶은 간절한 소망은 비록 베드로 광장의 참배객 속에 함께 끼진 못했어도 사람들의 가슴에서 가슴으로 이어졌으리라.

우리는 아주 상이한 사망의 두 얼굴을 연속으로 바라보면서 착잡한 심정을 마름질하며 생명에 대한 의미를 깊이 새겨보는 시간을 가졌다. "왜 살아야 하는가?" 하는 질문은 이젠 필요 없다. 생명이 있는 존재란 존재는 모두 존귀한 것이고 저마다 존재 의미를 이미 부여받고 있기에 우리에겐 "어떻게 살아야 하는가?" 하는 명제만이 창조주 그분이 각 생명 앞에 던져주신 주사위 같다.

어김없이 4월의 바람이 불어오고 있다. 해마다 4월초를 전후하여 그리스도의 사망과 부활을 기념한다. 한국의 현대사에서 진정한 민주혁명으로 기록되는 4·19 학생혁명은 물론 러시아혁명, 미국의 독립혁명 등 동서양을 막론하고 세계사의 기록에는 4월 혁명이 수백 번을 헤아릴 정도로 4월은 거센 태풍의 역사로 점철되어 왔다. 피 흘림으로 이루어지는 역사는 계속 되고 그래서 시인은 흩어지는 4월의 꽃잎을 밟으며 핏방울을 연상한다.

20세기 최고의 지성 T. S 엘리엇 시인은 「황무지」의 첫머리를 '4월은 가장 잔인한 달/ 죽은 땅에서 라일락을 키워내고/…/ 잠든 뿌리를 봄비로 깨운다.'로 적었다. 봄비로 잠든 뿌리를 깨워도 깨어나지 않듯 사월은 재생을 원치 않는 사람들에게 진정한 의미의 재생을 요구함으로써 잔인하다.

잔인함은 죽음을 통해 새로운 생명을 얻을 수 없는 비극적 상태에도 있지만 언젠가는 죽은 땅에서 마침내 라일락이 피어날 것이란 믿음 곧 희망, 간절한 바람을 깨우는 아직 냉기를 품고 불어오는 사월의 바람인가 싶다.

2. 고구마와 단풍잎

참외와 고향

일 년 중 가장 뜨거운 여름철, 이곳 L.A.의 날씨는 기온이 체온보다 높은 날이 많다. 에어컨이 없이는 도저히 견디기 힘든 날이 계속되고 있다.

습도가 낮아서 그늘 속에서는 그런 대로 견딜 만하다가도 칠월부터 팔월에 접어들면 시원한 냉방장치가 잘된 실내에서도 얼음이 든 냉 음료수를 계속 마시게 되고 팥빙수 같은 계절의 맛을 즐긴다.

여름철엔 참외와 수박을 빼 놓고 지나칠 수는 없다. 혹 어떤 이는 이민초기에 고달픈 이민생활을 수박 먹는 맛으로 이겨낸다고 말할 정도로 미국의 수박은 크기만 하지 않고 맛도 시원한 것이 일품이다. 동글동글하고 매끄럽고 샛노랗게 잘 익은 꿀맛 나는 참외를 저녁시간 TV앞에 가족들이 둘러앉아 오순도순 얘기를 나누며 먹는 정경은 고향에서의 정다웠던 한 폭의 그림을 보는 듯하다.

참외와 수박이 매우 한국적인 이미지를 연상시키는 것은 나만의 생각은 아닐 것이다. 나라마다 지역마다 특산물이 많지만 참외는 한국의 고유한 특산물이고 한국 사람들이 즐겨먹는 고유의 맛을 지니고 있다. 내가 아는 한 분은 멕시코에서 큰 농장을 경영하며 L.A.를 비롯하여 미국 여러 지방에 갖가지 농산물을 공급하는데 연구와 실험을 거듭한 결과 올해부터 제 맛이 나는 참외를 성공적으로 재배하여 각 시장에 고향의 진한 맛을 공급하고 있다.

십여 년 전만 해도 참외는 이곳에서는 맛볼 수 없는 한국식품의 하나였고 우리 한국 이민자들이 그리워하던 고국의 맛이었다. 잘 익은 참외는 겉모양이 화려하지는 않지만 소박하면서도 맵시가 있고, 속살은 씹히는 맛이 사근사근하여 질기지 않으며, 맛은 매우 달콤하면서도 혀끝만을 자극하지 않는 깊은 맛이 있고 속에는 수십 수백 개의 씨를 씨주머니 안에 가지런히 맺고 있어 종자를 퍼뜨리기도 쉽다. 또한 소화와 흡수가 잘 될뿐더러 이뇨작용을 도와주고 당분과 섬유질이 많아 여름철 땀을 많이 흘리고 입맛이 없을 때 쉽게 섭취할 수 있는 건강식품이다. 이러한 속성들이 우리민족의 민족성과 일맥상통하는 면이 있다면 나의 지나친 억지일까?

고향의 맛, 고향의 멋, 고향의 벗 그리고 고향산천은 수천 마일 멀리 타향에 사는 사람들, 우리 이민자에게는 떠나 온 연유야 무엇이든 고향이란 말만 하여도 가슴이 뭉클해지고 눈시울이 뜨거워지며 눈물 젖음을 막을 수 없다. 단내 물씬한 참외 한쪽을

씹으면서 아련한 옛 고향에 대해 그리워 해보지 않은 사람이 있을까. 참외서리, 수박서리의 악의 없던 장난이나 원두막 초롱불 아래서 듣던 무서운 옛날이야기들은 접어두고라도 겨울이면 썰매타기, 쥐불 놓기, 딱지치기, 연 날리기 등 친구들과 북적거리며 보낸 유년시절의 아름다운 추억들을 누구나 간직하고 있다.

벽이 사방으로 막힌 PC방에 앉아 스크린 속의 유령인들만을 상대로 펼쳐지는 속도게임에 도취된 현대의 어린 세대들에겐 체험하기 어려운 보배로운 경험들이다.

얼마 전 '고향의 봄'을 주제로 하는 글을 써야 하는 기회가 있었다. 그때 서울이 고향인 한 분이 자기는 서울에서만 살고 성장하여 특별히 인상적인 글을 쓰기에는 소재들이 마땅치 않다는 얘기를 들었을 때, 나는 마음속으로 내 고향 추억의 헤아릴 수 없이 많은 소재들을 생각하면서 얼마나 감사했는지 모른다.

사는 동안 대부분의 사람들은 이곳저곳으로 옮기어 살면서도 마음속 깊이 묻어둔 고향이 있다. 사진은 세월이 지나면 퇴색하여도 고향의 기억은 바래이기는커녕 더욱 새로워짐을 누구나 부인할 수 없을 것이다. 멀리 있으면 있을수록 그리고 날이 갈수록 더욱 아름답게만 채색되어 그리움은 더해가고 간절하다.

미주로 이민 와서 자라는 우리 2세들의 고향은 어느 곳일까? 한번쯤 생각해 볼 문제이다. 이곳에 와서도 좋은 학교, 좋은 대학에 입학시키기 위해 아이들을 어려서부터 입시를 위주로 하는 교육에만 열성적으로 몰아가는 경향이다. 여름방학이 지나가기 전에 아이들과 함께 산으로 바다로 또는 미술관, 박물관을 찾으면서 아름답고 잊지 못할 기억의 추억거리를 만들어 주면 아이들이 성장하여 이곳을 떠나 살더라도 그들에겐 이곳 L.A.가 그들의 고향으로 자리 잡고 그리워 다시 찾아 올 것이다.

고향은 어머니의 품과 같이 포근하고 정다운 것의 대명사로 모든 이들의 마음을 순화시키는 위력이 있다.

한국사람 냄새

"집을 팔려고 하는 분은 맨 먼저 한국사람 냄새를 제거해야 합니다." 냄새나는 음식을 삼가고 환기를 자주 하고…… 또 오픈 하우스 날엔 집안 냄새를 지우려 향수를 뿌리는 일도 삼가야 된다는 구체적인 조언까지, 퇴근길 차 속의 라디오에서 오후의 종합뉴스를 막 끝내고 유익한 정보를 소개하는 방송이 들려왔다.

부동산을 팔고 사는데 '한국사람 냄새'가 문제가 된다면 그 냄새는 환영받지 못한다는 뜻이며 집값이나 매매성사에 좋지 않은 영향을 미친다는 얘기다. 한국 사람이 살던 집에 한국사람 냄새가 남아 있는 것이 좋지 않다는 얘기다. 한국사람 냄새? 한국동포가 세계 곳곳에 흩어져 있고 LA만도 수십만 명 살고 있는데 한번 짚어 볼 화두가 아닌가.

이민 와서 처음 아파트를 얻어 이삿짐을 옮길 때 이민선배인 두 시누이가 누누이 당부하던 말이 기억난다. 마늘냄새, 된장냄새, 생선조림 등의 냄새를 피우면 아파트 사람들이 싫어하고 그들의 불평이 매니저에게까지 전달되면 아파트에서 쫓겨날 수도 있다는 엄포였다.

이민 초년생인 우리 가족은 마치 살얼음판을 걷는 심정으로 조심하며 구수한 된장찌개 한번 맘 놓고 끓여먹지 못했을 뿐 아니라 마늘조차 사용하지 못했다. 출근이나 외출할 때는 김치를 먹지 않았어도 한국음식 냄새 곧 한국사람 냄새가 날까 신경을 썼다. 벌써 30여 년 전 이야기라 지금의 이민생활과는 격세지감이 있다. 어머니를 만나려고 가까운 노인아파트에 들르면 한국음식을 조리하는 냄새가 복도에 진동하여 한국 사람이 여러 가구 살고 있음을 직감할 수 있다. 어떤 냄새는 좀 지나치게 심한데도 이제는 그것이 문제되어 쫓겨났다는 얘기는 없다.

문제는 여기서부터다. 어떤 한국 음식은 맛은 좋은데 자극성 냄새가 심하다. 내가 좋아한다고 또 누구도 이를 탓하지 않는다고 맘 놓고 냄새를 피우는 일은 공동생활에 어긋나는 비문화인의 행위며 한국사람 냄새로 눈살을 찌푸리게 만드는 일이다. 한국사람 냄새 때문에 한국 사람이나 한국의 이미지를 손상시키는 일은 물론 살던 집을 손해보고 팔 수는 없다. 조금만 주의하고 연구하면 한국사람 냄새 중에서 좋은 것만을 살릴 수 있을 터인데. '한국사람 냄새'가 난다는 말보다는 '한국적 냄새'를 풍긴다는 말을 듣고 싶다.

한국사람 냄새는 물리적이고 한국적 냄새는 한국사람 정서를 내포하는 형이상학적 표현이다. 냄새는 숨결이다. 현실의 숨결 속에서 느낄 수 있는 체취이다. 냄새는 어떤 사물에서 스며나는 상징과 은유의 표현이다. 냄새는 언어 없는 예술이며 붓이나 물감으로는 그릴 수 없는 그림이다.

한국의 냄새는 한국인이 만들어 온 고유한 문화의 유산이며 한국 사람에서만 우러나는 한국적 향기로 마음으로 받아들이는 정서이다. 한국의 입맛과 한국 사람의 냄새가 병행하지 못 한다면 한국의 고유한 음식문화의 맛과 멋을 훼손시킬 뿐만 아니라 한국문화 전반에 흥미를 유도하기도 어려울 것이다. 한국 사람의 체취는 못 잊어 늘 생각하는 고향의 풀 냄새처럼 또는 어머니 품속의 냄새처럼 그리움의 향수가 된다. 외국인에겐 누구에게나 수용되고 나아가 활용되는 유연성이 있어 그들에게도 호감을 일으키는 한국사람 고유의 맛과 멋으로 인정받고 싶다.

미국의 슈퍼마켓마다 동양식품 진열대가 생기고 한국의 김치와 라면이 버젓이 자리를 차지하고 있다. 지난 번 싸스가 유행할 때 김치가 질병을 예방하는 음식으로 알려진 후로는 한국김치를 모르는 사람이 없게 되었다. 특히 일본인들의 95%가 김치를 거의 매일 식탁에 올린다는 사실은 놀라운 일이다. 『겨울연가』의 욘사마 한류열풍이 불기 전부터 김치는 한류를 일으킨 셈이다. 이제 김치는 한국사람 냄새라는 나쁜 의미보다는 한국적 냄새 곧 한국의 음식문화를 대표하는 한국의 맛이요 그 냄새다.

연구실에서 함께 일하는 젊은 닥터 나오꼬는 한국식당에 가면 김치찌개를 그것도 아주 맵게 해 달라고 주문한다. 총각김치를 좋아하는 그에게 "처녀가 총각김치를 너무 좋아한다"고 놀리면 깔깔거리며 김치 중에도 젓갈을 가미하여 적당히 숙성시킨 한국

김치의 맛을 아는 김치애호가가 되었다. 캠퍼스 구내식당에서도 많은 학생들이 매운 맛에 입술에 손사래를 치면서도 한국산 사발면을 즐겨 먹는 모습을 본다. 한국의 맛이 이제는 국제적인 입맛으로 인기를 끌고 있다.

1970년대 초만 해도 코리아가 어디에 붙어 있는지조차 잘 모르고 관심도 없는 소외감에 눈물을 삼키면서도 한국의 맛과 문화를 보여주고 싶은 간절한 마음으로 그들에게 깨끗하고 당당한 한국 사람의 한국적 냄새를 풍기려 애썼다. 연중행사로 인터내셔널 푸드 페스티벌이 있을 때마다 태극마크가 화려한 부채, 도자기, 한국인형 그리고 아이들의 한복까지 동원하여 한쪽에 진열해 놓고 다른 한쪽에선 한국의 맛을 알리려 수십 파운드의 갈비를 재워다가 열심히 구워냈다. 이젠 코리아를 모르면 오히려 상식이 부족한 사람이 되고 메이드인 코리아를 애용하는 외국인들 속에서 더 이상 외롭지 않다.

글로벌시대를 살면서 모든 한국인은 한국적 냄새 곧 한국의 멋을 알리는 문화홍보대사의 역할을 임명장도 없이 이름도 없이 해내고 있다. 환한 웃음이 있는 긍정적인 맛이 우러나는 독특한 한국사람 냄새를 때로는 화끈하고 때로는 구수하고 새콤하고 은근하게 널리 세상에 풍겨내고 싶다. 우리의 몸짓 하나하나가 어딘지 모르게 가까이 하고 싶은 느낌이 되어 그들의 마음을 손짓하는 향기, 한국인의 냄새가 되고 싶다.

내조와 외조

외모를 보고 사람을 판단하지 말라는 얘기는 성경에도 있는 깊이 새겨 둘 교훈이다. 그럼에도 사람들에겐 누구나 선입관이 있어 본능에 가까운 편견이 작용할 때가 많다.

오늘도 창문으로 모리 박사 부부가 다정하게 승용차를 타는 모습이 보이니 점심시간이 되었음을 알겠다. 오른쪽 차문을 열어 부인을 태우고 운전자 자리에 앉는 모리 박사의 정중함은 언제나 한결같다.

모리 박사 부부와 가까이 지낸 것은 3년밖에 되지 않지만 그 전에 그들과 수인사한 것은 꽤 오래된다. 부인은 이백 파운드를 훨씬 넘는 거구의 생물학 박사이고 보통 몸집의 남편은 교수이며 의사이다. 모리 박사 부부애기를 구태여 꺼낸 것은 나의 선입관이 꽤 신뢰할 만한 것이라고 자부하고 있던 나에게 이들 부부가 그 생각을 머릿속에서 깨끗이 청소하도록 작용했기 때문이다.

그들을 잘 알기 전에는 남편 모리 박사가 그 볼품없는 부인을 어찌 그리 아끼고 정중하게 대하는지 이해할 수 없었다. 특히 그는 여간해서 사람들이 근접하기를 매우 어려워하는 분위기를 풍기고 있었기에 그를 만나면 겨우 '하이 모리 박사님' 하고 빨리 지나치곤 했다. 그런데 그들 연구실의 기계를 사용하고 또한 여자박사의 자문을 꼭 필요로 하는 프로젝트를 계기로 나는 그들과 많은 시간을 같이 보내게 되었다. 그들의 생활을 가까이서 보면서 여러 가지 생각을 하게 되었다.

첫째로 부인은 겉보기보다 상냥하고 마음이 너그럽고, 남편보다 머리가 좋아 더 많은 프로젝트를 진행하고 있고 학술발표나 관계되는 모임에 출장도 잦다. 내가 보기엔 비행기 좌석이 비좁아 얼마나 불편할까 염려될 정도로. 그때마다 남편 모리 박사는 집안 살림과 두 딸들을 돌보면서 세 살 된 딸은 유아원에 아침에 맡겼다가 퇴근 후에 픽업하고, 초등학교 다니는 딸은 근무 중에라도 학교가 파한 후 데려다가 연구실 한쪽 책상에서 숙제를 시킨다. 보통 때는 같이 출퇴근하면서 똑같이 가사를 나누고 점심도 외식을 하는 일이 거의 없이 집에 가서 식사를 하고 연구실로 다시 온다. 이들의 생활에서는 오직 검소함과 근면만을 엿볼 수 있다. 서로를 돌봐 주려는 마음씀이 함께 일하는 사람들에게까지도 전해져 경쾌하고 조용한 분위기에서 일이 잘 진행되고 있다. 항상 요한 스트라우스의 경쾌한 리듬이 흐르고 있는 듯하다.

이들 부부에게서는 부인의 할 일과 남편의 할 일이 따로따로 구별이 되지 않는다. 남편이 그 일을 하면 남편의 일이 되고 부인이 그 일을 하면 부인의 일이 되는 것이다. 즉 누가 내조를 하고 누가 외조를 하는지 구별이 안 된다. 빨래와 부엌일은 여자가 하는 일이고 무엇은 남자가 해야 한다든가 직장에서나 바깥에서는 남자가 더 권위가 세워져야 한다는 식의 사고방식은 찾아 볼 수 없다. 언뜻 보기엔 부인이 외조를 많이 받는 듯이 보인다. 그러나 한편으론 모리 박사가 부인의 내조가 커서 직장에서 승진도 빠르고 교수로서 권위가 높아진다고 볼 수도 있다. 아니 이들에겐 내조와 외조란 말이 거꾸로 적용됨이 합당할 것 같다.

생각해 보면 도대체 내조란 단어 자체가 전 봉건적인 냄새를 풍긴다. 여자들이 주로 집안에서나 머물면서 울 밖을 내다보는 몸짓만으로도 매우 낭패하게 생각되던 전근대에서는 자식 낳아 잘 기르고 옷 수발 잘하며 음식 잘 만들고 집안 살림이나 잘하여 가산을 쌓는데 도움이 되었을 때 내조를 잘 했다고 했다. 이에 반하여 외조란 말은 차츰 시대가 바뀌고 생활양식이 근대화되어 여성의 사회활동이 활발해지고 남녀평등을 내세우면서 여성의 사회활동에 남자도 협조를 한다는 뜻으로 발생한 단어라고 생각된다. 남편이 부인을 돕고 부인이 남편을 돕는데 구태여 내조를 또는 외조를 한다고 구별된 단어를 쓰는 것 자체가 비민주적으로 혹은 남녀차등으로 느껴지는 면이 있지 않은가? 물론 내 자신이 한 남자의 부인으로 본연의 역할을 덜 하거나 소홀히 하고 싶은 생각이나 나아가 남편의 구별된 영역까지 넘겨 볼 생각은 추호도 없다.

나의 경우 비교적 남편의 외조를 받는 편이고 스스로는 줄곧 직장생활을 하면서도 아내의 역할을 잘 하고자 애쓰고 있다. 이곳 미국사람들은 모리 박사네 말고도 대부분 부부들은 서로를 도와주고 아끼며 행복하게 해주려고 노력하며, 나는 외조를 또는 내조를 했다고 구태여 말하지 않는다. 더욱이 내조를 또는 외조를 잘 받았다고 말하지도 않는다. 그들의 가정생활이 파탄 나고 이혼하는 결손율이 우리네보다 높다 하더라도 같이 살아가는 동안은 내조나 외조를 받겠다고 생각을 하기보다는 남편이 내조를 부인이 외조를 자연스럽게 잘하고 있다는 사실이다. 겉으로 멋있는 부부로 보이기보다는 사려 깊은 내조와 외조를 서로 주고받을 때 따뜻한 내면의 사랑과 신뢰가 깊어질 것이다. 더욱 중요한 사실은 진정으로 부부는 평등하다는 사고방식이 내조를 잘한다던가 또는 외조를 잘한다는 행위보다 먼저 우리에게 필요하지 않을까? 전혀 다른 측면에서, 즉 가족과 사회 나라와 나라사이, 사람과 자연환경사이까지 넓혀서 나는 내조와 외조를 생각하고 싶다.

물질문명의 지나친 발달과 물자의 과잉소모 그리고 병행되는 생태계의 파괴로 이상(異狀)한 이상(異常)현상들이 이상(異象)하게 나타나는 현대 밀레니엄, 새로운 천년의 때에는 우리가 생존하는 이 지구와 외계 또는 우주 사이에 내조와 외조가 잘 이루어져 우리들뿐만 아니라 다음 세대에 살아갈 모든 인류가 온화한 환경 속에서 살아 갈 수 있기를 기원한다.

프리웨이 인생

앞으로 갈 수도 뒤로 물러날 수조차 없는
어찌하지 못할 때가 있다
샛길로 빠지기엔 아직 프리웨이를 달리고 싶은
65마일 속도의 미련이 차창 속에 갇히어 있다

수없이 많은 길 위에서 미혹되는
우리의 나날들 결단을 유보하지 못하는
순간들의 채찍질에 담금질되어도 호흡은
정지할 수 없기에
프리웨이는 달리고 싶다

앞길은 막히고 뒤에서 밀리는 절망의 때에도
무한으로 그어진 좌절과 희망의 평행선 위로
태양은 하루를 불끈 들어 프리웨이 위에 놓는다

오늘을 달리고 싶다

- 조옥동의 자작시 「프리웨이는 달리고 싶다」 전문

　현대인은 가속의 시대에 살고 있다. 캘리포니아 주는 고속도로에서의 제한속도를 55마일에서 65마일로 증속하였는데도 실제로 프리웨이에서 65마일의 제한속도를 지키는 차량보다 75마일 80마일로 달리는 차량이 더 많다. 사실 제한속도에서 5마일의 가감은 고속도로순찰경관도 묵인하지만 가까운 후일에 제한속도가 75마일 또는 80마일로 다시 증속될 가능성이 많다. 애지중지 총 17만 마일을 운전하고 다닌 1989년형 내 차가 감당하기에는 무리할 만큼 빠른 제한속도이다. 불고하고 출퇴근할 때 프리웨이를 이용하지 않을 수 없다. 마치 어린아이를 달래어 심부름 시키듯 조심스럽게 고작 70마일의 속도로 달리다 보면 뒤쫓아 오던 차들이 뒤꽁무니까지 가까이 와서는 신경질을 내듯 때로는 경종을 울리면서 차선을 바꿔 내 앞을 기세 좋게 달려 나간다. 나는 제한속도를 위반하지 않았다는 자부심을 갖고 미안한 마음까지는 들지 않지만, 내 뒤의 차들이 모두 앞질러 달려 나가면 마치 내가 그들에게 뒤처지는 느낌이 나를 묘하게 흔든다.

　위험을 무릅쓰고라도 프리웨이를 달리고 있는 차량들로 대부분의 프리웨이는 교통체증에 시달린다. 전엔 반시간의 주행거리를 현재는 한 시간 때로는 더 오래 걸릴 때가 많다. 인구가 증가하는 까닭도 있지만 현대인에겐 자동차가 신발과 같다. 활동범위가 넓어지고 몇 백마일의 거리까지 출퇴근하는 하루의 생활권에서 살다보면 계속 프리웨이들이 속속 만들어지고 있다. 현대에 와서 고속도로의 발달은 국가나 지방의 경제 상태를 측정할 만큼 직접적인 관계가 있다.

모든 생산과 수요가 극한 경쟁의 시대를 사는 현대인의 생활은 한 마디로 속도 경쟁이다. 프리웨이를 달리는 일이 인생과 같다는 생각을 한다. 어느 고속도로를 선택하는가 그 출발은 인생길의 선택과 같고 비록 같은 고속도로 위를 달리다가도 차선을 바꿔야 할 때가 있다. 성품이 급한 사람은 이쪽저쪽 자주 차선을 바꿔 타고 달려가지만 크게 시간을 단축하지 못한다. 때로는 여러 가지 이유로 더욱 지연되거나 앞뒤로 막히어 샛길로 빠져나갈 수조차 없고 사고를 당할 때도 있다.

평행으로 뻗어있는 몇 개의 차선을 바라보며 마치 요행을 바라는 마음으로 우리는 그 하나를 선택한다. 예측할 수 없는 일이 많이 발생하는 고속도로위에서의 운전을 포기하지 못하는 연유는 무엇인가? 곳곳에는 고속도로 순찰대가 여우같이 숨어 기다리고 있고, 빙판이나 산사태가 가로막고 있다. 때로는 과속의 티켓을 받더라도 남보다 빨리 달려야 하고, 끝까지 가야 할 목적지가 있으며, 생명이 있는 한 포기할 수 없는 욕망 때문에 매일 우리는 계속 어디론가 달리고 있다. 태양은 내일도 어김없이 떠오르고 이생의 여행은 멈출 수 없다. 우리는 눈을 뜨면 문을 나서서 날마다 어디로 떠나고 있다.

프리웨이 위에서의 질주는 고독한 여행이다. 그 많은 차량이 함께 동일한 프리웨이를 달리고 있어도 모든 것은 운전자인 내 스스로의 판단과 결정을 집요하게 순간순간 요구한다. 나는 오늘 목적지로 가는 바른 길을 달리고 있는가?

사랑을 측정하는 리트머스종이

　매일 아침 실험실에 들어서면 랩코트로 갈아입고 제일 먼저 하는 일이 있다. 각 계기의 점검과 함께 밤사이 제대로 작동하고 있는지를 살핀다. 간혹 세포 배양실의 인큐베이터 하나가 삐삐 하는 경고 신호를 울리고 있다. 세포배양을 하려면 온도와 공기와 습도가 일정하게 유지되어야 하는데 탄산가스의 공급량이 한 계량을 넘으면 파란 글자가 계속 껌뻑이며 소리를 내어 빨리 재조정이 필요함을 알려준다. 시간이 되면 컴퓨터는 자동으로 작동을 시작하고 대부분의 실험계기는 컴퓨터화 되어 있어 일일이 열어보고 만져서 확인하지 않아도 부착한 게시판의 수치와 부호를 읽으면 현재의 상태를 금방 파악할 수 있다.

　컴퓨터 공학과 과학기술의 발달은 날마다 새로운 기계와 기구를 생산하므로 연구실에서 누가 첨단기구를 보다 많이 더 먼저 구입하여 사용하고 있는가를 알면 그 연구실의 연구 활동이나 재정형편을 파악할 수 있다. 새로운 약품과 기술 및 기구를 사용하지 않고는 실험이나 연구를 할 수 없는 만큼 연구비가 천문학적 숫자로 불어나고 있다. 의학과 모든 과학의 연구는 인간 두뇌와 정렬과 재정의 삼박자가 꼭 맞아서 시간을 다투어 혼신을 다하는 치열한 경쟁으로 오늘날 놀라운 발달을 이룩하고 있는 것이다.

우리세대의 중·고등학교 시절은 한국전쟁이 끝난 직후여서 온전한 학교건물은 군부대가 사용했고 대부분의 시설물도 파괴되었다. 임시 가건물에서 생물시간은 식물채집이나 동물채집으로 실험을 대신했지만 물리와 화학시간은 실험은커녕 비커나 플라스크조차 만져 본 일 없이 교과서의 그림을 보는 일로 그쳐야 했다.

열악한 환경 속에서도 선생님들은 참으로 열심히 수업을 하셨고 그 중에서도 나는 화학시간을 좋아했는데 특히 수학과 같이 정확해야 하는 화학방정식 맞추는 것을 좋아했다. 화학반응에서 질량불변의 법칙이나 아인슈타인의 상대성 원리 그리고 사형장의 이슬로 사라지는 순간에도 '그래도 지구는 움직인다.'라는 자기의 신념과 주장을 위해 타협을 거부한 갈릴레오 갈릴레이의 지동설이 어린 나의 뇌리 속을 깊이 파고들어 호기심을 깨웠다. 기술과 기계가 아무리 발달할지라도 과학에는 변하지 않는 원리와 원칙이 있다. 그 때 배운 화학반응이나 원리는 너무나도 새로운 21세기 내 현재의 실험실에서 아직도 적용되고 변함없이 일어나고 있다.

우리 몸속의 체액과 마찬가지로 동식물체의 대부분을 이루고 있는 물과 하늘에서 내리는 빗물 그리고 매일 마시는 음료수는 산성이거나 알칼리성이다. 이 산성과 염기성을 측정하는 데는 PH 미터기를 사용하나 간단히 리트머스 종이를 사용하기도 하는데 이를 적시면 색깔의 변화로 그 강도를 측정할 수 있다.

멀리 떨어져 생활하는 아이들과 자주 이메일을 주고받으면서 내가 얼마나 저희들을 보고 싶어 하고 사랑하는지를 리트머스의 색깔처럼 측정해 보낼 수 있다면 하는 생각을 한다. 간혹 남편에게서 섭섭한 소리를 들을 때도 내가 간직한 사랑과 남편의 사랑은 어떤 색깔일까 또는 각자의 사랑을 측정한다면 누구의 사랑의 색이 더 짙고 예쁜지 비교하게 엉뚱한 실험을 하고 싶다.

현대과학의 발달은 우리의 삶을 편리하고 풍요롭게 만들며 새로운 세계를 펼쳐 보이나 인간을 규격화하고 모든 것을 수치로 나타내어 도표로 그려내려 한다. 따라서 갈수록 경쟁은 치열하고 더불어 잘 살려는 유대감보다는 나만 그리고 내 가정만의 유익을 챙기고 내 소속집단만 내 정당만 잘되면 된다는 식의 어긋난 가치관이 팽배해지고 있다.

불행인지 다행인지 지금은 복제인간을 만들 수 있을 만큼 과학기술이 발달했어도 사랑을 측정하는 리트머스종이나 기계를 만들었다는 말은 아직 듣지 못했다. 이것을 만들기만 하면 청춘 남녀는 물론 온 세상 사람들이 사고 싶은 물건들의 리스트에 첫 번째 오를 것이고 발렌타인 데이에는 장미보다 더 불티나게 팔릴 터인데 안타깝다. 사랑의 상대성 원리는 아직 밝혀지지 않았고, 측정방법도 확실한 단위가 없다.

색으로나 무게로나 깊이나 넓이로는 잴 수 없는 신비로움 때
문에 진정한 사랑은 영원히 손에 잡히지 않는 아름다운 무지개
로 우리를 설레게 할 뿐이다.

미스 커널 선생님

벌써 9월이 끝나가고 있다. 이맘때가 되면 생각나는 사람, 미스 커널(Koerner) 선생님, 그분은 이제 할머니 처녀로 70이 넘었을 것이다. 평생을 미스로 있으면서 초등학교 1학년 담임만 하여 신입생 전문교사로 지낸 분이다. 내가 그 선생님을 처음 만난 것은 꼭 삼십 삼 년 전, 9월 중순 세인트루이스(St. Louis)에 이민 짐을 풀고 난 며칠 후였다. 그곳의 날씨로 초가을인 이른 아침, 운동장에는 성급하게 떨어진 낙엽이 이리저리 휩쓸리고 있는 조그만 변두리 초등학교의 교장선생님 방에서였다. 눈이 한국의 가을하늘같이 맑고 푸른 그 여선생님은 처음 보기에도 친절하고 상냥하였다.

아들아이가 고등학교를 졸업하고 대학에 진학하려 시카고로 가는 길에 우리는 미스 커널 선생님을 찾아뵙기 위해 일부러 세인트루이스에 들린 일이 있다. 아들이 초등학교 5년을 다니고

L.A.로 이사한 후로 7년 만에 다시 만난 선생님은 초로(初老)의 여인이 되어 몸집도 불고 유난히 허리 밑에만 살이 있어 걸음은 둔해 보였으나 맑은 웃음과 유머러스한 말은 여전하고 그 해로 29년째 1학년 담임을 변함없이 맡고 있었다. 선생님은 옛 제자의 손을 꼭 잡고 나는 아직 진급을 못하고 일 학년으로 남아 있는데 너는 벌써 대학생이 되었다며 청년이 다 된 제자를 보고 반가워 어쩔 줄 몰라 했다. 그 모습은 처음 만났을 때의 모습과 다름이 없었다. 선생님은 아들아이가 등교 첫날 한마디도 말을 못했다며 옛날 얘기를 꺼냈다. 머리가 까맣고 얼굴이 누런 동양아이를 진기한 구경거리라도 만난 듯 호기심 어린 얼굴로 금세 많은 학생들이 모여들었다고 했다.

그때만 해도 미 중부지방에는 동양인 이민자가 드물어 동양 아이들은 그 학교에 우리 아이들 셋이 처음이었으니까 구경하려는 아이들이 서로 이리 밀치고 저리 밀치며 법석이었다. 미스 커널 선생님은 대화하는 중에도 아이들에게서 눈을 떼지 않고 "마이클, 네 신을 바로 신어요." "쟌은 오른쪽 운동화의 끈을 꼭 매고" "수잔, 네 머리핀을 주우렴." 한 번에 몇 아이들에게 주의를 주고 있었다. 그의 눈은 둘이 아니고 몇이나 되는지 셋, 넷 아니 그보다 몇 개 더 있어야 우리가 볼 수 있는 것들을 동시에 전부 살피고 있었다. 그의 명령은 무서운 훈계가 아니라 귀여운 어린 제자들의 신이 벗겨지고 다칠까 염려해서 주는 보살핌이었다. 잠시도 지나침 없이 눈을 번쩍이며 아이들의 안전을 살피고 있는 선생님의 모습이 처음부터 매우 인상적이었다.

서울에서 초등학교 1학년을 조금 다니다가 미국에 온 아들은 이곳 미국의 생활과 문화는 물론 영어로 한 마디도 의사표현을 할 수 없는 모든 것이 서투른 상태에서 학교생활을 시작하였다. 그 당시는 희소해서 그랬는지 처음 보는 동양아이들에게 학생이나 선생님 모두가 매우 친절했지만 우리는 특히 미스 커널 선생님을 잊을 수 없다.

아들의 담임인 선생님은 교실에서 자기 옆에 앉혀 놓고 그림자같이 데리고 다니면서 행동과 일치시켜 언어를 자연스럽게 익히게 했고 방과 후에는 자기 집은 물론 도서관이나 백화점 심지어 극장과 오페라하우스에도 함께 다니면서 환경과 문화를 배우게 하였다. 그 결과 아이는 4개월도 안되어 자기의 의사표시를 불편 없이 나타내게 되었고 성적도 남에게 뒤지지 않게 되었다.

미국 초등학교에서는 유능하고 가장 아이들을 잘 다루는 선생님에게 신입생 담임을 시킨다 하니 그분이 평생을 1학년 선생님만 한 이유를 알 수 있었다. 미주에 와 처음 미스 커널 선생님을 만남으로 해서 그녀가 몸담고 있는 캐롤튼 오크(Carollton Oak) 초등학교의 모든 선생님들을 무조건 100% 신뢰하고픈 마음이 들었다. 다른 신입생 학부모들도 같은 마음으로 자기 아이들을 안심하고 학교에 보냈으리라 생각된다.

어느 날은 학교에 들러 교실로 향하는데 운동장에서 무엇인가를 주워 호주머니에 소중하게 넣고 있는 노신사 한 분을 만났다. 무엇을 하고 있는지 유심히 보니 그는 운동장에 떨어져 있는 유리조각이나 날카로운 돌멩이들을 열심히 줍고 있었다. 그는 학교 교장선생님이셨고 아이들이 교실에서 수업하는 동안 교정 주위를 돌면서 아이들에게 위험한 것들을 치우고 있었다. 그때는 미국의 교장선생님은 운동장 청소도 하는가 보다 생각했는데 그 후 모든 선생님들이 학생들에 대한 배려가 한결같음을 알았고 나는 아이들을 위해 미국에 잘 왔다는 생각이 들어 한 걱정을 잊게 되었다.

오늘날은 모든 학교에서 이 같은 전형적인 학교 분위기나 교사상을 기대하기 힘들기에 미스 커닐 선생님의 친절과 교사로서의 철저한 사명감이 돋보이고 또한 잊을 수 없는 것이다. 우리 가족은 이민 초기에 그 선생님을 통해서 미국사람들의 친절을 배웠고 학교에서 열심히 공부한 후 즐겁게 집으로 돌아오는 아이들을 바라보면서 언어소통마저 잘 안 되는 고달프고 어려운 이민생활 속에서나마 밝은 희망을 심으며 다음 날을 바라보며 앞으로 밀고 나갔다. 한 사람의 친절한 행동이나 아름다운 헌신이 자기가 속해 있는 사회를 인정하고 신뢰감을 갖게 해주며 나아가 다른 사람들에게 희망을 주는 계기가 된다면 그의 존재는 밝은 빛과 같다. 지금은 그분이 정년퇴직하여 정든 학교생활을 떠나 있어도 그가 1학년을 담임했던 수백 명의 제자들의 가슴속에는 친절하고 아름다운 선생님의 모습이 오래도록 남아 있을 것이다.

맨발의 신부

"여보, 성원이가 나하고 춤출 때 울은 것 알아?"

"아니, 신부가 울긴?"

마침내 큰딸이 시집을 갔다. 오색 차일을 치고 초례청은 차리지 않았지만 시월 하순 가을 단풍이 아름답게 물든 토요일 오후, 보스턴 외곽 한 역사유적지인 대 저택의 드넓은 정원에 하얀 차일을 세워 만든 결혼식장 안은 하객들로 빈자리 하나 없이 꽈악 찼다. 주례를 맡은 목사님 옆으로 사모관대를 차려입은 신랑이 입장했다. 자리는 의외의 볼거리로 술렁이기 시작하고, 양가 어머니의 촛불점화가 있은 후 빨간색 회장저고리를 곱게 차려입은 들러리인 막내딸이 입장한 뒤를 이어 한국 전통 대례복을 입은 신부가 턱시도를 입은 아버지의 부축을 받으며 입장을 할 때는 와! 하는 탄성이 울렸다. 하객 대부분이 한국 사람이 아니기에 서구식과 한국고유의 전통혼례를 반씩 접목시킨 특이한 결혼식은 그들에게 매우 흥미롭고 진기하게 보였을 것이다.

한국 문화를 접촉할 기회가 많은 LA와는 달리 보스턴에서 이런 예식을 볼 기회는 흔하지 않으므로 딸의 결혼식은 '원더풀' 소리가 리셉션이 끝날 때까지 계속되었다. 순서 하나하나 진행할 때마다 순서지에 상세하게 설명을 해놓은 글을 읽으면서 테이블에 놓인 한 쌍의 기러기는 무엇을 의미하고 합근 례를 할 때는 구태여 종구라기 표주박으로 포도주를 서로 교환하여 마시는 의미를 알고는 그들은 고개를 끄덕이기도 했다.

목사님의 성혼선포와 축복기도가 있은 후 시부모에게 폐백을 드릴 때엔 신랑신부가 큰절을 하고 자리에 앉자 내가 불안해졌다. 혹시라도 서양 시부모가 밤과 대추를 던져주는 일을 모르지 않을까 하는 걱정 때문이었다. 신부의 넓은 치맛자락이 좁을세라 계속 던져준 밤이 다섯 개 대추가 열두 개나 된다고 신랑 신부가 킬킬대며 좋아하는 모습을 보고는 나도 웃지 않을 수 없었다.

큰딸은 명랑하고 쾌활한 성격으로 매사에 적극적이고 낙천적이다. 어린 아기였을 때도 돌상에서 찍은 사진을 보면 애기각시는 꽃버선 한쪽을 어느새 벗어 버렸는지 맨발 하나를 돌상에 턱 올려놓고 활짝 웃고 있다. 또순이란 별명을 얻을 정도로 힘든 일을 잘 해내고 그러면서도 치밀하고 조직적이다.

피로연이 시작되고 음식이 나오면서 신랑은 자기 어머니와, 신부는 친정아버지와 손을 잡고 춤을 추는 순서가 되었다. 좀처럼 눈물을 보이는 딸이 아니었는데, 아빠와 춤을 추며 내내 눈물을 닦은 딸의 깊은 속마음을 헤아려 본다. 엄마 아빠의 품을 이제 온전히 떠난다는 생각이 슬프게 하였는가? 아니면 결혼이란 이름으로 가족을 떠나 전혀 다른 집안의 사람이 된다는 사실이 두려웠을까? 서른다섯 나이가 다 되어 올리는 결혼이 너무 감격스러웠을까? 엄마 아빠의 기쁘고도 섭섭한 이 마음을 네 아이를 낳고 그 아이를 시집을 보낼 때가 되면 너도 알게 되겠지 하는 나의 눈에도 어느덧 눈물이 고였다.

결혼식이 끝나고 호텔 방에 와보니 결혼식 때 신으라고 새로 준비해 준 스타킹이 그대로 놓여있다. 신부는 맨발로 혼례식을 하고 양가 어른들에게도 맨발로 절을 올린 것이다. 나중에 들어보니 스타킹을 신으면 오히려 미끄러워 열 번 이상 하는 큰절이 걱정이 되어 신부가 맨발에 구두를 신었다고 한다.

파란 눈의 사윗감을 맞으면서 그 동안 딸을 시집보낸다는 기쁨 속에도 많은 염려와 걱정은 팥고물처럼 묻어 다녔다. 허나 아내가 예쁘면 처갓집 말뚝에도 절을 한다는 옛말이 실감이 나도록 지난 일 년 동안 결혼을 앞두고 사윗감은 딸이 알게 모르게 열심히 한국의 언어와 풍습을 익히느라 애쓰는 모양을 감지할 수 있었다. 매우 서툴지만 열심히 배우려는 마음이 갸륵하여 예쁘게 보였다. 아마도 나도 사위사랑을 하고 싶은 절대다수의 한국 어머니들 중 한 사람이 되었나 보다. 딸이 어려서부터 맨발을 좋아한 것은 아마도 험난한 인생길이라도 능히 맨발로 자신 있게 돌파할 수 있는 준비를 한 것이라고 믿고 싶다.

남성과 액세서리

남자가 장식품을 동원하여 치장하려는 경향이 점차 치열해 간
다. 그 마음속엔 다른 사람, 특히 여성에게 돋보이고 싶은 본능
적인 의도가 숨어있다. 그러나 실제로 남자가 여자를 가장 매혹
시키는 점은 여자가 갖지 못한 것, 곧 남성다움 그 자체라 믿는
다.

고대 그리스나 로마신화에 나오는 그림이나 현존하는 유물과
조각 등의 예술품에는 남자의 성(性)을 적나라하게 나타낸 것들
이 많다. 그 작품들을 잘 살펴보면 재미있는 사실을 발견하는데
성의 심벌의 크기가 조각이나 작품 전체의 크기와 비교할 때 균
형을 이룰만한 크기로 만들어지지 않았다는 사실이다. 심벌은
심벌로 그친 느낌이다. 팔다리의 탄력 있고 터질 듯한 근육에서
강렬한 힘이 표현되고 이목구비의 굵고·뚜렷한 선의 흐름이 남
성미를 발산하고 있다. 동서양을 막론하고 어느 나라, 어느 고장
이든 남성의 심벌을 표현한 작품이 비록 예술품의 범주에 들지

못해도 토속물 속에서 쉽게 발견되고 있다. 여성이 꾸미고 다듬고 때로는 은근하게 감춤으로써 자신의 아름다움을 한층 부각시키는 방법과는 다르다. 남성은 달리 부수적인 장식이나 꾸밈없이 있는 그대로 만으로도 매력과 훌륭한 멋을 나타낼 수 있음을 증명하고 있다.

동물의 세계를 살펴보면 매우 흥미로운 현상을 알게 된다. 인간의 세계와는 달리 수놈이 암놈에 비해 외양이 훨씬 아름답고 뛰어나다. 그 목적은 어떻게 해서든지 암놈을 유혹하여 생식의 본능을 이루고자 하거나 허장성세를 해서 상대방에게 위압을 느끼도록 하거나 위용을 보이려는데 있다. 숫공작새의 펼쳐진 꼬리 깃과 날개 그리고 숫사자의 갈기는 보기에 화려하고 탐스럽지만 그 목적은 이처럼 매우 단순하다. 그렇다면 인간은 어째서 남성보다 여성을 더 아름답게 만들었을까? 역설적으로 남성의 치장이나 꾸밈은 경쟁자를 압도하거나 여성에게 좋게 보이려는데 효과를 내는 요소로 볼 수 없다. 남성이 요란한 장식품으로 꾸미는 족속은 오직 문명의 혜택을 누리지 못하는 일부 아프리카 오지의 원주민이나 문명과 동떨어진 미개종족들이다. 이렇게 볼 때 남성이 장식물이나 치장을 통하여 여성에게 관심을 끌어보려는 행위는 이성적 사고보다는 동물적인 발상이고 문명적 행위보다는 원시적 행동이라고 해도 지나친 말이 아니리라.

요즈음 남성의 모습에서 많은 변화를 본다. 의상의 색상뿐만 아니라 액세서리나 소지품의 다양화 그리고 잦은 유행의 경향은 지금까지 여성 고유의 것으로 생각되던 관념을 송두리째 흔들고 있다. 남성은 머리를 짧게 하여 여성과 구별화하였고 기껏 수염을 길러 점잖은 풍모를 과시했는데 현대는 많은 남성이 머리를 기르고 파마도 하며 목걸이, 팔찌, 귀고리는 보통이고 문신과 성형수술 심지어 화장까지 하고 있다. 남성의 여성화는 이 시대의 흐름이고 점차 증가하고 있다. 여성의 파워가 남성세계를 잠식하고 여권이 강해지면서 일부 여성은 남성화 되고 남성은 여성화 되는 경향이다.

영화『왕의 남자』가 종전의 히트를 일으킨 후 남자주인공의 여성스런 곱상한 모습이 젊은이들에게 흥미를 느끼게 하여 거리에서 만나는 젊은 남자들의 헤어스타일이 그 남자배우의 것과 같은 이들을 심심찮게 만난다. 보편적인 식견과 정상적인 감성을 지닌 사람들의 눈에는 이런 남성의 모습이 생소해 보일 뿐만 아니라 자신의 부족함을 포장하려는 열등의식의 발로로 남성 본연의 매력을 흐린다.

이러한 생각은 나만의 극히 보수적인 고정관념 때문인가 싶다. 남녀 구별 없이 누구를 닮아 하기로 성형외과는 문전성시를 이루고 있다. TV에 출연하는 비슷비슷한 탤런트들의 얼굴을 보면서 신선한 개성을 찾기가 갈수록 희박해짐은 식상한 일이다.

최고의 아름다움은 순수한 것이며 이는 꾸며지지 않은 자연 그대로의 상태이다. 비록 남성이 소지품이나 액세서리로 따로 치장하지 않더라도 깨끗이 면도하고 양복과 매치되는 넥타이와 잘 닦은 구두 위에 구겨지지 않은 심플한 정장을 갖춘다면 남성의 품위와 매력을 충분히 발휘할 수 있을 것이다. 여성에게 가장 끌리는 남성이란 그러한 겉멋보다도 간간이 풍기는 지성과 유머 감각, 정중하나 어색치 않은 에티켓 그리고 함부로 돌출되지 않는 절제된 용기와 믿고 기대고 싶은 신뢰감 등 보이지 않는 내면의 멋을 지니고 있을 때이다.

고구마와 단풍잎

　가을비가 예년보다 많이 내렸다. 여름이 마침내 완행열차를 타고 물러갔다. 모처럼 먼지를 깨끗이 씻어내고 개이니 가을이 사방에서 걸어 나왔다. 가을병정들이 색색의 깃발을 들고 다가온다. 행인들의 마음에도 색종이를 붙이고 골목을 휩쓸고 떠나는 낙엽에 묻히어 가을 나그네가 된다. 온 생명은 모두 흘러가는 데 있고 흘러가는 한 줄기 속에 나는 또 하나 작은 비둘기, 가슴을 비벼대며 밀려가야만 한다고 읊은 어느 시인의 노래처럼 어디론가 떠나고 있다. 추수한 것들을 거두어들이는 행복은 잠시 있었나 싶었고 저녁노을이 눈시울을 적시게 하는 계절, 발걸음이 빨라진다.

　비가 내린 후 더 많은 낙엽들이 이리저리 뒹굴고 있다. 가을을 카타르시스 하는 계절이라 했던가. 흔하게 주변을 맴돌던 작은 생물들조차 어디 수양을 갔는지 눈에 잘 띄지 않는다. 밀레의 「저녁 종」을 바라보면 룻이 시어머니를 공경하기 위해 가을 보리

밭에 나아가 떨어진 이삭을 줍는 정경이 겹쳐지는 내 마음의 색깔은 무엇일까? 감사와 회한의 생각들이 파장을 이루고 퍼져 나간다.

계절을 감사하고 하루를 감사하고 순간순간 호흡 있음을 감사하는 마음, 보아스와 같이 일부러 이삭을 많이 떨어뜨려 줍는 자를 보살피고 배려하는 마음이 그리운 계절이다. 가을의 낙엽은 지나온 계절을 은유(隱喩)하는 비밀스런 매력이 있다. 사람들로 하여금 성숙의 계단을 밟고 오르게도 하고, 곧고 고집 센 목을 수그려 낮은 곳을 내려다보게 한다. 하나님은 지극한 로맨티스트이기도 하다는 어느 결혼식 주례자의 얘기가 생각난다. 단풍으로 물든 거리를 차창 밖으로 바라보면 그 말이 마음에 와 닿는다.

우리 집 아침 메뉴에는 자주 고구마가 등장한다. 아침 식사라야 아주 간단하여 오트밀이나 빵 한쪽에 주스나 따뜻한 차 한 잔 그리고 과일 몇 쪽이지만 우리 내외는 자주 고구마를 즐겨 먹는다. 적당한 크기의 고구마를 두서너 개 씻어 마이크로 오븐에 넣고 5~6분씩 두 번만 익히면 먹기 알맞게 따끈따끈하다. 맛도 있고 조리 방법이 쉬워 남편이 준비할 수 있는 메뉴이기에 못 이기는 척하고 나는 고구마를 자주 사 들인다. 나보다 일찍 기상하는 남편은 출근 준비에 바쁜 나를 위해 가끔 익힌 고구마를 껍질을 벗겨 접시에 담아 놓고 뒤뜰에 나가 오렌지도 몇 개 따다 놓고 기다린다. 그 날도 내가 부엌에 내려간 것은 일찍 찾아올 손님이 있다며 남편은 이미 사무실로 나간 후였고 고구마 익은 냄새가

후각을 자극하여 식탁 위로 먼저 시선을 돌리니 낯선 풍경이 기다리고 있었다. 고구마 접시에 눈에 익지 않은 장식이 되어 있지 않은가. 뜰에서 주워 온 예쁜 단풍잎 몇 개를 노랗게 익힌 고구마 가장자리에 둘러놓아 접시와 그 주위를 그럴듯하게 장식해 놓은 것이다. 남편은 산뜻한 아이디어를 생각해낸 것이다.

고구마와 단풍잎이 만나 아우러진 가을의 아침식탁은 어느 것보다 아름다웠다. 나에게는 애써 준비한 어느 요리보다 멋있고 훌륭해 보였다. 따뜻한 고구마 접시 위에 사랑을 담고 나를 즐겁게 해 주려는 그의 멋이 묻어나는 식탁을 무너뜨리기에는 아까운 생각이 들었다. 얼른 손을 내밀어 고구마를 집어 올리지 못하고 한참동안 바라만 보았다. 감사한 마음으로 창 밖에서 밀려들어오는 아침 햇살처럼 밝게 웃으며 나는 행복한 하루를 시작하였다.

어머니날 카드

올해도 나는 어머니날 카드를 쓸 수 있다는 사실이 감사하다. 몇 해 전부터 어머니날 카드를 고를 때마다 나는 이번이 이 카드를 고르는 일이 마지막이 되지 않을까 하는 생각에 가슴이 내려앉곤 한다.

어머니께서 팔순을 넘기신 지가 벌써 여러 해가 지났다. 해마다 마음 같아서는 어머니날 카드를 한 장이 아니고 여러 장을 사서 써 드리고 싶다. 크기와 모양이 다른 아름다운 수십 종의 카드를 한데 묶어서 드리고 싶다. 나는 내가 좋아하는 종류보다는 어머니께서 받아보고 좋아하실 화려한 것을 선택한다. 어머니께서는 밝고 화려한 색채를 좋아하시기 때문이다. 크기도 제일 큰 것을 고른다. 아마도 이런 마음속에는 나중에 마음껏 못해드린 죄책감으로 후회하고 싶지 않은 나 스스로의 위안을 위한 계산이 다분히 들어있다.

너무도 가벼울 만큼 날이 다르게 쪼그라드는 어머니의 모습을 볼 때마다 이제는 오래오래 사시라는 희망보다 내년 어머니날이 돌아올 때까지만이라도 하는 바람은 참으로 안타깝고 슬픈 일이다. 어머니가 사시는 아파트는 차로 15분 거리밖에 지나지 않고 주일마다 모시고 교회를 다니므로 구태여 편지를 쓸 기회가 없다. 그래서 나는 일 년에 세 번은 어머니께 편지 쓰는 날로 생신날, 어머니날 그리고 성탄절 카드에 어머니께 향한 마음과 못 다한 불효를 뉘우치는 편지를 쓴다.

어머니에 대한 나의 사랑의 고백을 장문의 편지로 쓰기 위해서는 카드 속에 흰 여백이 많은 것이 좋다. 어머니 머리맡에는 우리 가족들의 사진과 나란히 항상 네 장의 카드가 진열되어 있다. 우리 내외가 드린 것과 두 손녀와 손자의 것까지 넉 장이 되돌아가며 진열된다. 어머니날 카드는 생신날까지, 생신날 카드는 성탄절까지, 성탄절 카드는 어머니날까지 놓아두시고 모두 치워버리는 날이 없다. 보고 싶은 얼굴들을 바라보시며 카드 속에 써 있는 글을 수십 번도 더 읽으시는 어머니, 그분에게는 우리 다섯 식구가 세상에서 더없는 피붙이이다.

매우 바쁘거나 잊어버리고 이삼일만이라도 소식이 감감하면 참고 기다리다 먼저 전화를 하신다. "에미야! 모르는 편지들이 와있다"든가 "화분이 마른 듯해서 조금 물을 주면 어떨까?"등의 이유를 붙여 이쪽 안부를 확인하시는 우리 어머니는 무남독녀인 딸 나 하나만을 기르고 출가시키셨으니 어머니의 지극한 사랑은 이루 다 헤아릴 수가 없다. 때로는 그 사랑의 모습과 지혜로운 방법을 어머니께 배워 아이들에게 실천하며 미래의 손자 손녀에게까지 물려주려 한다.

우리의 부모님들은 대부분이 가난하고 온갖 수난으로 점철된 나라의 백성으로 태어나 고난을 당하면서도 뼈와 살이 다 닳도록 자식들을 위해 자신을 다 희생하고 평생을 살아 오셨다. 자신은 스러져도 자식을 위하여는 살신성인의 정신으로 온갖 정성을 쏟으셨다. 자신이 먼저 살아야 자식도 있다는 현대 젊은 부모세대의 가치관과는 너무 다르다. 자기 자신도 추스르기 힘들만큼 늙으신 할아버지 할머니가 아들 며느리가 버리고 나간 손자손녀를 맡아 기르는 예의 파손된 가정이 점차 증가하고 있다. 부모가 자식을, 자식이 부모를 포기하고 자신만이 살겠다고 가정을 뛰쳐나간다는 얘기가 이제는 더 이상 톱뉴스나 사회의 관심거리가 되지 않을 만큼 무관심하고 무감각해지는 현실은 우리 모두가 병들어 가는 비극의 무대에 등장하는 피에로이다.

나는 매우 귀중한 상자 하나를 갖고 있다. 부모님, 남편 그리고 세 아이들로부터 받은 편지와 특별한 날마다 받은 카드를 30년 가까이 모아 간직해 둔 것이다. 살다보면 때로 그립고 슬프고 외롭고 마음이 아플 때가 누구에게나 있다. 그대가 내 곁에 있어도 그대가 그립다는 어느 시인의 말처럼, 이런 날에는 이 상자 속에 담겨있는 그들의 사랑과 만난다.

올해는 어머니께 더 곱고 예쁜 카드를 드려야겠다는 생각을 하니 나는 어떤 사랑의 말들이 적힌 어머니날 카드를 받을까 기다려진다.

3. 고갯길

위태로운 나룻배

푸른 물위에 나룻배 몇 척 유유히 떠 있다. 땡볕에 조금의 미동도 없이 떠 있는 작은 배를 두 손으로 슬쩍 밀어본다. 갑자기 배위에 타고 있던 손님들이 화들짝 놀란다. 허둥거리는 생명들은 너무도 작아 눈에 잘 띄지 않았을 뿐이었고 수면이 일렁거리며 손님을 가득 태운 배는 매우 위태로워 보였다. 내려줄 나루터도 보이지 않는데 이 몇 척의 나룻배들은 어디서 어디로 가는지 궁금하다.

월남전이 끝날 무렵 호지명의 공산치하를 벗어나려는 난민들이 망망한 바다에 작은 나뭇잎과도 같은 배를 타고 요행이란 운명의 사공을 따라 이리저리 떠다녔다는 보트피플이 생각난다. 같은 직장에 있는 월남에서 피난한 보트피플 닥터 팸의 이야기는 당시의 상황을 스릴과 눈물 없이는 들을 수 없는 베트남 전쟁의 슬픈 역사다. 자신만이 살아남기 위해 보트에서 보트로 건너 뛰며 옮겨 타다 서로 밀치고 밀려 물에 빠져 죽은 수많은 사람들

속에서 온가족 여섯 명이 살아남은 것은 기적중의 기적이라고 가슴을 쓸어안고 있다.

옛날 1950년대 내가 여학교를 다닐 때는 방학이 되어 시골집에 가려면 나룻배로 백마강을 건너갔다가 방학이 끝나면 또다시 나룻배로 강을 건너 학교가 있는 도시로 돌아가곤 했다. 한 척의 나룻배가 강 건너편 나루터에 손님과 우마차까지 태워다 내려놓고 돌아오기를 한참 기다리는 시간은 매우 지루했다. 돌아 온 나룻배 위에 버스에 탄 채 강을 건너가며 창밖으로 시퍼런 강물을 내려다보면 어린 나는 무서워 얼른 눈을 감았다.

여름철 장마 비가 심하면 여러 곳의 개울물이 넘치고 집이 떠내려가고 돼지도 떠내려갔다. 그런 때는 대전에서 논티까지 가는 도중 몇 번이나 버스에서 내려 임시로 마련된 나룻배로 뿌옇게 차오른 흙탕물 속을 삐거덕거리며 건너가 강 건너 편에 대기하고 있는 다른 버스로 갈아타야만 했다. 자취를 하는 학생들은 방학을 마치고는 고향집에서 얻은 두서너 말의 쌀자루를 메고 나룻배에 오르느라 쩔쩔매는 모습도 보였다. 현대같이 철판이나 특수강을 사용한 선박은 없었고 나무를 사용한 목선이나 통나무 배를 뱃사람들이 노를 저어 운행하였다.

도로는 물에 빠지지 않게 자갈로 덮여 심히 흔들리며 비포장 도로를 덜커덩거리며 대여섯 시간 버스를 타고 고향집에 도착하면 나는 온 몸이 매를 맞은 양 특히 골반은 너무 아파 며칠은 앉기조차 불편했다. 한국전쟁 직후 우리 고국은 참 빈궁하고 사방으로 살펴봐도 환경이 매우 후진했던 그때의 모습이다.

한 겨울 강물이 꽁꽁 얼게 되면 나룻배조차 뜨지 못하고 얼음 위를 미끄러지며 어른들의 손을 잡고 조마조마하게 얼음 강을 건너던 광경이 아직도 눈에 잡히고 오금이 저리다.

나에게 나룻배는 어지러움과 두려움의 기억을 남겨 준 대상이다. 인생이란 험난한 바다를 안전하게 건너기 위해 세찬 폭풍우를 만나더라도 살아남을 견고한 배가 필요하다. 그러나 최고로 발달된 조선(造船)기술을 가지고 세계에서 선박제조를 제일 많이 수주하는 우리나라의 근해에서도 태풍 같은 자연 재해나 사고로 침몰하는 배가 적지 않음을 본다.

무한 우주공간에 떠서 태양주위를 공전하고 있는 지구라는 이 작은 행성은 수십 억의 생명을 태운 나룻배라 해도 너무 지나친 말은 아닐 것이다. 최첨단 과학기술의 총합체인 우주선은 최고의 두뇌로 훈련된 우주비행사와 과학자들이 탑승하고 있는데도 폭발하여 형체도 없이 산화하는 사고가 발생한다. 수십 층이 넘는 지상건물에 버금가는 수백 만 톤급 거대한 유람선을 타고 크루즈여행을 하며 망망한 바다 한가운데를 지나노라면 이 호화유람선조차 아주 작은 일엽편주에 불과하다는 왜소함에 사로잡힌다.

최고의 배를 소유하려는 야망과 이상은 인류문명과 문화를 변화시키는 원인이며 동기를 부여한다. 근대전의 최강국은 바다를 주름잡던 영국과 스페인이었고, 현대의 최강국은 가장 좋은 항공모함을 갖고 있을 뿐 아니라 우주공간을 떠다니는 배, 곧 우주

선의 기술이 발달한 미국이나 러시아 등이다.

사람들은 자기의 취향이나 욕심에 따라 자기의 나룻배를 만든다. 누구든 자기의 인생항로를 건너가다 물에 빠진 풍뎅이가 되고 싶진 않다. 자신의 생명을 맡기고 맘 놓고 항해를 하려면 돈이 가장 안전한 배라고 여기는 사람, 명예나 지위가 제일이라는 사람, 종교가 이상적이라고 믿는 등 다양하다. 뿐만 아니라 그 배를 만드는 방법과 수단 재료 또한 가지각색으로 복잡하여 세상은 나룻배의 만물상이다. 허나 자신의 나룻배가 언제 어디에 안전하게 다다를지 확신을 가질 수 없고 자신의 것이 최고라고 장담할 자도 없다. 이미 나루터를 떠난 인생의 나룻배가 저어 나갈 목적지를 확실히 하고 방향을 잃지 않도록 하고 싶을 뿐이다.

매주 한 번 수영장 청소하는 이 집사님이 다녀가면 한 이틀은 깊은 밑바닥까지 나뭇잎 하나 떨어지지 않고 파란 수면이 보기만 해도 상쾌하다. 낙엽이 혹시 물위에 떠 있으면 마치 새 옷에 묻은 얼룩을 지우는 양 즉시 망사채로 들어내곤 했다. 그날은 수영장 가로 떠밀린 낙엽을 손가락으로 집어내려다 주춤하고 말았다.

손바닥 크기의 반의반도 안 되는 오렌지 나뭇잎은 빈틈없이 미세한 생명이 가득 타고 있는 그들의 생명선이었다. 그들은 수분을 얻기 위해 나뭇잎 나룻배에 올라타고 있었다. 날개가 짧아서 날렵치 못하고 미련한 풍뎅이는 물을 먹으려다 물에 빠져 익사하기 십상이고 날센 벌은 기세 좋게 수영장 수면을 스치면서 수분을 취하고 공중으로 솟아오른다. 그러나 이런 모험을 하기엔 힘이 없는 미세한 하루살이 벌레들은 위태로운 배를 타고 의지하고 있었다.

그 후로는 하루살이 생명의 나룻배를 방해하지 않고 물 위에 그대로 놔두기로 했다.

발보아 호숫가의 철새들

발보아 공원의 밤은 짧고 아침은 이르다. 새벽 산책을 하러 집에서 차로 15분 정도 거리에 있는 이 공원에 이르면 벌써 숲길엔 인적이 있고 수런거림이 심상치 않다. 낮은 잡목사이로 크고 작은 각종 오리며 거위들이 뒤뚱거리며 수십, 수백 마리씩 떼를 지어 호수로 다가온다. 미명 속에 사방에서 물을 향하여 매우 진지하고 질서 있게 하루의 삶터로 몰려오는 그들의 행군을 만나면 열심히 걷다가도 그들의 세상에 침입한 방해꾼이나 된 듯 얼른 비켜 서 길을 내준다.

오리과의 물새들인 집오리, 물오리, 비오리, 황오리 그리고 두루미, 황새, 백조라는 고니와 도요새는 물론 V자를 그리며 하늘을 나는 기러기도 장관이다. 고국을 떠나온 지 30년 만에 처음 황새를 이곳에서 발견한 후론 고향의 시골 논둑길을 걷고 싶은 아련한 그리움이 여울져 오는 정다운 곳이다

80에이커나 되는 공원에 30에이커에 가까운 면적을 호수가 자

리하고 있어 도시 근처의 어느 곳보다 찾아오는 이들이 많다. 물이 귀한 캘리포니아에서 이만한 물을 담은 호수가 도심 속에 있음은 사람이나 다른 동물에게 매우 행운이다. 원래는 물이 고인 늪지를 개간하여 만든 인공호수인데 해가 갈수록 계절 따라 날아오는 철새 도래지가 되어 이젠 새들의 서식지로 이름이 나 있다.

공원 입구 안내판엔 출입시간을 해 돋는 시간부터 해지는 시간까지로 정해 놓고 있지만 사람들의 출입은 제한할 수 있어도 공중을 날아드는 새들의 출입은 어떻게 막을 수가 없다. 옆을 스쳐 지나는 사람들의 윤곽이 겨우 보이기 시작하고 저만치 조류들의 오물을 씻어내는 공원 관리인들의 바쁜 움직임이 눈에 들어오는 시간 호수의 수면은 물새들로 어긋난 퍼즐조각으로 부서지며 침묵에서 깨어난다. 호수주변을 따라 서있는 벚나무, 소나무, 잣나무, 플라타너스, 백양나무, 단풍나무들이 자신의 계절을 대표하듯 꽃과 잎이 피고 단풍이 들어 땅위에 눕고 지면서 틀림없이 자연의 시계를 돌리고 있다.

나는 남가주의 이른 봄에 해당하는 이월의 새벽 산책길을 좋아한다. 안개에 감싸인 호수엔 부지런한 물새들이 연잎처럼 떠 있고 호반엔 나목들이 즐비하여 겨울을 무저항의 저항으로 감내하며 하늘 끝을 향해 올리는 그들의 기도를 듣기라도 하려는 마음이 하얀 입김을 앞세운다. 어떤 시인은 시를 감상하기 전에 기도를 한다고 하였던가. 이들은 어떤 시를 감상하려 허공을 우러러 그리도 경건한 자세일까?

1마일 반이 되는 호숫가를 한 바퀴 도는 동안 많은 만남을 이룬다. 어느 시간에 공원을 산책하는가에 따라 만남의 색깔과 종류도 다르다. 계절에 따라 다른 철새가 도래하듯 하루의 시간대에 따라서도 발보아 호숫가의 정경은 다르다.

아주 이른 새벽엔 빠른 걸음의 젊은이들이 주를 이루고 다음 시간대엔 깨끗한 노부부들이 아침 일찍부터 여유 있는 걸음으로 산책을 하며 먹이를 들고 와 물새 떼를 부르는 모습은 옆을 지나는 사람까지도 즐겁게 한다. 노을이 붉으스레 서쪽하늘을 물들일 무렵 하루 종일 물속에서 지낸 물새들이 뭍으로 올라 올쯤엔 왠지 혼자인 산책객들을 많이 마주친다. 기온이 낮은 철엔 백색 인종들이 주를 이루고 더운 여름철엔 피부색의 전시장을 보는 것같이 각 인종 각 나라 사람들로 법석을 이루어 과연 미국, 특히 L.A.는 이민으로 이루어진 도시요 나라임을 실감한다.

호수를 안고 있는 발보아 공원이 마치 텃새와 철새들의 안식처가 되듯 이 곳, 이 나라는 본래 주민과 이민자들의 안식처이다. 철새의 의미는 장기간이 아닌 잠시 머물다 떠난다는 뜻을 내포하고, 다시 원래 있던 곳으로 찾아가 번식을 한다. 이민자의 삶이 이런 뜻에서 철새와 다름이 없다. 고향을 떠나 왔어도 늘 떠나온 땅을 바라보고 살고 있다. 이민자뿐만 아니라 사람은 철새 근성이 있다. 지상에서 잠시 머물다 떠나는 인생은 지상이 존재하는 한 영원히 반복될 영혼의 철새가 아닌가 싶다. 특히 현대는 급속한 문명의 발달에 적응하다보면 이동의 수단이 빨라지고 범위가 확대되어 서로 혼합과 화합이 필연적으로 발생한다. 노마

드시대를 사는 우리는 여러 가지 연유로 자의든 타의든 한번쯤 주거지를 이동하지 않을 수 없다.

동물행동학은 사람도 포함하여 동물의 행동을 연구하는 생물학의 한 분야로 생물의 본능 습성 및 일반적 행동과 외부환경과의 관계를 연구하는 과학이다. '행동은 본능이냐 학습이냐'라는 논쟁으로 시작한 고전적 방법(Ethology)에서 현대는 동물들의 한 개체의 행동, 복수의 사회행동 다른 동물과 사이의 행동 등을 연구하는 방법들이 발달하고 최근엔 사회생물학과 행동생태학을 결부시켜 신경행동학이란 새로운 학문으로 주목받고 있다.

결국은 각 동물행동의 실험에서 인간의 행동과 유사점을 찾아보면 볼수록 닮은 것이 많다. 이러한 전문적 관찰을 차치하고라도 물속에서나 잔디밭에서 정답게 데이트를 즐기는 철새들의 모습에서 서로 주둥이를 부비며 애무하는 그들의 행복한 한때를 지켜보고 있노라면 잠깐 머무는 이 발보아 공원은 사람과 물새가 동물이라는 단어 속에 동화되어 버린다.

언젠가 다시 떠나 갈 철새와 철새들, 사람과 사람들 그리고 철새와 사람들이 발보아 호숫가의 상쾌하고 깨끗한 같은 공기를 호흡하며 하나의 자연이 된다.

서울의 노스탤지어

　막상 인천공항에 발이 닿자 잊은 듯 잠잠하던 고국에 대한 끈끈한 사랑이 이리저리 고개를 내밀고 호기심이 발동함을 막을 수 없었다. 역시 고국은 그리움의 보금자리, 피와 살을 나눈 부모 형제와의 혈연처럼 애틋함이 진하게 닿아 온다. 같은 한국 사람인데도 L.A. 한국타운 올림픽 가에서 만났을 때보다 복잡한 서울거리나 전철 속에서 부딪쳤을 때 내 자신 한국인으로 더욱 그들에게 밀착되어 감을 어찌하랴.

　서울 평창동에 숙식을 정하고 일주일을 보내는 동안 가는 곳마다 마치 처음으로 서울에 온 시골 사람처럼 두리번거리며 차창 밖을 내다보았다. 지난 번 고국 방문했던 십 년 전과 비교하니 도로 사정이나 생활환경들이 많이 개선되고 좋아진 모습에서 흐뭇해지는 마음은 마치 형편이 나아진 친정에 온 느낌이다. 이역에서 고국의 소식을 들으면 기쁜 소식보다 답답하고 울분이 솟을 때가 많았는데 직접 대하는 서울은 정답게만 느껴짐은 고국에 대한 그리움과 애정이 내 속에서 모처럼 크게 기지개를 켜는 모양이다.

서울의 날씨는 조금은 변덕스러워 도착 전날까지도 비가 내리고 바람 불어 어수선하고 추웠다는데 도착 후 떠나올 때까지는 쾌청한 한국의 전형적인 가을 날씨를 보여줬다.

자하문과 삼청터널, 북악터널을 하루에 몇 번씩 통과하며 바쁜 일정 속에서도 북악산 자락을 물들인 서울의 으뜸가는 가을 풍광을 음미하는 행운을 가졌다. 강산이 변하는 세월 속에서도 북악의 기상은 여전히 우뚝 솟아 역사의 흐름을 묵묵히 지켜보고 있는 듯, 청와대를 둘러싸고 있는 효자동과 경복궁 주위의 풍경은 어느 곳보다 은밀하고 아름다웠다.

깨끗이 정돈된 잔디와 정원수들이 대통령을 모시고 있다는 자랑마냥 가을 양지 아래 빛나 보였고, 그 깊은 곳 가장 높은 의자에 앉아 있을 그분은 어떤 모습일까. 잠깐 상상의 날개를 펴기도 했다. 위풍당당, 아니면 진실하고 솔직한 겸손의 멋도 있으면 좋겠고 자기주장만 기어이 밀어붙이고 국민들의 작은 소리엔 등 돌리는 그런 국가 어른이 아니고 많은 계층의 소리를 잘 받아 담을 수 있게 큰 바가지 귀를 가졌으면 하는 소망이 경복궁 담을 끼고 달리고 있었다.

문민정부 때부터 일반인과 차량들의 운행이 허용되었다는 데도 70년대 중반에 이민 와 살다 서울 여행길에 오른 나는 처음으로 청와대 정문 앞도 지나보고 그 앞마당도 들여다보았다. 김신조 일당을 처음 검문한 장소, 청운중학교와 경복중·고등학교 옆을 지나면서 격세지감을 느끼지 않을 수 없었다. 전에는 일반 시민에겐 통행이 절대로 금지되었던 지역이었다. 바로 대통령 관저의 울 밖에까지 삼십여 명의 북한 특수부대가 침투하였다가 다행스럽게도 발각되어 격퇴된 사실은 지금도 가슴을 서늘하게 만든다.

그 당시는 어린 소년이 죽음의 위협 앞에서도 "공산당이 싫어요"라고 울부짖을 만큼 공산당이란 말만 들어도 시민들은 치가 떨리고 미웠는데…… 현재 한국에선 남북한 화해조성을 위해서는 북한 정권을 도와주는 일조차 친공이나 이적행위라고 지탄하는 이가 없는가 보다. 경제원조 물자를 퍼주고 계속 실어 보내면서도 그 쪽의 눈치를 살펴야 하고, 공산당의 공자도 맘대로 소리내어 말 못하는 것은 공개된 비밀이라고, 젊은 택시 운전기사는 통일보다 우선 눈앞에 기름 값이 너무 비싸고 경기가 나빠 가까운 연말까지 버틸 일이 걱정이라며 길게 한숨을 내쉬었다.

경복궁 돌담을 끼고 잠시 걸어도 보았다. 온통 펼쳐진 은행나무 샛노란 단풍이 마치 수천 수백의 황금방울 종을 흔들며 반기는 듯 잠시 가라앉은 마음을 밝게 해 주었다. 행인들의 발이 쑤욱 빠질 만큼 쌓인 금빛 융단이 사방을 노랗게 물들이고 있는 광화문 전각 앞에는 많은 외국 관광객들로 붐벼 나를 매우 놀라게 하였다. 서울은 많이 변했고 계속 변하고 있었다. 그 중에서도 조선총독부 건물이었고 옛 중앙청으로 쓰인 석조건물이 사라지고 그 자리에 경복궁의 원형이 재현되고 있는 광경이다.

경복궁은 태조 3년에 준공되고 선조 25년 임진왜란 때 소실된 것을 고종 9년에 대원군이 복원했다. 한 나라의 국모가 살해당한 자리, 나라가 망하고 국권을 찬탈한 일본이 북악의 기상을 영원히 꺾지 않으면 안 된다 하여 경복궁을 헐고 기의 흐름을 막는 방법으로 그 자리에 옛 총독부 청사를 세웠었다. 광복이 되고도 오랜 동안 정부청사로 사용하다 김영삼 전 대통령 때 철거를 결정하여 견고했던 석조건물을 헐어낸 자리에 잃었던 옛 궁궐의 모습을 원형대로 복원하는 공사가 한창 진행 중이었다.

외국 관광객들 틈에 끼어 복원되고 있는 경복궁의 안내판을 들여다보며 애달픈 수난의 역사로 얼룩진 이 궁터에 다시는 슬픈 역사와 재난이 반복되지 않기를 비는 마음도 그 판에 새겨 넣고 싶었다.

현대, 이 시대에도 풍수지리가 많은 일을 좌지우지하고 있는 한국 사회의 저 안쪽에는 국가 지도자들조차 조상들의 묘를 옮기면서까지 대망의 꿈을 이루려고 온갖 방법을 쓰고 있다는 뉴스는 이젠 새롭지도 않다. 개발도상국이었던 국가 위상이 세계 경제대국을 바라보는 조국의 현대구조와 허망한 사고방식은 얼마나 언밸런스인가 말이다. 풍수지리를 신봉하여 한 나라를 영원히 뺏으려 든 일본의 야욕은 허물어지고 망신스럽게 아직도 침략자의 오명을 씻지 못하고 있는 데도 말이다. 광복 후 중앙청사나 박물관으로 사용해 오던 총독부 건물을 일본침략의 상징이라 하여 막대한 국고를 써서라도 꼭 헐어내고 옛 궁궐의 모습을 재현해야만 하는지, 훗날 역사가들은 오늘의 사건을 어떻게 평가하고 기록할까 생각해 보는 자리였다.

　태평양을 건너오는 비행기 안에서 친구의 수필집『꿈꾸는 우체통』을 읽으면서 서울에서 잠시 만나 본 많은 얼굴들이 활자 위에 자꾸 포개졌다.

　인사동 골목의 전통 토속음식점에서는 모처럼 하얀 블라우스와 검정 스커트 교복 속의 여학생 시절로 돌아가 살뜰한 우정은 늙지 않고 그대로 있는 여학교 친구들을 만나 수다를 떨었다. '솔바람 물결소리'라는 이름도 매우 시(詩)적인 압구정동의 한정식 식당에서 대학 동창들은 시인이 되어 찾아 온 클라스 메이트를 위해 만남을 주선했다. 그들을 떠나오는 달콤한 외로움이 창공의 흰 구름 위에 뭉게뭉게 피워 올랐다.

　서울의 교통은 지하철을 이용하는 방법이 편타고 하여 L.A.의 촌사람이 모처럼 서울 지하철을 타본 일은 아주 좋은 경험이었다. 2호선 전철에서 내려 3호선 전철을 어떻게 바꿔 타는지 방향을 분간하기 어려워 당황했을 때 젊은 여학생 하나는 여러 개의 층계를 함께 오르내리며 상냥하게 안내해줬다. 그 친절함은 고국 방문 길에 받아 온 잊지 못할 좋은 선물이다.

엔틸로프 계곡의 파피꽃

나직한 몇 개의 등성이가 5월의 높지 않은 하늘을 바라보며 어깨를 비스듬히 가볍게 껴안고 있는 그곳엔 아무도 없었다. 햇살만이 곱게 차려 입은 치맛자락 위를 맑게 흘러내리었다. L.A.에서 한 시간 남짓의 드라이브 거리에 위치한 이 계곡을 찾는 일은 이젠 해마다 연례행사처럼 되었다.

계절이 바뀌면 마음속에 생각나는 사람이 찾아오듯 사월의 변덕스런 날씨가 물러갈 무렵이 되면 이 작은 계곡을 찾고 싶어진다. 북쪽방향 5번 프리웨이로 가다가 동쪽으로 갈라진 14번 프리웨이를 달려서 팜데일을 조금 벗어나 랭커스터 읍내의 서쪽 안자락에 다다르니 윤기 도는 풍만한 여인의 앞가슴들이 땡볕아래 노란 꽃잎을 붙이고 누워있었다.

목요일 오후, 나무의 그림자가 차츰 길게 뻗치는 시간, 주중이긴 하나 이 들판을 지나는 차량조차 하나도 보이질 않고 주말이면 구름같이 밀려드는 관상객들의 발걸음도 뚝 끊어졌다. 오직 우리 일행 세 사람 뿐, 들판에 내려앉은 정적의 깊은 고요가 가슴에 밀물처럼 젖어 들고 있을 때 조금 더 들어가니 갑자기 수천의 작은 황금벨 소리가 온 천지에 울려 퍼지는 듯하다.

이곳은 캘리포니아 파피꽃 보호구역으로 지정된 곳이다. 계곡의 등성이마다 황금색 비단 종이로 만든 나비 모양의 꽃들이 낮게 엎드린 줄기에 매달려 바람에 나부끼는 모습은 마치 황금물결이 밀려드는 듯 또는 수천의 아기 손들이 헬 수 없이 많은 요령을 흔드는 모습 같다. 이 꽃은 일년생 식물로 노란 꽃이 진 다음엔 5~6센티미터의 가늘고 긴 꽃씨 주머니를 만든다. 이 속에 든 수십 개의 꽃씨들은 여물어 땅에 떨어지고 바람에 날리기도 하여 이듬해 수십 포기의 새로운 파피꽃이 되어 꽃밭은 점점 넓어진다. 황금물결은 이 골짜기에서 다음 골짜기로 흘러넘치는데 일 년 중 사월 말에서 오월 중순까지 그 아름다움의 절정을 이루게 된다.

생각해 보면 이 야생화는 마른 들판에 흔하고 흔하게 지천으로 피었다 며칠이 못 돼 시들고 마는 한갓 풀꽃에 지나지 않는다. 그럼에도 주정부는 이 넓은 들판을 생산가치가 있는 농산물이나 더 비싼 꽃밭으로 개간하는 대신 파피꽃 보호단지로 지정하여 손을 못 쓰게 만들었다. 이 한때의 황홀감을 맛보려는 관상객을 유치하는 데만 단순한 목적이 있지는 않을 것이다. 더욱이 이 꽃이 캘리포니아를 대표하는 스테이트 플라워 즉 '캘리포니아 주의 꽃'이라는 사실은 알 만한 사람은 다 알고 있다. 캘리포니아에는 일 년 내내 헤아릴 수조차 없이 피어나는 아름다운 꽃

들을 제쳐놓고 이 작은 풀꽃을 주를 상징하는 꽃으로 정한 사실
이 나는 마음에 든다.

자연은 자연 그대로의 모습이 가장 순수한 미를 나타낸다. 산
과 들 그리고 강과 바다는 말이 없고 의사 표시가 없지만 그 속
에 생존하는 식물과 동물은 생명을 가진 생명체로서 보호받을
만한 가치가 있다. 초등학교 교과서에서 악어와 악어새의 공생
이나 식물과 동물의 먹이고리현상을 배웠다. 따라서 생태계가
변하거나 파괴됨으로 초래되는 자연 질서의 소멸과 불균형은 인
간을 포함한 모든 생물에게 어떤 재난을 가져올까 두렵다.

인간의 두뇌는 극도로 발달하여 자연을 지배하는 것같이 보인
다. 현대 과학과 문명은 사이버문화를 창출하고 극히 새로운 제3
의 물결 속에서 유영을 즐기고 있다. 하지만 현대인은 누구나 가
슴속 깊이 묻어둔 옛것에 대한 향수를 잊지 못하며 강한 회귀본
능(回歸本能)을 가지고 있다. 여러 의미로 자연을 훼손치 않고 보
호하는 일은 매우 중요한 일이기에 해마다 이곳을 찾을 때면 이
처럼 흔한 파피꽃 한 포기 한 포기 모습에서 애틋함을 느낀다.

계곡 깊숙이 들어가면 '엔틸로프 파피꽃 보호구역'이란 현판이
보이고 조금만 더 발을 옮기면 관리사무소 입구에 닿는데, 벌써
모두들 퇴근을 했는지 아무도 나타나지 않았다. 출입구 기둥에
매단 입장권 봉투에 몇 개의 지폐를 넣고 돌아 나오는 우리들의
마음은 계곡을 흐르는 맑은 바람과 함께 파피꽃 황금파도 위를
서핑하고 있었다.

검은 얼굴의 옐로스톤 국립공원

옐로스톤 공원은 미국에서 가장 오래된 최대의 국립공원이다. 매년 삼백만을 넘는 관광객이 이곳을 찾아온다. 그 중의 한 사람이 되어 여행을 떠난 것은 더위가 막바지에 오른 팔월 말, 로스앤젤레스의 불볕더위를 피하여 유타 주 솔트레이크 공항에 내리니 시원한 소낙비가 우리 일행을 맞았다.

솔트레이크 시에서 점심을 먹고 15번 고속도로를 줄기차게 달려 아이다호 주의 푸른 초원을 지날 때는 더위는 벌써 잊어버리고 몸속까지 푸른 기운이 배어드는 기분이었다. 멀리 가까이 황금벌판을 지날 때는 그 풍요로움에 흠뻑 취해보면서 끝없이 펼쳐지는 대지의 광활함에 가슴도 확 트였다.

다음날 아침 일찍 와이오밍 주에 있는 서쪽 공원입구를 통과하여 본격적인 옐로스톤 관광이 시작되었다. 옐로스톤 공원은 1872년 3월 1일 의회의 의결을 거쳐 그랜트 대통령의 서명과 함께 미국 역사상 최초로 지정된 국립공원이다. 이는 미국에서 뿐만 아니라 각 나라에 국립공원 제도가 생긴 효시가 된다. 이 공원은 눈으로 볼 수 있는 대자연의 경이로움이 모두 존재하는 곳이라 한다. 크기로는 2백만 에이커가 넘는 그랜드 캐년 국립공원의 3배도 더 된다. 평원을 타고 올라온 경사는 완만했으나 높이는 해발 6천 피트를 넘는 곳이 있어 한라산보다 높이 오른 셈이다.

마음은 설레고 흥분되기 시작했다. 그림이나 사진에서 보아온 옐로스톤은 많은 신비함을 연상했기에 호기심에 가득 차 차창에 바싹 기대앉아 창밖을 주시했다.

시끄러운 도심을 떠나 세상과 격리된 자연과 마주 앉으면 왜소하고 초라한 내 모습이 보인다. 신(神)의 본체는 볼 수 없으나 그의 손으로 창조된 자연을 보고 신의 임재를 깨닫는다. 회전목마같이 덜커덩거리며 불안하게 돌아가던 일상생활에 시달린 자신은 편안하고 너그럽고 진실로 자연스런 자연 앞에서 엄숙해진다. 무릎을 꿇고 기도하며 눈물로 고백할 때와는 또 다른 색깔의 죄스러움을 느끼면서 두 손을 모으게 했다.

그런데 웬일인가? 참 이상도 하다. 길은 골짜기 속으로 돌고 돌아 깊이 들어가는데 시야가 갑자기 어두워졌다. 사방을 자세히 보니 여름은 뒤로 물러간 듯 쨍쨍한 햇볕도 열기를 잃고 적요(寂寥)가 엄습하고 있었다.

산꼭대기까지 검은 장막이 사위를 둘러치고 있듯 온 산이 시커멓게 타버려 고산지대의 그 청청한 소나무 숲은 죽은 숲을 이루고 있었다. 몇 십 피트를 넘게 하늘을 찌를 듯 자란 소나무들이 그 모양만을 지닌 채 숯덩이가 되어 망연자실한 모습으로 서 있었다. 이미 땅에 쓰러져 넘어진 것 또는 비스듬히 옆의 나무에 어깨 삼아 기대고 있는 것, 모두가 삭아지는 표피를 긁으며 덮고 있는 검은 세월을 서서히 벗겨내고 있었다.

지난 1988년 여름 7월부터 9월까지 3개월에 걸쳐 휩쓴 유사 이래의 대화재가 공원 면적의 45%를 태웠다니 공원 풍경의 반이 검은 수의를 입고 있는 듯, 골짜기에 가라앉은 정적은 아침햇살에도 깨어나지 못하고 하늘의 구름 몇 점은 눈물을 뿌리는지 가랑비가 지나고 있었다. 그 당시 6백 마리의 들소를 포함한 많은 야생동물들이 타 죽었다고 한다. 땅속에 잦아든 짐승들의 슬픈 포효(咆哮)가 사방에서 들려오는 듯해 귀를 막았다.

250년의 세월이 흘러야 소나무들은 그만큼 숲을 이룬다는데 한 번의 화재로 오직 검은 숯덩이가 되고 말 것을, 숲과 나무는 철 따라 꽃을 피우고 새 잎을 돋우고, 열매를 매달고, 나이테를 돌리면서 곧고 굳게 서 있었던 것이다.

그렇다. 어떻게 사라지든 어느 땐가는 소멸되고 흔적조차 지워질 생명은 영원한 것이 없다. 모든 삶은 한때 성하나 조락(凋落)할 때가 어김없이 오기에 무상하다 했던가? 여문 솔방울이 탈 때마다 불꽃은 사방으로 튀어 번지고 가뭄과 여름철의 무더위로 걷잡을 수 없었던 산불의 무서운 장관을 상상만 해도 질식할 것 같았다.

2만 5천 명의 소방인원이 동원되고 소요된 경비는 1억2천만 달러를 넘게 쓰고도 막상 산불이 진화된 것은 때마침 내린 첫눈 때문이었다고 하니 또 한 번 자연의 위력에 감탄케 된다. 옐로스톤공원은 5월부터 9월까지만 관광이 허용되고 남은 수개월은 출입이 금지되는 이유를 알겠다.

아침햇살 아래 숲 속의 평화스러움이 따사롭게 번져가고 있을 때 자세히 살펴보니 화마에 휩싸였던 바로 그 자리 숯검정이 되어 서 있는 죽은 소나무 밑에는 싱싱하고 예쁜 어린 소나무들이 수없이 자라고 있지 않은가! 풀과 나무는 탔어도 땅에 떨어진 씨앗들의 싹이 새로운 숲으로 자라고 있다. 자연의 신진대사가 이루어지고 있는 것이다. 타 버린 숲이 자양분이 되어 더 큰 숲을 이룰 것이다. 마침내 옐로스톤에 숨겨진 비경, 곧 땅속 간헐천에서 내뿜는 안개기둥이 수십 미터 하늘을 찌를 듯 치솟는 모습이 말 그대로 장관이다.

옐로스톤에는 3백 개가 넘는 간헐온천이 크기와 모양은 다르게 가지각색의 형태를 이루고 있다고 한다. 그 중에는 진흙탕 속에서 팥죽이 끓듯 분출되는 것도 있고, 조용히 솟아올라 깊고 뜨거운 연못을 이룬 곳도 있다. 간헐천의 끓는 물속은 짙푸른 에메랄드빛, 그 수면 위로 석양의 노을이 드리워지면 도저히 표현이 불가능한 오묘한 자연의 아름다움이 극치를 이루는 광경을 이곳에서나 만날 수 있다.

간헐천과 연못 주변에는 편리하게 구경할 수 있도록 나무판자로 통로와 전망대 시설을 해서 그 길을 따라가는 사람들의 행렬을 먼 곳에서 바라보고 있노라면 마치 신선들이 노니는 모습이다. 먼지 낀 세상은 수천만 리 떠내려가고 주위 사면은 신선하고 고요하다.

연못 가장사리엔 알지(Algae)라는 조류식물이 서식하여 초록색에서 오렌지색까지 거대한 하나의 화폭을 펼치고 있다. 그 옆에는 여러 종류의 잡풀도 심심찮게 자라고 있는 모습을 보는데 이는 겨울철 들소와 짐승들이 추위를 피해 따뜻한 연못 주위를 맴돌다 일을 보고 난 그 배설물 속에 있던 풀씨들이 자란 풀이라고 한다.

오묘한 자연 속에서 한동안 숨을 쉬고 있노라면 어느새 나 자신이 그 속에 동화되어 한 포기의 풀도 되고 돌멩이도 되고 나무도 되어있다. 자연은 학습의 현장이요 자연의 계시는 영혼의 백과사전으로 인간은 겸허히 이에 순복할 마음이 간절하다.

거대한 죽음의 숲 속에 갇혔던 검은 얼굴, 옐로스톤 공원은 이제 뜨겁고 힘차게 다시 싱싱한 푸르름으로 살아나고 있었다.

고갯길

연초에 며칠 여가를 내어 샌프란시스코에 있는 아들도 찾아
볼 겸 서부여행을 다녀왔다. 새해맞이를 여행으로 시작한 셈이
다. 해마다 연말이면 한 달이 숨 돌릴 틈도 없이 지나고 몸도 마
음도 지쳐 새해를 맞는다. 머리도 식히고 활력을 찾아 생기 있게
새해를 시작하자는 의미로 둘만의 여행을 떠났다.

집을 떠나서 며칠 후 다시 원점에 돌아온 자취를 지도 위에서
짚어 보노라니 꼭 정원 뒤뜰에 서 있는 커다란 겨울 나목을 연상
케 했다. 큰 줄기인 프리웨이와 수없이 달린 잔가지같이 뻗힌 지
방도로와 시골길을 천여 마일을 달렸다.

나이가 들면서 장거리 여행을 할 때는 여행사를 이용했지만
이번 여행은 남편이 운전대를, 나는 트리플 에이(AAA)에서 얻은
여행 안내서를 쥐고 느긋한 마음으로 길을 떠났다. 할리우드 프
리웨이를 따라 북상하면 금세 5번 프리웨이를 만나고 발보아 고
개를 넘으면서 우리는 여행기분에 들떠 마치 옛날 데이트 할 때

의 설렘마저 되살아났다. 벌써 몇 번씩 달려 본 길이고 제법 많은 여행을 함께 했는데도 유난히 다른 기분을 느낌은 새해를 맞아 신년 초에 길을 떠난다는 데에 특별한 의미를 두고 싶어서일까. 마치 방금 혼례를 치른 신혼부부가 처음으로 함께 떠나는 허니문 여행길에라도 오른 기분으로 상기되어 평소 말이 적은 내가 계속 얘기를 꺼내면 남편은 덩달아 응대하느라 과속을 내어 이를 채근하는 일 또한 내 몫으로 미터기의 바늘을 열심히 지켜봐야 했다.

매직 마운틴을 지나고 골만을 지나면 완만하게 고도가 높아지면서 표지판은 해발 4천 피트를 가리키고 다시 해발 7천 피트보다 높아진다. 샌프란시스코로 가는 5번 프리웨이 선상에서 경사가 가장 심한 태쿠야 마운틴을 넘어야 한다. 마치 언덕에 숨어서 먹이가 오나 지키는 여우만큼이나 민첩한 CHIP(캘리포니아 고속도로 순찰대)의 감시도 비웃듯 쏜살같이 달리던 차들도 이곳에선 조심조심 제한속도를 지켜야 하고 큰 컨테이너를 운반하는 대형차량은 맨 오른쪽 레인을 마치 기어가듯 운행해야 한다.

주 정부는 곳곳에 브레이크를 점검하라는 경고판과 제한속도를 표시했고 내리막길에서는 혹시 차량이 미끄러져 굴러 떨어지는 경우 대형사고를 막기 위해 샛길로 역경사로를 만들어 놓았다. 위험한 곳을 여행하는 사람들의 안전에 대한 정부의 배려를 느끼면서 주민의 세금을 바르게 쓰고 있다는 신뢰감이 와 닿았다. 이러한 안전표지판은 어둔 밤 외딴 시골 마을길을 운행할 때도 어김없이 나타나 초행길을 두렵지 않게 했다.

지형적인 고갯길을 넘는 일도 참으로 힘들고 조심해야 하거늘 시시때때로 만나는 인생의 고갯길에서는 어떻게 대처해야 할 것인가 곰곰이 생각하게 하는 길목이었다. 사람이 사는 곳이면 길은 사방으로 뚫리고 도처에 넘기 어려운 고개가 있듯이 인생길에도 흔히 고통스러운 험한 준령이 앞을 가로막는다.

현대는 옛사람들이 통행하지도 상상도 하지 못했던 길, 무한히 뚫린 e-로드를 한없이 달려 볼 수도 있다. 신기하리만큼 만들어진 이 전자로드도 무서운 사고들이 도처에 도사리고 있다. 생각해보면 고갯길이 있기에 여행은 단조롭거나 지루하지 않고 위험을 줄이고 미리 막는 지혜도 터득한다. 역설적으로 고개를 넘는 일은 어떻게든 여행길에 의미를 부여한다. 놓여 있는 길이 하나의 단어나 문장이라면 고개는 단어나 문장의 악센트 부호가 붙은 곳이라 여겨진다. 고갯길은 오를 때는 고생을 해도 다 오른 후에는 아름다운 경관이 기다려 주기도 한다.

통행길이든 인생길이든 고개를 피해 가려는 소극적 태도보다는 미리 예비지식과 필요한 장비까지도 준비하고 먼저 경험한 사람들의 지혜를 배우며 돌파하려는 용기와 새로운 세계에 대한 동경과 희망을 가져보는 낙관적 사고방식이 필요하리라. 모든 길은 통과하는 자를 위해 존재하기 때문이다. 유비무환 또는 진인사 대천명이란 말은 큰일을 하는 사람은 작은 일에도 충실해야 하는 것과 일맥상통한다.

눈 덮인 킹스캐넌의 하늘을 찌를 듯한 래드 우드 숲길을 따라 제너럴 그랜트 나무를 찾아 오르는 길이나 세쿼이아 국립공원의 빼어난 겨울경관을 두루 감상하며 내려오는 길은 미끄럽고 톱니만큼이나 심하게 들쑥날쑥 굽어서 운전석 옆에서도 오금이 굳을 정도로 조심스런 고갯길의 연속이었다. 험준한 길을 벗어나니 잔잔한 시냇물을 따라 시원히 펼쳐진 평지가 조마조마 주름진 가슴을 활짝 열어 주었다.

　올해는 어려운 일들을 만나도 이번 여행길에서 수많은 고갯길을 넘어온 거와 같이 잘 넘어 갈 것 같은 예감이 든다.

어느 생쥐 가족들

오늘은 어미 생쥐가 새끼를 낳은 지 3일째 되는 날, 첫번째 방문을 했다. 다행히 아무런 일이 발생하지 않았다. 어린 삼 남매의 새끼 쥐는 아비 쥐와 함께 어미 쥐 옆에서 갓난 생쥐를 따뜻이 감싸주고 있었다. 얼마나 포근한 가족의 정경인지 아름답다.

약리현상을 관찰하기 위해 열흘 전부터 20여 마리를 두 그룹으로 나누어 서로 다른 단백질을 각 생쥐에게 주사하고 있었다. 실험용 생쥐는 대체로 흰쥐와 검은 쥐인데 우리 연구실에서는 검은 색의 특수 유전인자를 가진 종류를 쓰고 있다. 제일 많이 자랐을 때의 몸무게는 25g, 몸길이는 7~8cm, 꼬리는 긴 것이 7cm, 특히 이번 연구과제의 유전병을 지닌 것은 정상의 것에서 2cm나 짧다. 아기의 엄지손가락만한 길이다.

디즈니 영화의 미키마우스는 멋진 연미복에 나비넥타이까지 매고 있어 멋져 보이고 약삭빨라 좀처럼 잘 붙잡히지 않을 듯 보이는데 이 생쥐들은 매우 연약하여 실제로 손으로 다루기가 조심스럽고 마취할 때는 조금만 방심하면 금방 불꽃의 심지같이 호흡이 사그라진다. 본의 아니게 연약한 생명을 해쳤다는 자책 감으로 안쓰리운 생각과 눈에 밟히는 생쥐의 모습을 지우려 애 써도 때로는 꿈속에 생쥐가 등장한다.

TV의 디스커버리 채널과 동물의 왕국 채널을 즐겨 시청하다 가도 약하고 작은 동물을 먹이로 쫓고 있을 때 거의 붙잡힐 순간 이 되면 나는 얼굴을 돌려 버린다. 그런 날 밤엔 어김없이 무엇 인가에 아슬아슬 진땀이 나도록 쫓기는 꿈을 꾼다. 아마도 나의 두뇌엔 투명 스크린이 걸려 있나보라고 남편은 놀리지만 생화학 연구실에서 각종 실험용 동물들을 수없이 다루며 지낸 세월동안 뇌리 속에 생생하게 기억되는 수많은 실험 때문이라는 생각이다.

동료들 중 젊은 S박사는 의학에서 인체해부대신 동물을 사용 하는 실습이 싫어 의과대학을 포기하고 생화학 박사가 된 사람 이고, Y교수는 자기보다 내가 동물을 부드럽게 잘 다룬다는 이 유로 핑계를 대고, 그렇다고 젊은 조교에게 맡기기엔 안심이 안 돼 할 수 없이 약물을 생쥐들에게 주사하는 일은 이 날도 내 몫 이 되었다.

매우 작은 동물이지만 생체반응이 인간의 것과 매우 흡사하여 생화학이나 의학에서 실험용 모델로 많이 사용한다. 하루에도 수천수만 마리의 생쥐가 각 실험용으로 인체대신 희생되고 있다. 많은 동물들이 인간보다 약하여 희생당하고, 인간은 생존이나 의학이라는 포장된 언어로 생물의 살상(殺傷)을 합리화시키고 만 물의 영장이라는 위치에 군림한다. 따지고 보면 모든 실험용 동물의 살상은 자연과 아프리카 동물의 세계나 사회에서 일어나는 약육강식(弱肉强食)의 단편이라는 생각에 비록 연구를 위한 목적이라도 죄의식을 느낄 때가 많다. 실험용으로 희생된 저들을 위해 위령제라도 마련하고 싶은 생각이다.

며칠 전 생쥐들만을 보존하는 B118실에서 있었던 일이다. 한참이나 구부려 일하다 아파 오는 허리를 펴고 있을 때, 우연히 출산 현장을 목도하게 되었다. 선반 저쪽 위에 놓인 케이지 안의 생쥐 궁둥이 밑에서 강낭콩 알맹이가 삐져나오고 있고 그 수는 점점 많아져 쌓인 알맹이들이 조그만 어미생쥐의 궁둥이를 떠받혀 올렸다. 처음으로 생쥐의 해산(解産)을 저만치 지켜보게 된 것이다. 출산은 반시간 족히 걸렸다.

대체로 생쥐들은 새끼의 출산을 눈에 띠우지 않는다. 만일 사람에게 들켰다 싶으면 무슨 영문인지 제가 낳은 새끼들을 어미와 아비 둘이서 잡아먹는 일이 생긴다. 그 연유는 아마도 새끼들 생명이 안전하지 않다는 판단에 불안한 모양이다. 새끼를 온전히 지키지 못하고 희생당하는 것을 바라보기보다는 어미가 먹어 치워버리는 편이 낫다고 여기는 미물의 생태인지. 갓 나온 새끼를 어미가 도로 삼켜 버린 상자 속을 살피면 현장이 핏자국으로 낭자하다. 젖먹이동물의 최소 모델인 생쥐의 자식사랑 방법은 끔찍하고 이처럼 잔인스럽다.

그 당시 상자 속에는 3주일 전에 출생한 새끼들 세 마리가 자라고 있어 일주일 후에는 젖을 떼기 위해 어미 쥐와 분리시킬 계획이었는데 그보다 일찍 새끼들을 또 낳은 것이다. 쥐는 수태하고 21일이면 출산한다. 어미 쥐가 출산하자마자 다시 수태하여 마치 사람이 연년생으로 출산하듯 새끼를 낳았으니 어미 쥐는 두 배 새끼들에게 젖을 먹여야 하는 형편이 되었다. 여러 개의 강낭콩 알 만한 새끼들을 보았기에 어미의 젖꼭지 수효가 모자랄 것에 대한 염려는 잠깐이고 끔직한 일이 또 생기지나 않을지 갓 낳은 새끼들의 안전만을 빌며, 못 본 척 발소리를 죽이며 방을 나왔었다.

이들은 유전자 조합으로 얻은 특이 종(種)으로 4주된 암컷 한 마리를 운송료까지 200불 가까이 지불하는 매우 비싼 생쥐이기에 우리 연구실은 암수 몇 쌍을 보존하여 직접 새끼를 생산시키는 방법을 쓰고 있었다. 이처럼 값비싼 생쥐가 출산하는 현장을 목도하고도 몇 마리나 되나 가까이 살피고 싶은 생각을 누르고 안절부절 3일이 지나고야 들여다 본 것이다. ‘어미는 우리에게 출산 현장을 들켰다고 생각했을까?’ ‘그 새끼 쥐들은 어미에게 먹히지 않고 무사히 살아 있을까?’ 하는 염려는 눈 녹아내리듯 사라졌다.

생명은 어떤 것이든 값으로 따질 수 없이 귀한 것, 산다는 일은 크고 작은 걱정과 염려의 연속이기에 생명으로 인하여 얻을 수 있는 아주 작은 기쁨이라도 감사할 줄 아는 마음이 필요하다. 이 날은 생쥐네 가족의 단란한 모습을 뒤로하고 발걸음을 가볍게 옮겼다.

서울의 밀리오리

　나의 세 번째 한국방문 일정은 예기치 못한 사고로 뼈를 고정시키는 긴급수술을 받고 단축되었다. 다시 미국으로 돌아오는 오랜 비행시간은 고통과 피로함을 견디어내는 말로 다 표현할 수 없는 치열한 싸움이었다. 목적을 제대로 이루지 못한 채 앞당겨 돌아온 나의 심정은 그립던 고국의 서울에서 5월의 반을 피곤하고 답답한 환경에 적응하려 소진한 억울함이 아쉬움보다 컸다.

　7년 만에 그리워하던 얼굴을 만나 볼을 비비고 손을 매만지며, 새우다시피 며칠 밤을 지냈다. 오랜 세월 떨어져 살며 서로 다른 환경에서 쌓여진 삶 속엔 더 이상 좁혀지지 않는 괴리감이 고여 있어 슬프고도 안타까웠다.

　서울의 대부분 사람들이 추구하는 생활 방법과 목표의식이 너무나 다르게 변화되고 가치관의 성립이 물질만능주의에 치우쳐 매우 소극적이거나 정반대로 공격적인 두 양상을 볼 수 있었다.

때로는 대화가 잘 되지 않고 수박 겉핥기로 건성건성 인사만 하게 되고 대화는 핵심의 주위만을 맴돌다가 끝나고 만다. 심각한 것은 한국의 정파싸움이 여전하고 그밖에 경제개혁이다 국책사업이다 하는 것이 그렇고 햇빛정책과 교육정책이 그렇고 그러하다는 생각이 무엇도 시원하게 맺고 끝냄이 없어 보였다. 잠시 머무는 여행객의 느낌이라 할지라도 계속 그 환경에서 파묻혀 지내는 시민과 국민들의 반응은 어떠할까? 이러한 염려가 나만의 지나친 것이었으면 좋겠다.

승용차로 사직동 터널을 지나 경복궁 담을 끼고 광화문에 이르면 목구멍은 어느새 매캐한 매연으로 조여들고, 연신내에서 시청 앞 광장까지 20분이면 닿을 수 있는 거리가 되돌아 갈 때는 흔히 한 시간 이상이 소요되는 교통난과 공해와 싸움을 계속 했다. 매일 서울에서 발행되는 신문들도 첫 페이지엔 사회적 갈등과 정쟁의 표제가 대문짝만한 글씨로 인쇄되어 나온다.

그 중에서 나의 관심을 자극한 것은 새만금 갯벌을 죽이느냐 살리느냐 하는 문제를 놓고 환경보호론자들과 정책을 입안한 정부와의 팽팽한 대립이었다. 또 하나는 얼마 전에 작고한 미당 서정주 시인을 두고 고인을 공박하고 나선 민족시인이라 자처하는 고은씨와 그의 '미당 담론' 비판을 비판하는 미당의 제자들과 미당 문학을 옹호하는 문인들 간의 필설이 휘어지는 논쟁이었다.

국가시책이든 개인문제이든 처음부터 시작이 올바르게 이루어져야 할 일이다. 잘못을 발견하고도 자기정당화, 합리화를 위한 변명을 하기 위해 시간을 낭비하는 일은 이중의 손실이 아닌

가. 상대편을 공박하고 반대를 위한 논란만을 반복하지 말고, 잘못을 솔직히 인정하는 자기반성이 있을 때 서로의 마음 문을 열고 진지한 협의를 얻어 바로잡을 일이다. 비록 고통을 분담하는 일이 있을지라도 나라를 위하여라면 우리 백성은 인색하지 않았다.

이번 여행길은 고국을 떠나 자라서 지금은 모두 성인이 된 세 아이들과 동행했다. 여기저기 차를 타고 다니면서 칠 년 전에 비하여 서울과 지방의 도로가 많이 깨끗해지고 정비된 모습이 좋았고, 사람들의 표정이 밝고 활기가 있어 보였다. 눈에 거슬리는 것 중의 하나는 큰길가나 좁은 골목길에 수없이 붙어 있는 간판이 건물의 크기나 모양과 조화를 이루도록 만들어지지 않아 조잡해 보였다. 서울이란 한 국가를 대표하는 국제도시로서의 면모를 훼손시키는 것도 문제가 되며 더욱 나를 아연케 한 것은 너무도 외래어 투성이었다. 뿐만 아니라 아예 한글은 쓰지 않고 영자로만 써 있어 이런 현상이 세계화, 국제화의 모습인지 한번 생각해 볼만한 일이었다.

고유한 모습을 보존할 것은 잘 지키고 간수하는 고집스러움과 현대양식을 분별하여 도입시키므로 전보다 멋있고 깨끗한 서울의 이모저모를 아이들에게 나는 보여주고 싶었다. 가장 나를 당황하게 한 일은 동대문 시장에서였다. 어렸을 때 먹은 중국집 자장면이 먹고 싶다는 아이들의 향수를 충족시키려고 소공동의 중국 요릿집을 찾았으나 행정부의 차별 등쌀에 못 이겨 그들이 모두 이민을 떠났다 한다. 동대문 시장 옆에 있는 중국 요릿집에서 자장면과 특별메뉴로 점심을 풍족히 먹은 우리 일행은 본격적인 동대문상가 관광에 나섰다.

세계적으로 이름난 의류시장, 새로 건축한 상가를 층마다 구경하기로 하였으나 입구에서부터 밀리는 인파에 휩쓸려 서로 헤어질까 두려웠다. 서울 사람들은 하나같이 손에 핸드폰을 쥐고 다니는 이유를 알 것 같아 그때만 해도 핸드폰을 들지 않은 우리는 역시 대한민국 국민이 아니라며 웃어야 했다. 사람들을 태우고 오르고 내리는 에스컬레이터의 모습은 마치 개미들의 행진을 연상케 했고 층마다 어깨를 칠 듯이 꽉 메우고 있는 사람들 대부분이 20대 안팎의 청소년, 소녀들이라는 사실이 이상하게 다가왔다.

'밀리오리'라는 이름을 가진 이 상가는 명동을 비롯해 강남에도 몇 군데 있어 신흥 재벌로 인정하고 있었다. 과연 '밀려오리'란 뜻의 밀리오리인지 몰라도 우리는 '밀려나오리'가 되고 말았다. 강남에도 강북에도 밀리오리의 주인공인 청소년들로 서울의 거리는 어디를 가나 밤과 낮을 가릴 것 없이 밀리오리의 문화로 넘쳐흘렀다.

젊음은 아름답다. 그러나 구름처럼 떠밀려가는 청소년들의 등을 멍하니 바라보는 내 마음속으론 왠지 어설픈 감상이 밀려오고 있었다.

끝이 좋은 것이 좋은 것이다

겨울철에 접어들면서 세상을 떠나는 사람들이 부쩍 많아진다. 일간 신문과 방송에서 부고소식을 자주 접한다. 특히 의외의 인물이 부음의 주인공일 때는 자신에게도 닥쳐올지 모른다는 막연한 불안감을 느낀다. 요즘의 날씨는 예측이 종잡을 수 없이 빗나갈 때가 많다. 최첨단 과학의 정보시스템을 동원하여 분석해 내놓는 일기예보인데도 말이다.

지금까지의 관측을 토대로 하여 발표한 예보가 엘니뇨현상이다, 무슨 현상이다 하는 경우도 있으나 관측술이 발달하여 한 주간의 예보는 물론 일 년 열두 달의 기상을 지역별로 예보해 놓는 위성기상 관측시대에도 돌변하는 자연현상 앞에서 인간은 속수무책일 수밖에 없다. 그날의 일기예보를 믿고 무슨 행사일정을 잡아놓고 있다가 갑자기 변하는 궂은 날씨 때문에 낭패 보는 일을 흔히 경험한다. 대사를 치를 때는 날씨가 좋은 것만으로도 다행이고 감사할 일이다.

얼마 전 다니는 교회에서 가장 연세가 많으셨던 권사님의 장례식에 참석했다. 전날까지만 해도 북가주 쪽에서 발생한 고기압의 영향으로 세찬 바람이 불어 옷깃을 꼭 여며도 걷기 힘들고 큰 나무들이 강풍에 못 이겨 쓰러지는 사나운 날씨가 계속되었는데, 권사님의 장례당일에는 그 성난 바람도 감쪽같이 잠잠해져 아주 포근했다. 하관예배가 끝나고 조문객들은 깊게 파 놓은 묘지를 중심으로 둘러서서 장미나 카네이션을 저마다 한 송이씩 들고 땅속 깊숙이 영영 묻혀야 할 고인의 관 위에 놓는 마지막 결별의 차례를 기다리면서 권사님의 일생을 얘기하고 있었다.

94세를 일기로 이 세상에 사는 동안 겪었다는 수많은 고난의 역사는, 웬만큼 나이가 든 우리세대도 경험하였던 우리 조국의 현대사 바로 그것이었다. 착취와 굴욕의 일제 식민시대와 해방 후 공산통치의 불안 속에서 월남하자 곧 일어난 한국전쟁 시 부산 피난생활 그리고 군사혁명의 소용돌이 속에서도 가난과 고난을 극복하며 여러 자녀를 훌륭히 교육시키셨다. 뿐만 아니라 모든 자손들에게 신앙의 모본이 되어 신실한 믿음을 가지게 되었다는 얘기가 입에서 입으로 이어지면서 날씨까지도 마지막 날을 기리는 것 같다고 칭송하였다. 임종을 지켜 본 자녀들의 얘기는 그분의 얼굴이 너무도 평화스럽고 환해 보였다고 한다.

사람은 태어날 때 고고성을 터트리며 생을 시작하여 고달픈 여정을 마치게 된다. 망자(亡者)는 이 세상을 하직할 때에 각각 다른 표정으로 떠나간다. 나이가 들면 사람들은 평온한 모습으로 이 세상과 하직하기를 가장 희망하고 있다. 이승을 영원히 눈감아 버릴 때는 설사 심한 병고 속에 오랫동안 고통스러웠다 해도 일그러진 영상으로 가족들의 마음속에 간직되기보다는 신앙 속에서 염원해 온 바와 같이 천국에 다다른 듯 평안한 모습으로 가족의 마음에 기억되는 것이 떠나는 사람이나 떠나보내는 사람 모두에게 얼마나 다행한 일인가. 이는 원한다고 쉽게 그리되지 않기에 더더욱 간절한 희망사항이다. 죽음의 순간에 당장 이루어지는 일이 아니고 평생 삶의 긴 여정을 살아가는 동안 닦아온 수양과 깊은 신앙심으로만 얻어질 수 있기에 각자가 자기 자신에게만 줄 수 있는 선물이다.

영결식에 참석한 대부분의 사람들은 권사님이 평생을 통하여 간직했던 신앙과 같은 믿음의 대열에 자신도 함께 서야겠다는 다짐을 가슴속에 담는 듯 보였다. "사느냐 죽느냐가 문제다"라는 명제 위에 "어떻게 살고 어떻게 죽느냐가 문제다"라는 구체적인 명제를 붙잡고 깊은 사유의 늪 속에 자신을 적시어 볼 시간이 잠깐씩이나마 필요하리라.

지금은 속해 있는 가정과 직장과 섬기는 교회 그리고 내가 살고 있는 사회와 국가를 포함해서 나의 진정한 자화상을 더듬어 볼 때이다. 우리는 특별한 시기에 사는 선택된 사람들이다. 사람이 한 평생을 사는 동안 백년의 문턱을 넘는 일도 흔치 않은데 우리는 두 세기를, 두 밀레니엄을 살아 보는 귀한 존재들이다.

길가에 수북이 쌓인 갈잎을 긁어모으는 인부들 모습을 바라보며 말라서 추해져 가는 계절의 잔해를 빨리 치워 버리려는 초조와 각박함을 느낀다. 그들 잔해 속에 아직 묻혀 있는 지난 세월

들의 의미와 희미하게 잊혀 가는 색깔들을 되찾고 있는 안타까
운 내 모습을 발견하였다. 끝이 좋은 것이 정말 좋은 것이란 말
이 가슴에 와 닿는 순간이었다.

누구를 위하여 꽃은 피는가

여행에 관심이 있다면 캐나다 벵쿠버시의 빅토리아 섬에 있는 부처가든을 모르는 사람이 없다. 우리가 상상의 세계에서나 그려보던 천국이 눈앞에 펼쳐진 듯 가지가지 기화요초(琪花瑤草)로 가꾸어진 정원은 세계에서 꽃의 종류가 제일 많기로 유명하다. 어디서 그리 아름다운 화초만 골라서 심어놓았는지 자기 소유의 소금밭을 오늘날 세계적 꽃의 천국으로 만들어 사람들을 감동시키는 부처 여사에게 찬사를 아끼고 싶지 않았다.

소금기 먹은 습기 찬 태평양 바닷바람의 영향도 크다고 하나 70여 명의 정원사가 300명이 넘는 자원 봉사자의 손길을 얻어 일 년 내내 가꾸는 정원은 구석구석 살펴봐도 누런 잎 하나, 시들고 마른 꽃 하나 찾아 낼 수 없도록 정성으로 가꿔놓았다. 하루에도 수천 관광객들의 발길이 닿는 모퉁이마다 구석구석 언덕이나 골짜기 어느 곳을 보아도 깨끗함과 색깔의 조화가 감탄사를 자아내게 한다. 마치 하늘 아래 하나의 거대한 화폭이 펼쳐진 듯 화려하고 아름답다. 그 속에서는 잡초나 야생화는 자라거나 꽃이 필 자리가 없어 보였다. 인공적으로 관리된 아름다움의 극치라는 표현이 적합하리라. 이곳에 심겨진 나무와 화초는 인간의 감정을 만족시키려고 즉 바라보는 사람들에게 오직 즐거움의 대상이 되기 위하여 피어 있단 말인가?

봄이 되면 내 직장 실험실의 뒷문 밖에는 민들레, 앉은뱅이, 냉이, 쑥부쟁이, 쇠비름, 쇠스랑개비, 노랑괭이풀을 비롯하여 이름도 모를 들꽃들이 앞을 다투어 피어나 푸른 잔디 위에 초여름까지 꽃밭을 이룬다. 도시락을 풀밭 나무 밑에 펴놓고 주위에 핀 풀꽃과 눈빛을 나누며 대화를 하노라면 그 조그만 꽃들이 나를 위해 피어난 듯 착각을 한다. 한 여름이 지나면 이 작은 얼굴들은 자취를 감추고 겨울을 날 때까지 까맣게 잊는데 다시 봄철이 오면 지난해보다 더 많은 풀꽃을 피운다.

나는 그때서야 봄철에 작은 생명들이 왜 그처럼 열심히 되살아나는지를 깨닫는다. 누구의 손길이 그리도 섬세하여 새 발톱보다 작은 얼굴을 갖고도 화사하고 밝고 또 어느 것은 새침하고 청초하게 각기 다른 모습으로 피어나게 하는지 신기하고 묘하다. 흙속에 무엇이 있기에 그리고 풀씨 속에 무슨 유전자들을 품고 있기에 이런 조화를 일으키는지 짧은 나의 상식으로는 다 알아내기 어렵다.

아무리 인간의 두뇌와 현대기술이 발달하였어도 과학은 조물주의 비밀을 읽어내는 방법으로 부족하고 미진할 뿐이다. 작은 풀잎파리 하나, 나뭇가지 하나 자연 그대로의 색채를 그려낼 수 있는 화가가 있을까? 나의 친구 중에 풀과 꽃을 화폭에 채워 자연의 모습을 주제로 다루는 잘 알려진 화가가 있다. 그는 자연의 아름다움을 그림 속에 예술로 표현함으로써 하나님께 대한 경배를 드리고 싶다고 고백한다. 얼마나 진솔한 믿음인가.

세코이아 국립공원을 돌아 킹스캐넌을 다녀 온 사람은 '제너럴 셔먼트리'에서 3마일쯤 떨어진 곳에 '모로락'이란 큰 바위덩이 산을 기억한다. 많은 등산객들 속에 끼어 직선거리로 300피트를 넘는 깎아 세운 듯한 이 바위를 꼭대기까지 올랐다.

290여 개의 작은 계단을 조심스럽게 밟고서야 오를 수 있는 가파른 바위산이다. 우리가 인생길을 걸어 갈 때에도 이 만큼만 조심하면 어떠한 목적지에라도 무사히 다다르리라는 자위를 하면서, 특히 다리가 약한 나는 자주 걸음을 멈추며 천천히 발길을 옮겼다. 꽤 높은 곳까지 올라 숨을 고르는데 떨어져 내릴 듯이 위태로운 바위틈에 피어난 야생화를 발견하고는 참 반가웠다.

천길 벼랑에 그 꽃들은 누구를 위해 피어 있는가? 만일 그런 위험한 곳에 인간이 버려진다면 어떤 반응을 할까? 하는 생각이 바람처럼 스쳐갔다. 아슬아슬한 벼랑 끝 척박한 한 줌의 흙에 뿌리를 박고 오직 바람만이 스쳐가는 외로운 곳에 꽃은 있는 힘을 다하여 그리도 아름답게 피어있다. 풀은 마르고 꽃은 떨어질 운명인데 하필 이런 곳에 꽃은 피어있는가? 매연이 묻은 도회지의 꽃을 보다 마치 갓난아기의 순진무구한 눈동자를 들여다보는 듯 깨끗하다. 작은 풀꽃이나 사람의 공력과 비료를 써서 가꾸어진 아름다운 꽃밭에 피어난 모든 꽃들은 정서를 순화시키고 우리의 마른 가슴을 적셔 주는 청량제의 역할을 하고 있다.

그들에게는 더욱 절실한 목적이 있음을 나는 깨닫게 된다. 여기저기 피어난 꽃의 운명과 같이 우리도 주어진 환경에 순응하며 목숨이 다할 때까지 우리의 삶을 가장 아름다운 하나의 꽃으로 피우기 위하여 최선을 다할 일이다. 그것이 창조주와 우리 자신에게 영광이 되는 길이기에……